Royaumes

La fin d'un règne

Royaumes

La fin d'un règne

Chris Rose

Image de couverture : Ripsa
© 2025, Chris Rose

Édition : BoD · Books on Demand, 31 avenue Saint-Rémy, 57600 Forbach, bod@bod.fr
Impression : Libri Plureos GmbH, Friedensallee 273, 22763 Hamburg (Allemagne)
ISBN : 978-2-3225-6069-1
Dépôt légal : Février 2025

Les cinq royaumes

* Le royaume d'Amnésia, dirigé par le roi Hayden et la reine Hope, descendants d'une lignée de guerriers vikings. Royaume basé sur la stratégie militaire et l'indépendance.

* Le royaume de Celesterre, dépendant du royaume d'Amnésia. Basé sur l'agriculture et l'horticulture.

* Le royaume d'Oldegarde, dirigé par le roi Elyo et la reine Eline. Royaume basé sur la connaissance et la construction. Noyau des fiefs.

* Le royaume d'Androphésia, dirigé par le clergé. Royaume basé sur la religion chrétienne, entouré de plages bordant une mer hostile. Cité où règnent l'astrologie, l'alchimie et la sainteté.

* Le royaume de Dryadaura, dirigé par la reine Artémis. Royaume protecteur de la faune et de la flore, des animaux, de la nature. Basé sur la médecine et l'herboristerie.

Devoir de souveraine.

Cela faisait quatre années à présent qu'Hope était devenue reine d'Amnésia. Hayden lui accordait beaucoup d'attention depuis leur mariage. Le roi demandait qu'il soit pardonné pour le décès du chevalier, celui-ci avait donné sa vie pour sauver les royaumes et Hayden n'avait pas pu lui venir en aide. Du moins, c'est ce qu'il avait toujours raconté à sa reine.
La petite Aëlys grandissait. Mila et Maëlo commençaient leur entraînement avec un maître d'armes. Ils étaient déjà très habiles et très futés. Le roi Hayden était parti depuis de longs mois. Il menait une bataille contre les gorgotes qui avaient envahi Nécromant, en terres arides. Le roi Elyo se trouvait à ses côtés, la reine d'Oldegarde était native de ce fief. Hope gouvernait Amnésia durant son absence.
La jeune femme s'était levée tôt ce matin-là. Elle se rendit dans la chambre de son bébé doucement, son châle positionné sur ses épaules. L'enfant gigotait dans son lit. Lorsque sa mère approcha, la petite fille se positionna debout et lui tendit les bras. Hope passa sa main dans la chevelure rousse bouclée de sa fille et la prit dans ses bras tout en l'embrassant.
— Bonjour, mon ange, susurra-t-elle.

Les grands yeux noirs de l'enfant regardaient sa mère avec passion. Hope apprit par la suite que c'était la reine mère qui avait changé le contenant de la mixture qu'elle ingurgitait tous les soirs. Maintenant, lorsqu'elle contemplait les yeux de sa petite fille, la jeune femme n'en voulait plus à sa mère. Sans elle, Aëlys n'aurait pas vu le jour. Depuis, Hope avait remédié au contenu de la fiole.
Lothaire arriva sur le seuil de la porte de la chambre de la fillette. Lorsque le roi était absent, il faisait office de garde du corps à la reine. Il voulait seulement se repentir pour le secret qui le rongeait.

— Vous devez vous préparer pour les requêtes de vos sujets, ma reine, souffla-t-il.

Hope soupira.

— Y en a-t-il beaucoup ce jour, Lothaire ?

— Je ne sais pas, majesté.

Hope embrassa sa fille sur le front et la tendit à l'homme de main. Elle lui demanda d'emmener Aëlys jusqu'à la nourrice. Celui-ci obtempéra et la jeune femme retourna dans ses appartements où un bon bain chaud l'attendait. Elle aimerait que son époux rentre de mission. Car lorsqu'elle s'occupait des affaires du royaume, elle n'avait plus de temps pour ses enfants et encore moins pour créer des inventions. Pour l'instant, le royaume prospérait comme le souhaitaient les souverains d'Amnésia. Les chrétiens venaient prier dans la chapelle qu'Hope avait améliorée durant ces trois années. Les païens admiraient la salle du trône et les non croyants pouvaient séjourner dans le fief. Elle recevait des missives du royaume d'Androphésia, mais n'y répondait pas. Elle attendait la venue des ecclésiastiques pour que ceux-ci puissent explorer son royaume. Une fois relaxée et propre, Hope s'habilla de ses plus beaux atours. Elle coiffa ses longs cheveux roux en une tresse qui lui descendait sur l'épaule droite et posa sur son crâne sa couronne d'or. Elle sortit de ses appartements et déambula dans les couloirs jusqu'à la salle du trône où l'attendait Lothaire, debout près du siège. La reine s'assit à sa place et se prépara à recevoir les gents de son royaume.

!!!

La matinée fut assez chargée pour la reine. Elle se lassait de recevoir toutes ces requêtes auxquelles elle ne pouvait donner suite aujourd'hui. Lothaire était resté à ses côtés durant les doléances. Hope attendit la suite, mais personne ne se présenta.

— Avons-nous fini les requêtes, Lothaire ? demanda-t-elle à son garde du corps.

— Avec les requêtes, oui, majesté. Mais une femme des étendues baltiques demande à parler au seigneur d'Amnésia.

— Lui as-tu précisé que le roi était absent ?

— Oui, majesté. Elle n'a pas de préférence concernant le souverain, expliqua Lothaire.

Hope soupira.

— Très bien, Lothaire, je vais la recevoir dans mes appartements. Amène-la jusqu'à ma salle de bureau.

— Bien, ma reine. Et le militaire s'éclipsa.

Hope sortit de la salle du trône et se dirigea vers son antre. Que pouvait venir faire cette femme pirate en Amnésia ? La jeune femme entra dans ses appartements et ouvrit la porte du bureau. Hope s'assit derrière l'office en bois sur son fauteuil tissé d'or. Elle attendit sa visiteuse.

!!!

Lothaire fit entrer l'inconnue dans le bureau de sa reine et resta posté près de la porte. Le roi lui avait demandé d'être toujours présent dans la pièce lorsque sa souveraine recevait des visiteurs. Le danger était toujours présent ! Hope contempla la femme des étendues baltiques. Ses cheveux noirs étaient longs et bouclés, affublés d'un tricorne brun. Elle portait une veste longue noire aux boutons dorés sur une chemise blanche ainsi qu'un pantalon en soie sombre. Une large ceinture lui serrait la taille et ses cuissardes glissaient gracieusement sur le sol. Une étrange épée était accrochée à sa ceinture. La femme se positionna devant le bureau et observa Hope de ses grands yeux noisette. La jeune femme ne devait pas être plus âgée que la souveraine. Celle-ci fit une révérence.

— Je me présente, votre majesté, je me nomme Clarisse, fille du capitaine Mendossa le Rouge, chef et dirigeant du royaume au-delà des terres.
Et le plus cruel des pirates ! ajouta Lothaire en pensée.
— Que me vaut votre visite ? demanda Hope en se levant de son siège.

La jeune femme fut estomaquée par la beauté de la reine. Ce qui se disait était vrai. « La reine du royaume d'Amnésia n'a d'égal que son reflet ».

— Je suis venu voir le roi, commença la jeune femme, mais votre garde ici présent m'a expliqué qu'il était en mission et que votre altesse s'occupait du royaume le temps de son absence.

Hope fronça les sourcils.

— C'est exact ! Que voulez-vous à mon époux ?

— Ne vous inquiétez pas, votre majesté, l'amour que vous porte le roi ne le soumet pas à l'adultère ! Cela fait deux années que le roi m'a demandé de trouver un objet.

Hope était intriguée par les paroles de Clarisse. Lothaire se rembrunit, il n'avait pas eu connaissance de cet accord, pourtant, le roi n'avait aucun secret pour lui.

— Quel objet ? interrogea Hope.

— Quelque chose qui pourrait contenir les pouvoirs d'un nécromancien.

Hope écarquilla les yeux. Lothaire n'était pas rassuré. La reine contourna son bureau et se posta devant la jeune femme.

— Le seul nécromancien que je connaissais est mort et celui-ci n'avait pas de descendance. Que ferait le roi avec cet objet ?

— Je l'ignore, votre majesté. Votre époux m'a donné une avance pour retrouver cette chose et j'attends la suite de mon paiement à présent que je le détiens.

— Très bien, je vous réglerais votre dû. Maintenant, puis-je avoir cet objet ?

La jeune femme sortit un talisman de sa sacoche et le présenta à la reine.

— Voici une pierre de Tourmaline, très difficile à trouver !

Hope prit le caillou noir aux reflets gris argenté entre ses doigts et la contempla un moment.

— Comment celle-ci fonctionne-t-elle ? demanda-t-elle à la femme pirate.

— Tout ce qui m'a été dit, c'est que la personne qui possède cette pierre devra trouver une anthropomorphe pour permettre à cet objet de fonctionner.

Lothaire se raidit.

— Les anthropomorphes sont des mythes ! lança-t-il.

Clarisse se tourna vers l'homme.

— Peut-être que oui ou peut-être que non, suggéra-t-elle. Il faut juste savoir où se tapissent certaines de ces femmes.

Hope posa la pierre sur son bureau.

— Je ferai part de votre trouvaille à mon époux et celui-ci vous recontactera pour amples renseignements, Clarisse le Rouge. Lothaire va vous mener auprès de notre argentier pour récupérer votre dû.

La jeune femme pirate fit une grande révérence à la reine suivie d'un baisement de main. Lorsque ses yeux rencontrèrent ceux de Hope, un sourire malicieux se dessina sur ses lèvres.

— J'ai été ravi de vous avoir rencontré, votre majesté. Votre beauté est sans égal et votre prévenance sans pareil. Si vous avez besoin de moi à l'avenir, je me ferai un réel plaisir de vous servir, reine d'Amnésia.

La jeune femme sortit des appartements de Hope en compagnie de Lothaire. La reine fixa le caillou un long moment, se demandant pourquoi son époux désirait détenir une telle chose. Elle la prit dans sa main et la rangea précieusement dans une boîte en bois. Puis, elle se dirigea vers son coffre et sortit de la malle, une somptueuse robe. Il était temps de retrouver celui qui faisait chavirer son cœur.

La princesse Aëlys

Passion.

Hope se dressait en haut des marches du palais. Attendant impatiemment le bruit de la busine. Ses enfants se trouvaient à ses côtés ainsi que Lothaire. La petite Aëlys se blottissait dans les bras de sa nourrice. Les domestiques et les gardes du palais composaient une haie d'honneur. Certains regards contemplaient leur reine passionnément. Hope était devenue une grande souveraine, adulée par son peuple, admirée de tous. Sans le vouloir, elle faisait de l'ombre au roi d'Amnésia. Bran et Gaya reposaient leur corps vieillissant sous l'ombre du chêne qui trônait au milieu de la cour. Le roi évitait de prendre son ami canin lors de ses batailles à présent. Les deux loups prenaient une retraite bien méritée. L'instrument de musique joua enfin sa note, la large herse se leva et le bruit de sabots résonna dans la cour. Le cœur de Hope battait à tout rompre. Elle ne pensait pas aimer Hayden autant que le chevalier. Le roi entra dans l'enceinte, se tenant fièrement sur son destrier noir. Ses hommes le suivaient, certains à cheval, d'autres à pied. Le souverain contempla sa reine. Celle-ci était d'une beauté époustouflante. Elle portait une robe beige qui saillait son corps et faisait ressortir le teint rosé de sa peau ainsi que le roux de ses cheveux. Ceux-ci descendaient en cascade sur ses épaules et le long de son dos. Des tresses s'entremêlaient sur son crâne nu de couronne. Pourtant, Hayden n'aimait pas que Hope se décoiffe de son diadème. Il stoppa sa monture au milieu de la cour et en descendit. Il ordonna aux soldats d'en faire autant et de se libérer. Chacun retrouva sa famille respective. Hope courut dans les escaliers et rejoignit Hayden. Le roi prit son épouse dans ses bras et la fit tournoyer un moment. Puis il la déposa au sol en collant son front contre celui de la reine. Contrairement aux autres souverains des royaumes voisins, Hayden et Hope ne formulaient aucune marque de politesse entre eux, ils se respectaient mutuellement, tout simplement, comme le faisaient autrefois les jarls du peuple païen.

— Tu m'as tant manqué, mon amour, souffla Hayden.
Hope embrassa le roi.
— À moi aussi, tu m'as manqué, mon roi.
Ils s'embrassèrent langoureusement, puis Hope prit le visage de son époux entre ses mains.
— Il faut que tu voies quelque chose, mon roi. Ne bouge pas d'ici ! ordonna-t-elle.
Hope se dirigea vers les marches du palais et prit sa petite fille dans ses bras. Elle demanda à ses deux autres enfants de la suivre. La reine stoppa à quelques mètres du roi qui ne bougeait toujours pas. Hayden contempla l'enfant dans les bras de sa femme. Aëlys avait tant grandi ! Hope déposa sa petite fille au sol. Le roi fut surpris par la posture de l'enfant. Celle-ci regardait l'homme devant elle et courut vers lui en clopinant. Le roi s'accroupit et tendit les bras vers sa fille. Aëlys se blottit contre son père lorsque sa course fut finie et le

roi la souleva en l'embrassant tendrement. Il caressa son petit visage.

— Que tu es magnifique, mon bébé !

— Papa, répondit l'enfant.

Hayden avait quitté un bébé et se retrouvait avec une petite fille. Il était ému. Hope posa ses mains sur l'une des épaules de ses jumeaux et les fit avancer vers le roi.

— Bonjour, père, nous sommes heureux de votre retour, lancèrent-ils ensemble.

Hayden les contempla un instant. Ils avaient bien grandi eux aussi et les traits d'Amaury se dessinaient plus prestement sur le visage de Maëlo.

— Allez voir le garde Dorian, les enfants, il a quelque chose pour vous !

— Pour nous ? demanda Maëlo, surpris.

— Oui, mon fils.

Hope écarquilla les yeux. C'était la première fois qu'Hayden appelait Maëlo « mon fils ». Les enfants coururent vers le soldat et celui-ci ôta des choses de sa besace qu'il présenta aux enfants.

Hayden approcha de Hope tout en gardant sa fille dans ses bras. Il posa sa main sur l'épaule de sa femme et la guida jusqu'à l'entrée du palais.

— Je t'ai laissé les rennes de notre royaume durant mon absence, ma reine. Je dois savoir à présent ce qui s'est passé tout ce temps.

Hope prit la main de son époux dans la sienne.

— Il y a tant de choses à dire, mon époux, soupira-t-elle.

Ils entrèrent dans le palais et Hayden rendit la petite fille à la nourrice. Hope se dirigeait vers la salle de commandement, lorsque le roi l'attira à l'écart et la plaqua contre le mur. Il embrassa sauvagement sa reine et prit le visage de celle-ci entre ses mains. Il posa son front contre celui de la jeune femme.

— Avant toute chose, ma reine, j'ai besoin de toi, susurra-t-il.

Hope accepta sa proposition et emmena son roi jusqu'à la chambre nuptiale. Hayden ouvrit la porte et referma celle-ci d'un mouvement de pied. Tout en la dirigeant vers la couche, le roi embrassait le cou de Hope puis délassa le haut de la robe pour pouvoir caresser les seins de sa femme. Hope émoustillait son roi en massant son entrejambes. La robe de la reine fut à terre avant d'arriver sur le lit. Hayden la poussa et celle-ci atterrit sur l'édredon. Il se plaça au-dessus d'elle et ôta les dessous de sa reine. Hayden enfouit son visage entre les cuisses de Hope et celui-ci explora l'intimité de la jeune femme. Hope hoqueta de plaisir. Elle agrippa les cheveux d'Hayden et attira le visage de celui-ci vers le sien. Tout en embrassant sa femme, le roi retira ses vêtements et dans un mouvement brusque, il lui donna son premier coup de reins. Tantôt sauvage, tantôt sensuel, Hope ne savait jamais comment allait se comporter le roi lors de leurs ébats amoureux. Mais elle aimait ça ! Jamais il ne la battait et il ne la forçait aucunement si celle-ci ne se donnait pas à lui. C'est pourtant la pire des choses qu'elle redoutait avant leur mariage et Hope s'estimait heureuse de vivre une passion dévorante. Leur cri de jouissance résonnait toujours au même moment dans la pièce. Allongé sur la couche, Hayden reprit son souffle avant d'entamer la conversation avec sa femme. Il regardait le plafond, les bras croisés derrière la tête.

— Je voudrais un fils, Hope, suggéra-t-il.

La reine posa sa tête sur le torse d'Hayden et caressa la peau de celui-ci délicatement.

— Tu as déjà un fils, mon roi, soupira-t-elle.

— Même si j'aime beaucoup cet enfant, il n'est pas de mon sang.

Hope n'aimait pas ces conversations concernant Maëlo. Elle voyait bien qu'Hayden repoussait celui-ci, même s'il faisait des efforts pour l'aimer.

— Ta fille ne te suffit-elle pas, mon roi ?

Hayden tourna son visage vers celui de sa femme et il caressa sa joue.

— Ma fille est magnifique, ma reine, et cela est grâce à ta beauté.

Hope sourit.

— Elle tient aussi cette splendeur de son père, rectifia Hope.

Puis la reine se leva du lit et commença à se vêtir. Hayden soupira. Il savait qu'Hope détestait ces conversations concernant l'héritier du royaume. Elle lui disait que son fils suffisait pour régner. Mais pour le roi, Maëlo n'était pas de sang royal même si sa mère était autrefois une princesse. L'enfant n'était pas digne de gouverner Amnésia contrairement à sa petite sœur qui était pour l'instant, la seule héritière de ce royaume. Hayden s'en contentait, désirant ne pas contrarier sa bien-aimée. Il mit son braie et se leva du lit. Hope était devant le bureau. Elle ouvrit une boîte en bois et sortit un objet de celle-ci.

— Quelqu'un est venu m'apporter cette pierre ! lança-t-elle.

Hayden approcha de sa femme tout en contemplant l'objet qui se trouvait dans les mains de celle-ci. Lorsqu'il se posta devant Hope, la jeune femme cacha la pierre de Tourmaline dans son dos, empêchant le roi de la prendre. Elle avança son visage vers celui d'Hayden.

— Une jeune femme, une pirate, est venue me l'apporter, soupira-t-elle aux lèvres de son époux. Elle voulait te voir pour te la remettre. C'est une très belle femme, ne trouves-tu pas, mon roi ?

Hayden positionna ses bras autour de la taille de la jeune femme et l'attira contre lui. Il posa son front contre celui de la reine.

— Clarisse m'est indifférente, mon amour, soupira-t-il. Tu es la seule pour qui mon cœur bat.

Hope sourit.

— Elle m'a fait comprendre cela. Ne fais-tu jamais d'écart lorsque tu t'éloignes de moi, Hayden ?

Le roi posa ses mains sur les joues de Hope et fixa le regard azur de sa reine.

— Jamais, ma reine, affirma-t-il. Tant que ton amour sera mien, je ne ferai rien pour que celui-ci s'évanouisse.

Hope s'écarta du roi et lui présenta la pierre.

— Pourquoi lui avoir demandé de trouver ce caillou ? lui demanda-t-elle. Le nécromancien n'existe plus et il n'avait pas de descendance. Que veux-tu faire avec celui-ci ?

Hayden devait ruser. Sa femme n'était pas idiote. Les hommes qu'il avait envoyés dans les terres arides lui ont rapporté qu'un homme, saltimbanque, possédait des pouvoirs. Celui-ci dansait avec le feu ! Et d'après la description qu'ils avaient faite de lui, cela était sûr, Amaury était toujours vivant ! Il cherchait un prétexte qui devait être concret.

— Je sais que ce nécromancien est mort et cela est mieux ainsi. Mais imagine qu'un jour, si cela se produisait, un magicien noir foulait le sol de notre royaume ou celui de ton frère, ne penses-tu pas qu'il serait préférable d'avoir un objet qui pourrait contrôler ses pouvoirs ?

— Je le conçois, certes. Et je suis certaine aussi que tu désires posséder ce bijou pour surpasser les autres souverains. Car si un être malfaisant doté d'une magie puissante entre dans nos royaumes, le seul choix de ceux-ci qui s'offrirait à eux serait de te solliciter pour sauver leur fief.

Hayden grimaça.

— Tu me connais si bien, mon amour.

Hope tendit la pierre noire à Hayden.

— Et tu as dépensé une grosse somme d'écus pour ce bijou, donc j'en conclus que les rois devront payer un sacré dû pour pouvoir l'utiliser ?

Le roi prit délicatement la pierre entre ses doigts.

— Cela va de soi, répondit simplement Hayden.

Hope tourna le dos à Hayden et se dirigea vers la porte.

— Sauf pour mon frère ! Celui-ci en est exonéré ! assura-t-elle.

Hayden secoua la tête tout en remettant sa chemise. La reine sortit de la pièce. Hope restait attaché à son frère même si celle-ci était la souveraine d'Amnésia. Hayden devait obéir aux ordres d'Elyo lorsque le jeune roi le demandait. Pourtant, son fief était aussi grand que celui d'Oldegarde à présent. Il pouvait, s'il le désirait, défier qui conque qui ne se soumettrait pas à ses lois. Son père le ferait ! Mais il n'était pas Torick et sa reine avait su radoucir son cœur. Il aimait passionnément Hope et ne voulait en aucun cas lui faire du mal. Hayden comprenait très bien que si se répandait un jour la nouvelle par de là les royaumes, son bonheur serait fini. Si Amaury refaisait surface, il serait perdu ! Pour l'instant, il devait penser à son royaume et rejoindre ses conseillers pour discuter des sollicitudes de son peuple. Hope avait bien joué son rôle lors de son absence et maintenant qu'il était revenu, celui-ci pouvait reprendre les rênes d'Amnésia.

!!!

En Oldegarde, des festivités se préparaient pour une occasion spéciale. Des troupes de saltimbanques et d'autres personnages étaient réunis dans la cour du château, répétant leur mise en scène. Amaury dansait avec des torches enflammées contournant Loumie qui s'entraînait avec ses diabolos. Maïlann se promenait parmi les gens du peuple, admirant les magiciens et jongleurs. Elle s'assit sur l'herbe pour regarder un instant l'homme qui faisait bouger sa marionnette au rythme de la musique. Puis, elle se dirigea vers les jongleurs de feu. Ceux-ci l'impressionnaient ! Elle se posta près d'un buisson et fixa la femme au teint hâlé qui dansait avec les flammes. Son cœur bondit dans sa poitrine lorsqu'elle aperçut l'homme qui l'accompagnait. Ce n'était pas possible ! Amaury jonglait avec des torches enflammées et il s'était beaucoup entraîné depuis ces années pour aboutir à un tel exploit. La répétition cessa et les jongleurs éteignirent leur instrument en feu. Maïlann profita de cette opportunité pour approcher des jeunes gens.

— Excusez-moi, héla-t-elle. Puis-je vous parler ?

La jeune femme brune aux cheveux bouclés se tourna vers elle. Celle-ci était magnifique. Ses yeux clairs contrastaient avec la couleur de sa peau.

— Que puis-je pour vous, gente dame ? demanda la jongleuse.

— Je voudrais parler à l'homme qui dansait avec vous. Serait-ce possible ?

La jeune femme soupira. Loumie savait qu'en venant en ce lieu, Amaury serait reconnu.

— Je vais lui demander, suivez-moi !

Loumie emmena Maïlann près d'une tente et lui demanda d'attendre. La jeune femme brune s'engouffra sous la toile et ressortit peu de temps après, autorisant Maïlann à entrer. Un homme était assis sur un lit. Ses cheveux avaient poussé et bouclaient dans sa nuque. Une cicatrice se dessinait sur sa joue droite. Il se redressa et avança vers Maïlann.

— Bonjour, Maïlann, souffla-t-il.

La jeune femme approcha du chevalier et posa ses mains sur les épaules de celui-ci. Elle voulait être sûre de ne pas rêver. Elle tâtonna les bras de son ancien ami.

— Tu ne rêves pas, Maïlann, c'est bien moi ! Et comme tu vois, je suis bien vivant.

La jeune femme fixa le regard émeraude d'Amaury.

— Que s'est-il passé, Amaury ? Pourquoi n'es-tu pas revenu au palais ?
L'ancien chevalier soupira. Il recula et prit la main de son amie dans les siennes.

— Lors de ma chute dans la falaise, la magie du nécromancien s'est transférée en moi et j'ai survécu grâce à cela. Mais je n'allais pas bien. Loumie et sa famille m'ont recueilli et soigné. Aujourd'hui, je leur suis redevable.

— Mais tu aurais pu revenir, Amaury. À nos yeux, tu étais mort, car nous savions qu'aucune personne ne pouvait survivre à une telle chute !

— Ma guérison fut longue et j'ai pu réfléchir à mon avenir. Pourquoi serais-je revenu puisque mon seul et unique amour s'était marié à un autre homme ? Je n'avais plus rien à faire dans ce royaume !

Maïlann ôta sa main de celles d'Amaury. Son visage se rembrunit.

— Plus rien à faire, Amaury ? gronda-t-elle. Tu étais chevalier d'Oldegarde, la main du roi, tu avais des devoirs envers ce royaume !

— Après ce qu'il m'est arrivé, Maïlann, je n'avais plus envie de revenir ici ! ragea le chevalier.

— As-tu pensé à tes enfants ? À Hope ? Celle-ci était anéantie et elle n'avait plus de choix ! Elle a épousé Hayden par dépit.

Amaury grimaça.

— Ils se seraient mariés de toute façon ! lança-t-il. Je n'aurais rien changé.

— Tu n'en sais rien, Amaury ! fulmina Maïlann.

Amaury poussa doucement la jeune femme vers la sortie.

— Tu devrais partir à présent, Maïlann ! Je suis un saltimbanque dorénavant, mon passé est derrière moi.

Maïlann se retrouva à l'extérieur de la tente. Elle reprit ses esprits et contempla la jeune femme aux cheveux bouclés. Celle-ci attendait sur un banc en pierre. Elle approcha et se positionna devant l'étrangère.

— Vous êtes Loumie, n'est-ce pas ? demanda-t-elle.

La jeune femme se redressa.

— Oui, gente dame.

— Je vous remercie d'avoir pris soin du chevalier. Aujourd'hui, il est de retour et sa résurrection et un cadeau du ciel. Sa présence en ce lieu est indispensable !

Loumie comprit parfaitement les paroles de la femme soldat. Mais celle-ci n'était pas du genre à se laisser dominer.

— Je ne le pense pas, gente dame, déclara-t-elle. Sa résurrection a été bénéfique pour ma famille et non pour ce royaume ! Il n'est plus chevalier et il n'appartient plus à Oldegarde.

Maïlann fulminait. Cette jeune femme avait du caractère.

— Il est la main du roi Elyo ! s'enquit Maïlann.

Loumie approcha son visage de celui de Maïlann. Elle fronça les sourcils.

— Il n'est plus rien pour ce royaume, pesta Loumie.

Amaury sortit de la tente et appela Loumie. La jeune femme rejoignit celui-ci sous le regard de Maïlann et elle donna un long baiser à l'ancien chevalier. Puis les deux jeunes gens entrèrent dans la tente. Maïlann était furieuse. Elle se dirigea vers ses appartements et écrivit un message. Elle demanda au palefrenier de porter cette missive à son destinataire. L'homme partit sur le champ. Les festivités du royaume se préparaient et les troupes de saltimbanques étaient prêtes à se donner en spectacle.

Malveillance.

Hope avait hâte d'apprendre la nouvelle à son époux. Elle déambulait dans les couloirs du palais à la recherche de celui-ci. Au bout d'un long jeu de cache-cache, elle le trouva enfin dans la cour devant la chapelle.

— Enfin, je te trouve, mon roi ! s'égaya-t-elle. Que fais-tu ici ? Tu n'as pas pour habitude de prier le Dieu chrétien.

Hayden se tourna vers son épouse en lui souriant.

— Je ne priais pas, ma reine, je contemplais ces magnifiques vitraux.

Hope fixa les fenêtres.

— Oui, c'est vrai, ils sont magnifiques. Les verriers ont effectué un travail incroyable !

Hayden approcha de Hope et la serra contre lui.

— Pourquoi me cherchais-tu, ma reine ?

— J'ai reçu une invitation de mon frère. Il me convie aux festivités qui se préparent en Oldegarde.

— Et pourquoi organise-t-il un banquet animé ?

— Tout ce qu'il dit sur le message, c'est qu'il a une nouvelle à annoncer, soupira-t-elle.

— Et quand dois-tu partir ?

— Nous partirons dès le lever du jour.

Hayden s'écarta de sa femme et lui prit la main. Il l'invita à marcher à ses côtés.

— Tu iras avec les enfants, moi, je dois rester ici, Hope. Il y a beaucoup de choses à faire. Et aujourd'hui, nous recevons les ecclésiastiques d'Androphésia.

— Oui, bien sûr ! Je les avais mis de côté durant un moment. Cela fait si longtemps qu'ils doivent fouler notre royaume pour visiter notre demeure et se rendre compte par eux-mêmes que tout ce qui a été accompli ici n'est pas néfaste pour l'avenir.

Hayden agrippa le bras de sa reine sous le sien tout en continuant sa route vers les escaliers du palais.

— Surtout, Hope, nous devons rester calmes avec eux. Ils essaieront de trouver la moindre faille qui pourrait nous faire abandonner notre religion païenne.

— Je le sais, Hayden. Mais ne me dis pas de rester calme si toi aussi tu t'emportes !

Hayden rit, Hope l'accompagna. Ils gravirent les marches du château et se rendirent dans la salle du trône. Ils prirent place sur leur fauteuil et furent coiffés de leur couronne. Lothaire se tenait près du roi. Nos souverains d'Amnésia attendirent patiemment l'arrivée des hommes de foi.

!!!

Un messager arriva devant l'entrée du palais. Le garde l'interpella et lui demanda ce qu'il voulait. L'homme donna un papier entouré d'un ruban au soldat en lui disant de le remettre au roi. Il n'attendit pas de réponse et reprit sa route en sens inverse. Le garde se dirigea vers la salle de négociation en espérant y trouver son souverain. Celui-ci était occupé avec des hommes d'Église et la reine. Son supérieur se trouvait dans la pièce. Il lui remit le message et disparut. Lothaire contemplait le petit rouleau de papier. Il le garda dans les mains le temps que son roi finisse son entrevue. Hayden était assis à son bureau, Hope se tenait debout à côté de son époux et les deux hommes d'Église étaient assis dans des sièges face aux souverains.

— Votre château est magnifique ! La salle du trône est resplendissante et toutes ces statues de vos... Dieux sont sidérantes, s'enthousiasma le premier ecclésiastique.

— Tout ceci est parfait, s'enquit le second, mais nous ne voyons ici que vos Dieux ! Où se trouve le nôtre ? Vous dites que ce royaume est dédié au culte païen et chrétien. Nous voudrions nous en rendre compte par nous-mêmes ! insista l'abbé.

Hayden fulminait dans son fauteuil. Ces moines l'avaient exténué et il voulait se débarrasser d'eux. C'est Hope qui vint à son secours en posant la main sur l'épaule de son mari tout en parlant aux ecclésiastiques.

— Je vais vous emmener dans le lieu de prière chrétienne si cela vous sied, mes saintetés, proposa Hope. Le roi a des devoirs et il doit abréger cette visite.

Les abbés ne refusèrent pas et Hope les fit sortir de la pièce. Lothaire profita d'être seul avec le roi pour lui donner le message. Hayden le lut et son visage s'assombrit.

— Que se passe-t-il, monseigneur ?

— Une chose que je redoutais, Lothaire. Le chevalier se trouve en Oldegarde !

— Donc, il est bien vivant. Vos doutes étaient fondés, mon roi.
Le roi prit une profonde inspiration.
— Aujourd'hui, il fait partie d'une troupe de saltimbanques et ceux-ci vont donner une représentation dans le palais du roi Elyo.
— Ce n'est pas dans votre domaine, mon roi, ce qui est rassurant.
Hayden se leva de son siège et se rendit à la fenêtre. Il regardait Hope se diriger vers la chapelle tout en communiquant avec les prêtres.
— Non, Lothaire, justement ! Hope doit se rendre dès l'aube en Oldegarde. Son frère lui a envoyé une invitation.
— En effet, mon roi, c'est regrettable. Mais vous ne pouvez pas empêcher la reine de partir en lui racontant un mensonge. Elle n'est pas dupe et se doutera de quelque chose.
— Je dois réfléchir, Lothaire ! Il faudrait que la reine reste au palais de son plein gré.
Puis Hayden vit les enfants jouer dans le jardin. Soudain, il eut une idée non dangereuse et Hope serait obligée de décliner l'invitation de son frère.

!!!

Les abbés contemplèrent la chapelle et scrutèrent la moindre pierre. Les vitraux les émerveillaient. Ils entrèrent en faisant leur signe sacré dans la maison de prière et contemplèrent deux enfants blonds agenouillés devant la grande croix du Christ en train de prier. Une jeune femme se tenait à leur côté. Ils s'approchèrent des jumeaux tout en admirant l'intérieur du lieu. Ils attendirent que les enfants se redressent pour leur parler.

— Êtes-vous chrétiens, mes enfants ?

— Oui, monsieur, répondit Mila.

— Ils sont à la fois chrétiens et païens, intervint Hope. Ils connaissent les deux cultures.

L'homme d'Église posa sa main sur la tête de Mila.

— Fort bien. Sont-ils baptisés, majesté ?

Hope fit la moue.

— Non, je l'avoue. Je préfère qu'ils choisissent le moment venu, leur croyance. Ils seront prêts ce jour-là à être baptisé, que ce soit dans la chrétienté ou le païennisme.

L'abbé soupira et se contenta de sourire. Néanmoins, il ferait part de ce cas à sa souveraineté. Les deux hommes quittèrent la chapelle et furent raccompagnés par la reine vers leur calèche volante. Beaucoup d'engins de ce genre faisaient surface depuis quelque temps. Le roi Elyo autorisait les dirigeants des royaumes voisins à lui faire part de leur demande de création, puis il examinait ces requêtes et si celles-ci étaient faisables, ses concepteurs se mettaient à l'ouvrage. Toutes ces machines étaient fabriquées en Oldegarde. Le roi recevait une somme d'argent en échange de ses services. Dès que les ecclésiastiques furent repartis, Hope se dirigea vers le château en compagnie de ses enfants.

— Qu'est-ce que cela veut dire « être baptisé », maman ? demanda Maëlo.

— C'est un geste qu'un homme d'Église te fait lorsque tu as envie d'accepter le Dieu chrétien en toi.

— Est-ce que le nôtre est pareil ? demanda Mila.

— Non, pas tout à fait. Pour l'instant, je ne vous demande pas de choisir. Je sais que votre grand-mère en a déjà parlé, mais si vous ne souhaitez pas le faire, j'attendrais.

Les enfants se turent, heureux de la situation, et s'éloignèrent de leur mère pour jouer dans le jardin. La nourrice était auprès d'eux. Hope ne voyait pas Aëlys. Celle-ci s'inquiétait. Elle se dirigea vers ses appartements et lorsqu'elle stoppa devant la grande porte, elle entendit le rire de sa petite fille. La reine entra dans la pièce. La petite fille était dans les bras de son père et ils s'amusaient sur le grand tapis de la salle du bureau. Hope les rejoignit et s'allongea sur le tissu où trônaient édredons et coussins. Aëlys approcha de sa mère et se blottit contre elle. La petite fille enfouit son visage dans le cou de Hope et joua avec une boucle rousse de la jeune femme. Hayden s'allongea près de sa femme et caressa les cheveux de sa fille.

— Est-ce que les curés ont apprécié leur visite ? demanda-t-il.

Hope embrassa sa fille.

— Je l'espère, mon roi. Nous devrons attendre leur prochaine visite pour le savoir.

Hayden embrassa son épouse, la petite fille ronchonna et celle-ci posa ses mains sur le visage de sa mère pour que son père ne recommence pas. Hope rit. Hayden agrippa affectueusement son enfant et se leva en sa compagnie. Il se dirigea vers la sortie.

— Tu as des affaires à préparer pour ton voyage, Hope. Je vais te laisser du temps et je reviendrai finir ce

que j'ai commencé sans qu'une petite colombe vienne y mettre son petit bec !
Hayden s'éclipsa et Hope se redressa du sol pour se diriger vers la chambre nuptiale. Le roi déambulait dans le château en portant sa fille. Celle-ci lui agrippait le cou de ses petits bras. Ses yeux bruns fixaient le visage de son père.

— Tu es une petite minaudière, tu sais, mon hirondelle !

La petite fille secoua sa tête de gauche à droite.

— Non ! affirma-t-elle d'une voix enfantine.

— Alors, explique-moi pourquoi tu ne veux pas que je baise les lèvres de ta mère.

La petite fille enfouit son visage dans le cou de son père.

— Pardon, susurra-t-elle.

Hayden stoppa devant la chambre d'Aëlys. Il caressa les cheveux de celle-ci.

— Regarde-moi, mon hirondelle ! ordonna-t-il.

La petite fille posa son regard sur le faciès de son père. À cette frimousse, le roi ne résistait pas. C'était sa faiblesse ! Il embrassa Aëlys sur la joue.

— Tu es pardonnée, mon bébé, souffla-t-il tendrement.

Il donna l'enfant à Kena qui s'occupait personnellement de la petite fille, Hope l'ayant demandé. Elle voulait que la jeune femme ait une autre activité au sein de leur famille. Celle-ci était toujours ravie de voir le roi. Elle se souvenait parfaitement du moment où elle fut sa maîtresse. C'était arrivé qu'une seule fois, mais c'était magnifique ! Le roi, lui, avait tout oublié.

Hayden se rendit dans les cuisines et demanda que l'on prépare du lait frais pour les enfants. Il attendit que les godets soient prêts. Hope s'était rendu dans son atelier d'inventions pour se détendre. Elle n'y allait plus aussi souvent qu'avant. Elle devait gérer le royaume lorsqu'Hayden s'absentait et cela prenait beaucoup de temps. Des créations avaient vu le jour, comme plusieurs arbalétrières qui étaient aujourd'hui très performantes. Quelques armes, dont une dague qui se rétractait pour pouvoir la dissimuler sous un vêtement ainsi que de nouveaux jouets pour ses enfants. Gaya et Bran se couchaient toujours sur le tapis moelleux lorsque leur maîtresse confectionnait des objets. Cela pouvait durer des heures.

!!!

L'heure du dîner approchait et Hope se rendit dans la salle des repas. Ses enfants étaient déjà installés. Kena était aussi présente. Étant la dame de compagnie d'Hope et la gouvernante attitrée d'Aëlys, celle-ci prenait part au repas et parfois, aux entretiens. Hope s'assit à sa place.

— Le roi n'est-il pas encore arrivé ? demanda-t-elle à Kena.

— Non, votre majesté.

— Très bien, attendons-le ! suggéra Hope.

Elle fit un signe de la main aux serviteurs qui amenèrent la nourriture sur la table. Hayden entra dans la salle et plaça un godet de lait chaud près de chaque enfant. Hope s'étonna. Les enfants regardèrent leur père qui prenait place en bout de table.

— Le contenu de ce godet est du lait de vache, expliqua-t-il. Je sais que depuis votre sevrage, vous n'avez plus bu de ce nectar blanc. Je voulais vous en proposer ce soir pour vous permettre de dormir convenablement cette nuit avant votre départ.

Les enfants étaient heureux de revoir leur grand-mère et le château d'Oldegarde. Aëlys était trop petite pour s'en souvenir, mais elle accompagnait son frère et sa sœur dans leur joie. Les domestiques servirent la nourriture et les boissons et tout le monde commença à manger. Dans l'empressement, Aëlys renversa son godet de lait sur la table. Hope interrompit son repas. Hayden soupira.

— Puisque tu as été négligente, Aëlys, tu n'auras pas d'autre godet de lait ! gronda le roi.

La petite fille regarda son père avec des yeux larmoyants et se mit à pleurnicher.

— Ce ne sont pas de vraies larmes, princesse ! Cesse ces enfantillages ! reprit le roi.

Kena posa sa main sur la tête de la petite fille. Hayden demanda à la gouvernante de stopper ce geste, ce qu'elle fit sans rechigner. Hope contempla Hayden. Elle savait qu'il n'aimait pas les pleurs imaginaires de ses enfants.

— Je voulais… boire le lait, bafouillait Aëlys en sanglotant.

Elle s'essuyait les larmes en frottant ses yeux.

— Je pense que tu es fatiguée, mon hirondelle, soupira Hayden. Ta gouvernante va t'emmener jusqu'à ton lit et ta mère viendra te border.

Kena se leva de son siège et emmena l'enfant. Mila et Maëlo mangèrent tranquillement. Ils ne faisaient aucun bruit lorsque leur père se fâchait à table. Mila but son lait, Maëlo le garda précieusement en cachant son godet sous sa chaise. Lorsque le repas fut fini, le roi s'éclipsa de la pièce, laissant les serviteurs débarrasser les mets et Hope demanda à ses jumeaux de la suivre. Maëlo attrapa le godet sous son fauteuil et le présenta à sa mère.

— C'est pour ma sœur, maman. Je pense que le lait est froid maintenant, mais elle peut le boire.

La reine embrassa son fils sur le front et prit le godet dans sa main.

— Je vais lui porter, Maëlo. Tu es un grand frère très attentionné.

Les enfants entrèrent dans leur chambre et la nourrice s'occupa de les préparer pour la nuit. Hope se rendit auprès de sa cadette qui était déjà installée dans son lit. Kena se trouvait à ses côtés.

— Tu peux disposer pour cette nuit, Kena !
— Bien, votre majesté.

La gouvernante sortit de la pièce. Aëlys regardait le godet qui se trouvait dans les mains de sa mère.

— C'est pour moi, maman ? demanda-t-elle de sa petite voix fluette.

— Oui, mon ange. Ton grand frère a gardé son lait pour que tu le boives à sa place. Il était triste de te voir pleurer.

La petite se redressa et prit le godet dans ses mains. Elle le porta à sa bouche et but lentement le lait froid. Hope caressait les cheveux de sa petite fille.

— C'est bon, mon ange ?

Aëlys ôta l'objet en bois de sa bouche et le présenta à sa mère.

— J'ai tout bu ! dit-elle fièrement.

Hope sourit en prenant le godet.

— C'est bien, ma chérie. Ton frère sera fier de toi.

Puis la reine borda la fillette et s'allongea près d'elle. Maëlys regardait le visage de sa mère proche du sien. Celle-ci lui chantait une berceuse. Elle prit une boucle de cheveux de Hope dans sa main et la fit tourner. Le pouce de son autre main se retrouva dans sa bouche. La reine caressait le visage de son enfant. La mère comme la fillette se disait qu'un tel ange ne pouvait pas exister. Mais elles étaient bien réelles et leur amour l'une envers l'autre ne s'estomperait jamais. La porte de la pièce s'ouvrit doucement, Hayden fit son entrée silencieusement. Il approcha de sa femme qui se redressait doucement.

— Elle s'est endormie, susurra Hope.

Le roi se pencha vers sa fille et lui donna un baiser sur le front.

— Je suis désolé, mon hirondelle, soupira-t-il doucement.

Le couple royal sortit de la chambre de la fillette et se rendit dans leurs appartements. Hope se dévêtit sous le regard malicieux de son époux. Il attendait sur la couche. Lorsqu'elle vint vers lui en habit d'Eve, il la prit dans ses bras et l'allongea sur le lit. Il se positionna au-dessus d'elle et embrassa ses lèvres, puis son cou, ses seins. Hope frémissait.

— Tu as été un peu dure avec ta fille, ne trouves-tu pas, mon roi ?

Hayden releva son visage et fixa le regard accusateur de sa femme.

— Tu sais que je n'aime pas les chouineries !

— Je sais, mais c'est encore un bébé… notre bébé.

— Elle grandit, elle prend du caractère et tu ne la réprimandes pas assez, Hope.

Hope se redressa tout en fixant rageusement Hayden.

— Tu vas me dire que c'est ma faute, Hayden ? Lorsque tu n'es pas ici, je m'occupe de mes enfants et tout particulièrement de ta fille ! Je prends le temps de jouer avec eux ou de les câliner, même si les obligations du royaume absorbent mon énergie. Alors, ne me remets pas la faute du comportement d'Aëlys !

La reine se redressa, Hayden l'agrippa par la taille et la ramena sur la couche. Il la prit contre lui et embrassa son cou. Il sentait l'odeur de la reine, sa peau était si douce.

— Pardonne mes paroles, ma reine. Je n'aime pas ce genre de disputes à propos de nos enfants. Tu es une merveilleuse mère.

Hayden caressa la peau de Hope et celle-ci se laissa séduire. Elle s'allongea sur le dos et attira son époux contre elle. Il embrassa ses lèvres.

— Alors, comble cette merveilleuse mère cette nuit, susurra-t-elle à l'oreille d'Hayden.

Le roi commença les préliminaires et la reine fut en extase. Son ventre se contractait, son dos se courba, Hayden glissait en elle tendrement. Leur nuit d'amour fut intense.

. Oldegarde.

Hope se réveilla en douceur. Le roi n'était plus à ses côtés. Elle s'étira et se leva. Elle était toujours en tenue d'Eve, elle se revêtit de sa chemise. Elle demanda que les servantes lui préparent un bain. Celui-ci fut prêt dans l'heure qui suivit et Hope se prélassa dans le baquet. Kira entra dans la chambre royale et aida la reine à se préparer.

— Le roi se trouve-t-il avec les enfants ? demanda Hope.

— Mila et Maëlo sont à table, majesté. Ils vous attendent. Le roi est sorti.

— Sorti ? Sais-tu où il s'est rendu ?

— Non, votre majesté, il est parti à l'aube. Quant à Aëlys, elle n'est pas encore réveillée.

Hope se tourna vers sa dame de compagnie.

— Pas encore réveillée ? Cela est inhabituel, s'étonna Hope.

Kira sourit.

— C'est une enfant et parfois, ceux-ci ont besoin de beaucoup de sommeil. Ne vous inquiétez pas, votre majesté. J'irai la voir une fois votre toilette finie.

Hope se laissa guider par la jeune femme et la reine se rendit dans la salle de repas. Kena se dirigeait vers la chambre de la cadette. Lorsque Hope entra dans la grande salle, ses enfants l'accueillirent ainsi que le roi, qui était revenu. La reine s'assit et attendit que les servantes dressent les mets sur la table avant de parler.

— Où étais-tu, mon roi ? demanda-t-elle.

— Ne t'inquiète pas, Hope. J'étais juste sorti pour savoir si votre départ s'organisait bien.

Soudain, la porte de la salle s'ouvrit brusquement et Kena fit son apparition, apeurée. Hope se leva de sa chaise et approcha de sa dame de compagnie. Elle posa ses mains sur les épaules de la jeune femme.

— Que se passe-t-il, Kena ? s'inquiéta-t-elle.

— Votre fille a de la fièvre, majesté, et elle a mal au ventre. J'ai fait appeler le mire.

Hope sortit de la salle en courant et se précipita dans la chambre d'Aëlys. La petite fille était allongée sur son lit, sous l'édredon. La reine s'assit sur la couche près de sa fille et lui toucha le front. Celui-ci était brûlant. Les cheveux de l'enfant étaient en sueur. Hope ôta la couverture et déshabilla sa petite fille. Elle demanda qu'on lui apporte un baquet d'eau froide pour plonger le corps de la fillette. Les serviteurs s'activèrent et placèrent le bain dans la pièce. Hayden s'en voulait. Ce n'était pas sa fille qui devait boire le lait ! Il vit les domestiques s'activer dans la chambre de sa fille. Il se précipita à l'intérieur et vit son épouse porter Aëlys.

— Attends ! Je vais la prendre, dit-il à Hope.

La reine laissa sa petite fille dans les bras de son père.

— Elle est brûlante, Hayden, il faut la plonger dans l'eau pour que sa fièvre baisse !

Le roi déposa sa fille dans le baquet et Hope s'agenouilla près d'elle. Elle tenait la tête d'Aëlys hors de l'eau.

— Le mire ne devrait pas tarder ! lança Hayden. Je vais voir s'il arrive.
Les yeux de Hope s'embuèrent.
— Je ne veux pas la perdre, Hayden.
Le roi soupira. Il approcha de sa femme et caressa ses cheveux.
— Ne t'inquiète pas, Hope. Je suis sûr que ce n'est qu'un petit virus.
— Je l'espère, susurra Hope.
Hayden sortit de la chambre. Lui savait que sa fille ne risquait rien ! Il alla jusqu'à l'entrée du palais et attendit le mire.

!!!

Hope avait enveloppé sa fille d'un drap propre. Aëlys reposait sur son lit. Sa fièvre avait baissé, mais l'enfant était toujours pâle. Ses yeux bruns regardaient sa mère.
— Maman... gémit-elle, j'ai bobo au ventre.
Hope s'allongea près de sa fille et caressa son visage.
— Je sais, mon ange, on va te soigner.
Hayden entra avec le mire. Hope se redressa et se positionna près de son époux le temps que l'homme examine l'enfant. La reine prit la main d'Hayden dans la sienne et serra celle-ci. Le roi se rapprocha de sa femme et la serra contre lui. Le mire se redressa enfin et sortit une petite fiole de sa sacoche. Il se tourna vers les époux royaux.
— Votre fille souffre d'indigestion. Ce n'est pas mortel. Donnez-lui deux cuillères de ce remède deux fois par jour.

Hayden prit la fiole et la donna à son épouse.

— Je vous remercie, mire. Veuillez me suivre, je vais vous payer votre dû.

Le mire suivit le roi et ils sortirent de la pièce. Hope resta allongée près de sa fille. Elle lui chantonna une berceuse. Kena entra dans la chambre peu de temps après que le mire fut parti. Elle approcha de la reine et posa sa main sur le bras de celle-ci.

— Je vais prendre le relais, ma reine. Mila et Maëlo vous attendent pour préparer leur voyage.

Hope se redressa. Elle ne devait pas négliger ses autres enfants. La reine se rendit auprès de ceux-ci et leur expliqua que leur sœur resterait au château. Elle prépara leur sacoche et leurs doudous. Une fois ce travail fait, elle se rendit dans la salle du trône où Hayden avait pris place dans son siège et finissait de recevoir les doléances de la journée. Lothaire se trouvait à ses côtés, debout près de la statue de Thor. Lorsque le dernier plaignant quitta la salle, Hope se montra et rejoignit son époux. Celui-ci lui demanda de s'assoir. Elle prit place sur son fauteuil en tenant la main du roi.

— La matinée a été éprouvante, ma reine, tu dois te reposer avant de partir, suggéra le roi.

Hope prit la main d'Hayden entre les siennes et la porta à sa joue.

— J'ai réfléchi, mon roi, et je vais rester au château avec notre fille malade.

— Mais tu dois te rendre auprès de ton frère, Hope.

— Il comprendra ma décision. Explique-lui ce qu'il se passe et je sais qu'il ne m'en voudra pas ! Nous pourrons nous revoir bientôt.

Lothaire se pinça les lèvres. Il se doutait que le roi manigançait quelque chose pour retenir la reine au château, mais de là à rendre malade sa propre fille, cela le consternait ! Hayden embrassa sa femme sur le front.

— Es-tu certaine de ta décision, Hope ? demanda-t-il.

— Oui, mon amour. Je te laisse ma place et tu prendras soin des enfants.

— Très bien, Hope. Notre fille sera entre de bonnes mains en ta compagnie.

Les époux se retirèrent, Lothaire rejoignit ses quartiers, le dragon de fer fut prêt à prendre le départ.

Les enfants étaient heureux de revoir leur grand-mère. Ils montèrent les premiers dans le ventre d'acier, suivi de leur nourrice. Hayden donna les dernières recommandations à Lothaire qui resterait avec la reine et il embrassa son épouse. Puis, il s'éclipsa et le gros animal en fer prit son envol. Hayden était aux commandes du dragon. Les enfants étaient calmes. Le roi les observait d'un regard.

— Approchez les enfants ! ordonna-t-il.

— On a le droit ? s'étonna Mila.

— Oui, puisque je vous le demande. Asseyez-vous sur l'autre siège !

Les enfants obéirent et ils regardèrent leur père manier l'objet.

— Votre sœur est malade, vous le savez ?

— Oui, père, répondirent les enfants en cœur.

— Je me demandais ce qu'elle avait pu manger ou boire la veille pour que cela lui fasse mal au ventre, lança Hayden.

Les enfants se regardèrent. Ils se blottirent l'un contre l'autre.

— Avez-vous quelque chose à vous reprocher, les enfants ? continua Hayden.

— Maëlo n'a pas bu son lait, susurra Mila.

— Je voulais le donner à ma sœur, car elle était triste, ajouta le garçon.

Hayden grimaça. Le ton de sa voix changea.

— Votre sœur était punie ! Tu le savais, Maëlo ! gronda-t-il.

— Oui, soupira l'enfant d'une voix tremblotante.

— Tu as certainement donné le godet à ta mère pour que celle-ci l'offre à ta petite sœur, suggéra Hayden.

— Oui, père.

Le roi fulminait. Il se racla la gorge.

— Retourne à ta place, Maëlo ! ordonna-t-il. Tu es puni !

Le petit garçon obéit sans rechigner. Son père lui faisait peur, mais il ne le disait jamais à sa mère. Celle-ci serait triste de l'apprendre. La nourrice prit la main du petit garçon dans la sienne et le réconforta. Hayden montra le maniement du dragon de fer à Mila. Même si la fillette ne comprenait pas tout, elle était ravie que le roi lui octroie un peu d'affection. Ils arrivèrent en Oldegarde à la sixième heure du jour.

!!!

Eldrid était impatiente de revoir ses petits enfants et sa fille. Elyo se trouvait dans la cour avec la jeune reine, ainsi que quelques guerrières au blason, dont Freya, qui résidait dans ce lieu. Maïlann, Kiryan et Hedda s'impatientaient. Le dragon de fer se posa dans la cour. La porte s'ouvrit et une femme sortit de l'engin accompagnée de deux enfants. Eldrid posa ses mains sur son cœur. Ils avaient tant grandi ! Les jumeaux ne bougèrent pas, attendant les ordres de leur père. Pourtant, ils voulaient rejoindre leur grand-mère et lui donner des baisers. Elyo avança vers le dragon, suivi d'Eline. Ce fut le tour d'Hayden de se montrer. La joie de nos compagnons s'estompa et la tristesse d'Eldrid se dessina sur son visage. Sa fille n'était pas présente ! Elle n'avait pas revu Hope depuis presque deux années.
Le roi d'Amnésia prit les enfants par la main et rejoignit le souverain d'Oldegarde. Il se posta devant celui-ci.

— Veuillez accepter mon bonjour, votre majesté, commença Hayden.

— Bienvenue en Oldegarde, roi Hayden.

— Votre sœur ne peut être présente et elle s'en excuse, monseigneur. Notre fille Aëlys est malade, Hope est restée à son chevet.

— Rien de grave, j'espère ? s'inquiéta Elyo.

— Non, le mire nous a dit que ce n'était qu'une indigestion.

— Je suis content de l'apprendre, sir Hayden. Et j'excuse ma sœur.

Les enfants ne bougeaient pas. Eline les contempla. Ils étaient magnifiques ! Hayden regarda la jeune reine. Elle aussi avait bien grandi. D'une adolescente, elle était devenue une belle jeune femme. Puis il posa son regard sur son ventre rond. C'était sûrement pour cela que le roi organisait des festivités. Les deux souverains se dirigèrent vers les marches du palais où attendait Eldrid. Celle-ci salua le roi Hayden comme il se devait et se baissa à hauteur de ses petits-enfants.

— Bonjour, mes petits anges, soupira-t-elle. J'avais hâte de vous voir !

La reine mère écarta les bras pour que les enfants puissent s'y réfugier. Ceux-ci regardèrent leur père. Eldrid s'en étonna.

— Pouvons-nous disposer, père ? demanda Mila.

— Oui, vous le pouvez !

Les jumeaux se jetèrent dans les bras de leur grand-mère et celle-ci les câlina, tout émue. Les enfants commencèrent à pleurer doucement.

— Je ne veux pas de chouineries ! intervint Hayden fermement.

Les enfants cessèrent de pleurer. Elyo intervint.

— Laissons ma mère avec ses petits-enfants et allons parler d'affaires de royaumes, sir Hayden.

Le roi d'Amnésia obtempéra. Il n'était pas revenu dans ce château depuis le mariage des deux souverains. Il savait qu'il n'était pas le bienvenu sur ce domaine, même si certaines personnes lui montraient de l'affection. C'était uniquement parce qu'il était marié à Hope ! Il suivit le roi, laissant les enfants avec la nourrice.

— Je ne l'aime toujours pas ! ragea Kiryan.

Maïlann posa sa main sur l'épaule de son frère.

— Je sais, mon frère. Mais il faut l'accepter, Hope est passionnément amoureuse de lui.

— Oui, et à cause de cela, celle-ci ne nous rend plus visite, se lamenta-t-il.

— Ne dis pas de sottises, Kiryan, lança Hedda. Je suis allée dans le château de Hope. Elle a fait de cet endroit un havre de paix pour mes sœurs et tous les païens. Elle a beaucoup de travail ! Elle n'a pas le temps de faire des pauses, malheureusement.

— Je me doute, souffla l'homme. Mais c'est pourtant Hayden qui vient aujourd'hui !

Kiryan quitta les jeunes femmes sans attendre de réponse. Il était frustré. Hedda retourna à ses occupations et Maïlann contempla le roi d'Amnésia. Elle devait absolument lui parler avant que celui-ci ne provoque un conflit.

!!!

Eldrid prit les mains de son petit-fils entre les siennes.

— Êtes-vous heureux, Maëlo ?

Le petit garçon ne comprenait pas très bien la question de sa grand-mère.

— Père est fâché, car j'ai donné mon godet de lait à ma petite sœur avant de nous coucher, avoua l'enfant. C'est ma faute si elle est malade.

— En fait, Aëlys pleurait, car elle avait renversé le sien et père l'a grondé, ajouta Mila. Maëlo a gardé son lait pour elle. Maman le lui a donné.

Eldrid rassura son petit-fils et se redressa. Elle prit les mains des enfants dans les siennes. Elle se tourna vers la nourrice.

— Comment vous appelez-vous ? demanda-t-elle.

— Constance, majesté.

— Chère Constance, si je vous pose quelques questions sur la vie de mes petits-enfants, pourrez-vous me répondre sans difficulté ?

— Je vais essayer, votre majesté.

Eldrid demanda à la jeune femme de la suivre dans les jardins. Elles s'assirent sur un banc pendant que les jumeaux s'amusaient.

— Est-ce que le roi Hayden traite bien les enfants ? demanda-t-elle à la nourrice.

— Je vous assure qu'il ne les a jamais battus, majesté. Il les punit, les gronde.

— Et ma fille, la reine ?

La gouvernante sourit.

— Je ne connais pas un autre homme dans ce royaume qui ne soit pas aussi épris de ma reine. Le roi estime son épouse et ce qu'ils ont accompli en Amnésia est merveilleux. Votre fille, majesté, est adulée par son peuple.

— Mais je vois que Maëlo est troublé par la présence de son père, ajouta Eldrid.

Constance se pinça les lèvres. Elle avait assisté à quelques punitions durant les entraînements du petit garçon.

— Je pense que Maëlo craint le roi. Celui-ci est un garçon et de ce fait, il doit apprendre à se battre et devenir un grand homme. Parfois, lors des entraînements avec le roi, Maëlo se fait punir.

— Comment cela ? demanda Eldrid. Expliquez-moi !

Constance prit une profonde inspiration.

— Le roi lui interdisait de manger. Ces jours-là, je menais en douce un morceau de pain et de fromage à mon petit chevalier. C'est comme cela que je l'appelle, avoua la nourrice. Un jour, Maëlo s'était entraîné très dur et il était fatigué. Voyant cela, le roi s'est approché de lui et lui a agrippé le bras fortement. J'avais de la peine, mais je ne pouvais pas intervenir. Me comprenez-vous, majesté ?

— Je vous comprends, Constance. Continuez !

— Maëlo commençait à pleurer et le roi se fâcha. Il lui fit une leçon de morale et il ordonna à mon petit chevalier de rester immobile, debout sur un pied, les mains derrière la tête.

— Combien de temps est-il resté ainsi ? demanda Eldrid.

— Je dirais, presque une heure entière. Lorsque j'ai récupéré Maëlo, ses jambes tremblaient, il avait froid et ses yeux étaient humides de larmes. Je lui ai donné un bain et il s'est couché. La fatigue l'a emporté tout de suite.

— Est-ce que ma fille était au courant ?

— Oh, non, votre majesté ! Les punitions de ce genre étaient toujours données lorsque la reine était absente. Elle n'aurait jamais accepté cela. Elle aime son petit garçon !

— Mila participait-elle à ces entraînements ?

— Non, majesté. Le roi endurcit seulement le prince.

— N'en avez-vous jamais parlé à la reine ?

Constance baissa le regard. Elle froissait le tissu de sa robe anxieusement.

— Je suis désolée, votre majesté. Le roi est mon maître et je ne voulais pas faire de la peine à ma reine. Et Maëlo était toujours joyeux, donc je pensais qu'il oubliait ces incidents.
Eldrid posa sa main sur celles de la jeune femme.
— Ce n'est pas votre faute, Constance. Mais on ne peut pas oublier de tels actes, même si on est un enfant. Certes, le roi veut bien faire en endurcissant mon petit-fils, mais d'après vos dires, je pense que ce n'est pas la bonne façon de faire.
Constance était d'accord avec la reine mère. La nourrice disposa et rejoignit les enfants. Eldrid savait parfaitement la raison qui poussait Hayden à se conduire ainsi avec Maëlo. Le petit garçon ressemblait à son père biologique !

!!!

Hayden quitta le roi Elyo à la neuvième heure du jour, le soleil se couchait. On le conduisit à ses appartements et il fut ravi de voir ses bagages sur le sol. Ceux des enfants n'étaient pas dans la pièce. Il entendit du bruit derrière une porte en bois qui communiquait avec sa chambre. Il écouta et comprit que les jumeaux se trouvaient non loin de lui. La nourrice était en leur compagnie. Il frappa à la porte et entra. Les enfants se turent et Constance fit une révérence.
— Avez-vous besoin de quelque chose, monseigneur ? demanda-t-elle.
— Non, Constance. Vous pouvez disposer ! Je vais m'occuper des enfants.

— Bien, monseigneur.

La jeune femme sortit de la chambre en soupirant. Elle espérait que tout irait bien pour eux. Elle rejoignit les logements des domestiques. Hayden approcha de la couche et s'assit près de Mila. Les enfants étaient déjà allongés dans le grand lit. Le roi caressa la joue de la petite fille.

— Je ne sais pas quel est le rituel du coucher de votre mère, Mila. J'aimerais l'apprendre.

La petite fille sourit.

— Maman nous borde puis se couche entre Maëlo et moi, père. Puis elle nous chante une chanson tout en nous caressant les cheveux et en nous embrassant jusqu'à ce que nous dormions.

Hayden grimaça.

— Je vais vous border et je vais me coucher entre vous deux le temps de votre endormissement.

Le souverain d'Amnésia fit ce qu'il avait prévu et lorsqu'il se coucha sur le lit, la petite fille se tourna vers lui et embrassa sa joue. Elle laissa sa main sur la joue d'Hayden.

— Je vous souhaite de beaux rêves, père. Je vous aime.

Le roi ne savait pas comment réagir. C'est vrai qu'il n'avait jamais pris le temps de donner de l'amour à ces enfants.

— Est-ce que Maëlo est toujours puni, père ? demanda la petite fille.

Hayden embrassa le front de la fillette et se tourna vers le petit garçon qui ne bougeait pas.

— Pourquoi as-tu donné le godet de lait à ta mère alors que j'avais interdit à Aëlys d'en avoir un autre ?
— J'étais triste pour ma sœur, père. Je voulais lui faire plaisir.
Hayden toucha pour la première fois le visage du petit garçon.
— Tu aimes ta sœur ? N'est-ce pas, Maëlo ?
L'enfant tourna son visage vers Hayden.
— Oui, père.
— Vous savez que je ne suis pas votre vrai père, n'est-ce pas ?
— Oui, soupirèrent les jumeaux en même temps.
— Mila dit qu'elle m'aime, et toi, Maëlo ? Est-ce le cas ?
Le petit garçon hésitait. Il se pinçait les lèvres. Hayden prit le visage de l'enfant entre ses mains et l'obligea à le regarder.
— M'aimes-tu, Maëlo ?
Mila se redressa et posa sa main sur l'épaule d'Hayden.
— Il vous aime. Mais parfois, vous lui faites peur, père ! avoua-t-elle.
Hayden approcha le petit garçon contre lui et posa sa tête sur le haut du crâne de l'enfant.
— Excuse-moi de te faire peur, Maëlo. Si je suis dur avec toi, c'est pour que tu deviennes un grand combattant, même un grand roi. Je veux que tu protèges tes sœurs et ta mère lorsque je suis absent ! Le comprends-tu, mon fils ?
Maëlo accepta le geste d'amour du roi et il se blottit contre celui-ci.

— Oui, père, je comprends, soupira l'enfant. Je vous aime. Et je vous demande pardon, je ne vous désobéirai plus.

Hayden embrassa le front du garçonnet.

— Ta punition est levée, mon fils.

Le roi décida de raconter une histoire aux enfants, même si celle-ci n'était pas très avenante. Il les fit rire et ils promirent au roi qu'ils ne raconteraient jamais à leur mère que l'histoire parlait de batailles et de femmes de joie. Il les quitta dès qu'ils s'endormirent et Hayden décida de prendre l'air frais. Il se dirigeait vers les tentes des saltimbanques. Le premier jour de festivités commençait en milieu de matinée. Maïlann aperçut Hayden dans les jardins. Elle le suivit et celui-ci disparut soudainement. Puis, la jeune femme fut projetée contre le mur du château. Hayden lui agrippa le cou et la bloqua. Il se colla contre elle, son visage proche de celui de Maïlann.

— Enfin, tu oses te montrer à moi ! susurra-t-il à son oreille. Où étais-tu passée tout ce temps, Maïlann ?

— Ici, en Oldegarde. Je te l'ai déjà dit, Hayden, je ne veux pas faire de mal à Hope. Et je t'ai toujours donné des nouvelles du royaume !

Les lèvres du roi étaient suspendues au-dessus de la bouche de Maïlann. Celui-ci caressait sa joue, ses lèvres. Maïlann résistait.

— L'as-tu vu ? demanda-t-il.

— Oui, mon roi.

— Que fait-il ?

— Comme je te l'ai dit dans le message, il fait partie d'une troupe de jongleurs de feu à présent. Et tu n'as rien à craindre. Je lui ai parlé, il a oublié sa vie d'autrefois !

— On ne peut pas oublier Hope ! suggéra le roi.

— Il a une compagne. Il souhaite être tranquille !

Hayden s'écarta de Maïlann. Il contourna celle-ci et se dirigea vers le campement.

— Ne fais pas d'esclandre, je t'en conjure, Hayden ! lança-t-elle.

Mais le roi ne lui répondit pas et continuait d'avancer. La jeune femme décida de le suivre. Mais contrairement à ce qu'elle pensait, Hayden restait dissimulé. Il examina le chevalier au loin ainsi que ses compagnons de voyage. Celui-ci jonglait avec le feu. Des boules de flammes se formaient entre ses mains. Maintenant, il en était sûr, les pouvoirs du nécromancien s'étaient transférés dans Amaury ! Il retourna à ses appartements et sortit de sa sacoche la pierre de Tourmaline.

Rivaux.

Les festivités se préparaient en Oldegarde. Les saltimbanques répétaient leur spectacle. Les jumeaux observaient les personnes présentes autour du campement. Ils admiraient les jongleurs. Tout spécialement ceux qui jouaient avec le feu. Maëlo attendit que ceux-ci cessent leur entraînement et se dirigea vers eux. Mila le suivait de près, inquiète de se faire prendre par leur père. Celui-ci leur avait demandé de ne pas importuner les visiteurs. Le petit garçon stoppa près d'un homme assis sur un tronc d'arbre qui faisait danser une flamme dans sa main.

— Comment faites-vous cela ? demanda-t-il.
Amaury cessa son tour de magie et posa son regard sur l'enfant. Celui-ci avait bien grandi ainsi que sa sœur. Ils étaient beaux ! Des cheveux bouclés blond doré, de grands yeux bleu-vert pleins de malice. Maëlo approcha et regarda entre les mains de l'ex-chevalier.

— Faites-vous sortir les flammes de vos mains ?
L'homme se redressa.

— C'est de la magie, mon garçon ! lança Amaury.
L'ex-chevalier ne voulait pas s'éterniser. La vue de ses enfants le rendait vulnérable. Il voulait pleurer et hurler en même temps. On lui avait arraché ceux-ci. Mila et Maëlo ne savaient même pas qui il était et ils étaient trop

petits à l'époque pour se souvenir de lui. Le petit garçon insistait et il prit la main de l'homme dans les siennes pour la toucher et comprendre le tour. Amaury se pinça les lèvres. Son cœur se serrait dans sa poitrine. Maëlo leva son regard vers lui.

— Est-ce que tu es magicien ? interrogea l'enfant.

Mila s'approcha timidement. Elle n'avait encore rien dit. Elle posa son doigt sur la main d'Amaury.

— Les flammes ne brûlent pas tes mains, s'étonna-t-elle.

Loumie contempla la scène. Elle comprit, à l'expression du visage d'Amaury, qui étaient ces enfants. Elle sourit et vint en aide à son amant.

— Vous savez les enfants, commença-t-elle, un magicien ne révèle jamais ses secrets.

Les jumeaux s'esclaffèrent. Loumie s'agenouilla devant Mila et toucha ses cheveux.

— Comme tu es jolie, ma princesse.

— Toi aussi tu es belle ! lança la petite fille.

Amaury soupira. La jeune femme voyait bien que celui-ci ne désirait pas s'immiscer dans la vie des enfants.

— Où se trouve votre mère ? demanda Loumie.

— Maman est restée au château, car notre sœur est malade, expliqua Maëlo. Elle devait venir avec nous, mais… père a prit sa place, se lamenta le petit garçon.

La jeune femme caressa les cheveux du petit garçon.

— Tu as l'air triste d'être venu avec ton père et non ta maman, petit ange. Je suis certaine qu'elle sera présente dès que votre sœur ira mieux.

Maëlo fit la moue et posa ses mains sur les bras de Loumie.

— J'aurais préféré que maman vienne avec nous, mon père me...

— Chut... il ne faut pas le dire, Maëlo ! intervint Mila.

Loumie regarda Amaury avec étonnement. L'ex-chevalier fronça les sourcils.

— Il ne faut pas dire quoi, princesse ? demanda-t-il à Mila.

Mais les enfants se turent lorsqu'ils entendirent la voix de leur père au loin. Maëlo tremblait. Mila se positionna près de son frère et lui donna la main. Ils avancèrent vers le roi Hayden. La nourrice approcha du jeune couple de saltimbanques.

— Veuillez excuser les enfants, ils ne vous importuneront plus, soupira Constance. Le prince Maëlo et la princesse Mila d'Amnésia ne sont pas autorisés à venir dans votre campement.

Amaury n'écoutait pas vraiment la gouvernante, il se concentrait sur ce que disait Hayden aux enfants.

Le roi attendit les jumeaux et dès que ceux-ci stoppèrent devant lui, il s'agenouilla à leur hauteur. Il prit une profonde inspiration.

— Vous m'avez désobéi ! Vous le savez ?

— Oui, père, soufflèrent-ils ensemble.

Hayden ferma les yeux un instant. Il retenait sa colère.

— Que dois-je faire à votre avis ?

— Nous punir, susurra Mila.

Hayden posa ses mains sur chaque tête des enfants.

— Vous pensez que votre punition est juste ?

— Oui, père, se lamenta Maëlo.

Mila ne disait rien. Elle regarda à la fois son père et son frère. Hayden avait son coupable.

— Mila ! Attends ta nourrice !

— Mais… père, Maëlo n'a rien fait de mal.

Hayden se redressa et agrippa la main du petit garçon. Les joues de l'enfant s'humidifiaient de larmes.

— Il m'a désobéi et t'a entraîné dans cet engrenage.

Hayden partit avec le petit garçon qui baissait la tête. Mila courut vers sa nourrice et se blottit dans ses bras. Elle se mit à pleurer.

— Je vais emmener la princesse, dit-elle au jeune couple. Veuillez m'excuser ! Je vous laisse à vos occupations.

— Attendez ! lança Amaury. Est-ce que le prince est souvent puni ?

— Je… le roi est bon avec ses enfants et la reine. Mais parfois, Maëlo est imprévisible et surtout, plein de malice. Son comportement déplait au souverain. Mais jamais il ne frappe mon petit chevalier.

Sur ces mots, la jeune femme s'éloigna en compagnie de Mila et elles disparurent dans les jardins.

Loumie prit les mains de son amant dans les siennes.

— Ces enfants te ressemblent tant, Amaury. La reine doit être magnifique pour que ces merveilles aient de tels traits.

Amaury s'inquiétait pour son fils, mais il ne le montra pas à sa bien-aimée.

— Oui, très belle. Lorsque tu la verras, tu comprendras. Il faut se préparer à présent, Loumie. Le spectacle commence bientôt.

Le couple de saltimbanques entra sous leur toile et prépara les derniers ajustements de leur jonglerie.

!!!

Maëlo était assis sur le fauteuil de sa chambre. Le roi était agenouillé face à lui.
— Tu vas réfléchir à ce que tu as fait, Maëlo ! je t'interdis de bouger de ce siège, ordonna le roi d'une voix ferme.
Le petit garçon retenait ses larmes.
— Et les rois ne pleurent pas ! ajouta Hayden.
Les épaules de Maëlo tressaillirent et ses larmes coulèrent. Le petit garçon était malheureux et furieux en même temps. Les paroles qu'il prononça heurtèrent la patience du roi.
— Je vous déteste ! hurla le petit garçon. Je voudrais que maman soit avec nous et qu'elle vous punisse !
Hayden posa ses mains sur les épaules du garçonnet. Il approcha son visage de celui de Maëlo.
— Parce que tu penses que ta mère a le pouvoir de me défier ?
— Oui, pleura l'enfant. C'est la reine et je vais lui dire que vous me punissez souvent !
La réaction d'Hayden fut de donner une gifle fulgurante à l'enfant, ce qu'il n'avait jamais fait jusqu'à présent. Maëlo se teint la joue. Celui-ci pleura à chaudes larmes et trembla de tout son corps. Il descendit du fauteuil en courant et se réfugia sous le lit. Il avait peur. Le roi d'Amnésia se mordit les lèvres. Il avait commis une erreur, il le savait ! Il se baissa.

— Je suis désolé, Maëlo, je n'aurais pas dû m'emporter ainsi. Je veux que tu sortes à présent !

— Non, hurla le petit garçon. Non, non et non !

Hayden prit une profonde inspiration. Il devait reprendre son calme. La porte de la chambre s'ouvrit brusquement. La reine mère entra. Le petit garçon sortit de sous sa cachette et se précipita dans les bras de sa grand-mère. Celle-ci l'enlaça et contempla sa joue. Une marque rouge se dessinait sur sa peau. Son regard se posa sur celui du roi.

— Qu'avez-vous fait ? demanda-t-elle à Hayden.

Le souverain approcha d'Eldrid et se posta devant elle. Son regard était pénétrant. La reine mère positionna Maëlo derrière elle.

— Une punition pour désobéissance devait lui être infligée, expliqua-t-il. Maëlo est mon fils à présent, son éducation m'appartient.

— Mais… je ne pense pas que ma fille accepte ce geste !

Hayden approcha son visage de celui d'Eldrid. Soudain, elle revit Torick à travers les traits du roi.

— Si vous ne vouliez pas que ces enfants reçoivent une instruction stricte, il ne fallait pas accepter l'union de nos deux royaumes en me donnant votre fille, expliqua le souverain.

— Peut-être qu'il aurait été préférable que leur vrai père se charge de leur éducation, lança la reine mère. Le chevalier aimait profondément ces enfants !

Hayden grimaça.

— Vous pouvez y remédier, reine mère, car le chevalier est revenu et se trouve en ce moment dans votre royaume.
Puis Hayden sortit de la pièce. Eldrid laissa l'enfant quelques instants et courut après le roi d'Amnésia.
— Attendez ! Que voulez-vous dire, roi Hayden ?
Le souverain stoppa sa marche et se tourna vers la femme.
— Il fait partie des saltimbanques.
Eldrid écarquilla les yeux.
— Alors, il a survécu ?
— Apparemment, souffla Hayden. Et si Hope l'apprend, vous savez ce qui arrivera, majesté, je ne sais pas si notre union continuera.
— Non, nos deux royaumes doivent rester unis, suggéra Eldrid.
— Alors, laissez-moi gérer l'éducation de ces enfants comme bon me semble. Mais vous avez raison, j'ai eu tort de porter la main sur mon fils, Hope ne me le permet pas.
Eldrid comprit que la rage du roi s'était extériorisée à la suite du changement de situation.
— Très bien, roi Hayden, soupira-t-elle. Qu'elle était la punition de mon petit-fils ?
— Je crois que celle-ci est faite à présent. Il peut retrouver sa sœur.
Le roi d'Amnésia salua la reine mère et s'éclipsa. Eldrid se dirigea vers le campement des jongleurs et contempla les troupes. Effectivement, un homme, qui était encore assez jeune et beau garçon, dansait avec des flammes. Il ressemblait trait pour trait au chevalier. Elle décida de ne

rien dévoiler à son fils, celui-ci le verra bien assez tôt ! Quant à Hope, mieux valait qu'elle reste en Amnésia. Elle ne désirait pas savoir comment le chevalier avait survécu et préférait garder les enfants en retrait. Elle retourna auprès de son petit-fils et se nomma gouvernante de ceux-ci le temps de leur séjour au château.

Mensonges.

Hope était allongée près de sa fille. Elle s'était assoupie. Aëlys l'observait de ses grands yeux bruns. Le soleil n'était pas couché, on approchait de la sixième heure du jour.

— J'ai faim, maman ! ordonna l'enfant.

La reine posa sa main sur le front de la princesse. Celle-ci n'avait plus de fièvre et ses maux de ventre avaient disparu. Elle était en pleine forme. Hope demanda à Kena d'apporter des mets pour Aëlys. La nourrice obtempéra et revint peu après avec un panier rempli de bonnes choses. L'enfant mangea goulument et but son jus de pomme. Hope lui donna sa toilette et l'habilla. La reine enfourna dans une malle les quelques affaires dont elles avaient besoin en Oldegarde. Car Hope comptait bien assister aux festivités qu'organisait son frère ! Une fois sa besogne finie, elle se rendit dans la cour du palais et se dirigea vers le second dragon de fer. Elle ouvrit la porte de celui-ci et entra dans le ventre de l'animal. Elle s'assura que les manettes étaient en fonctionnement et demanda aux serviteurs d'apporter sa malle et ses quelques affaires à l'intérieur de la machine. Ils obéirent et se firent aider par Kena. La reine lui avait demandé de l'accompagner, ce qui enthousiasmait la jeune femme. Apprenant le départ de la reine et de la princesse,

Lothaire se rendit auprès de Hope qui se trouvait dans son atelier. Celle-ci cherchait un cadeau à offrir au jeune roi.

— Veuillez m'excuser, votre majesté, mais je viens d'apprendre que vous partez ! exposa Lothaire.

Hope se tourna vers le soldat.

— Oui, Lothaire. Aëlys est guérie et je peux encore assister aux festivités.

Lothaire se pinça les lèvres. Comment pouvait-il retenir Hope ? Cela serait difficile.

— Mais… vous ne pouvez pas partir, majesté. Le royaume sera sans souverains !

— Voyons, Lothaire, tu as déjà gouverné ce royaume seul. Tu peux le faire et les loups resteront avec toi !

Le soldat grimaça. Son visage s'attrista. Hope le remarqua. Elle approcha de Lothaire.

— Que se passe-t-il, Lothaire ?

— Rien, votre majesté, je dois juste vous retenir dans ce royaume.

— Est-ce l'ordre du roi ? demanda Hope en soupirant.

— Oui, ma reine. J'ai reçu des ordres. Mais je sais pertinemment que je ne peux pas vous retenir !

Hope posa ses mains sur les épaules de Lothaire. Celui-ci était plus grand que la reine et elle devait lever les yeux vers le visage du soldat.

— Lothaire, tu as toujours été présent pour moi dès mon arrivée dans ce château. Tu aimes mes enfants et tu es dévoué à ton roi. Mais je sens que tu me caches quelque chose, n'ai-je pas raison ?

Le garde du souverain prit une profonde inspiration et avoua ce qu'il avait sur le cœur.

— Oui, ma reine, j'aime vos enfants et vous faites partie de ma famille à présent. J'aime aussi le roi, mais ce qu'il a fait est…

Lothaire se tue. Ce n'était pas à lui d'avouer le meurtre du chevalier. Quoiqu'aujourd'hui, cela ne constituait plus un crime. La reine attendait, bouche bée. Il continua.

— Bref, il a reçu un message d'Oldegarde. Notre roi a des espions partout, ma reine, comprenez-le ! Cette lettre disait que… que le chevalier était toujours vivant et qu'il faisait partie d'une troupe de saltimbanques.

Les jambes de Hope flageolèrent, son cœur battait la chamade, elle eut un vertige. Lothaire la prit dans ses bras pour la soutenir.

— Se trouve-t-il en Oldegarde ? demanda-t-elle simplement.

— Oui, pour l'instant. Il a rejoint une famille de cracheurs de feu, je pense que leur spectacle débutera en fin de soirée, lorsque le soleil sera couché.

Hope se redressa et reprit ses esprits. Elle devait partir ! Rejoindre son mari, retrouver sa famille et surtout, son chevalier. Elle avait tant de choses à lui dire. Lothaire ne la retint pas. Il resta au château comme le souhaitait la reine. Elle avait promis de ne rien dire des révélations du soldat au roi d'Amnésia. Hope activa les manettes du dragon et le gros animal prit son envol. Lothaire priait intérieurement. Il espérait seulement que la suite des événements ne serait pas causée par sa faute. Il rentra au palais accompagné de Gaya et Bran.

!!!

Les festivités commencèrent en fin de journée. Le roi d'Oldegarde était en première loge, assis sur son siège, accompagné de sa reine. Eldrid était assise à la droite de son fils et à sa suite, les jumeaux. Hayden prit place dans le fauteuil près de la jeune reine. Le deuxième siège était destiné à Hope. Toute la famille royale était surélevée par une estrade. En dessous de celle-ci étaient placés des bancs pour accueillir les gardes du roi Elyo, dont faisaient partie Maïlann, son frère, Hedda ainsi que d'autres guerrières et des chevaliers. Le peuple avait pris place, soit le fessier posé sur le sol, soit debout, derrière les rondins de bois qui délimitaient le terrain de jeu. Une troupe de troubadours fit son entrée et captiva le public. Les souverains discutèrent entre eux et applaudirent en remerciant les saltimbanques. Puis ce fut au tour des bouffons qui égayèrent le peuple. Le dresseur d'animaux fut apprécié pour son professionnalisme et les sœurs siamoises donnèrent une représentation divertissante de lancées de balles. Un moment de repos pour les souverains et le peuple fut demandé par le jeune roi pour se sustenter. C'est à ce moment-là qu'on entendit un vrombissement à l'extérieur du palais. Hope ne pouvait pas poser le dragon de fer dans la cour, le spectacle avait déjà commencé ! Elle préféra atterrir sur la vaste étendue d'herbes fraichement coupée qui arborait les jardins. Elle coupa les cylindres du gros animal et descendit du ventre de la bête en compagnie de sa fille qu'elle portait dans ses bras et de sa dame de compagnie. Elle héla des serviteurs pour que ceux-ci emportent ses bagages dans le château. Le campement des baladins se trouvait à proximité. Certains d'entre eux, qui ne participaient pas aux représentations, admiraient l'engin en métal. Quelqu'un vint au-devant de la reine. Elle reconnut son frère. Elle avança d'un pas pressé vers Elyo et stoppa devant lui en faisant une révérence.

— Je suis ravi de vous revoir, mon frère. Vous m'avez tant manqué !

— Relève-toi, Hope ! ordonna le roi.

La reine se redressa.

— Je voudrais vous prendre dans mes bras, mon frère, dit-elle. Mais il y a déjà une personne qui s'y loge, ajouta-t-elle en souriant.

Elyo contempla la fillette. Il approcha sa main de celle-ci et lui caressa les cheveux.

— Elle a tellement grandi et c'est une ravissante petite fille avec de beaux cheveux roux comme sa mère.

— Oui, et le regard de son père, admit Hope.

Elyo fit signe à la reine de l'accompagner.

— De grands souverains engendrent de beaux enfants, ma sœur !

— Êtes-vous venu seul à ma rencontre, mon frère ?

— Ne t'inquiète pas, j'ai mes propres gardes du corps ! Et le roi sourit lorsqu'il vit les amis de Hope approcher.

Maïlann ouvrit les bras et la reine se blottit dans ceux-ci avec Aëlys.

— Hope, tu me manques tellement, souffla la main du roi.

— Je suis heureuse aussi de te revoir, Maïlann.

—Les affaires du royaume me retiennent, mais je te promets de venir te voir en Amnésia.
Hedda et Kiryan saluèrent amicalement la reine et ils se dirigèrent tous ensemble vers l'estrade. Hayden grimaça. Il se leva de son siège et vint à la rencontre de sa femme. Elyo laissa le couple et rejoignit sa reine. Ses gardes l'accompagnèrent. Maïlann savait que la venue de Hope aujourd'hui en Oldegarde changerait le cours de leur existence. Elle le pressentait ! Hayden prit sa fille dans ses bras et lui toucha le front.

— Elle n'a plus de fièvre ! indiqua Hope.
La jeune femme ne donna aucun geste d'affection à son époux et avança vers la plateforme. Le roi d'Amnésia suivit Hope et se plaça à ses côtés.

— Comment sais-tu que notre fille est guérie ? demanda-t-il. Ton inconscience pourrait lui coûter la vie.
Hope se tourna vers Hayden. Le roi fut surpris, le regard de la reine était menaçant. Hope parlait doucement pour que les hôtes n'entendent pas ce que le couple royal se disait. Elle approcha son visage de celui d'Hayden.

— La santé de notre fille ne déclinera pas ! Tu espérais au fond de toi que je reste auprès d'elle. Pour que je ne participe pas aux festivités et ne rencontre pas Amaury.
Le roi bouillonnait. Un rictus de colère se dessina sur son visage.

— N'en veux pas à Lothaire, il a effectué son travail, comme tu le lui avais ordonné. Il a essayé de me retenir. Mais comme tu le sais, je suis imprévisible et une guerrière au bouclier. Je pourrais me battre contre toi s'il le fallait ! Avançons, nous reparlerons de tout cela plus tard, ajouta-t-elle.

Hayden suivit Hope et il s'assit sur son fauteuil. Hope déposa la petite fille dans les bras de sa grand-mère. Eldrid dorlota l'enfant. La jeune femme embrassa ses jumeaux et vint s'assoir à côté de son mari. Elle salua Eline et aperçut le ventre arrondi de celle-ci. C'est donc cela que son frère lui cachait ! Les spectateurs s'étaient de nouveau regroupés et le roi Elyo fit le signe au meneur que la seconde partie du spectacle pouvait commencer. Hayden voulut poser sa main sur celle de Hope, mais celle-ci refusa. Le roi se cala dans son siège et regarda le spectacle. Il regardait sa femme de temps en temps, mais celle-ci ne lui adressait pas la parole. Cela l'irritait. Les saltimbanques se succédaient jusqu'au moment où le meneur annonça les jongleurs de feu. Le soleil s'était couché et la lune apparaissait. Les ménestrels jouèrent une musique endiablée et une jeune femme prit place au centre de la piste accompagnée de deux hommes d'un certain âge. Une deuxième demoiselle tenait dans ses mains des éventails enflammés. Les deux hommes, une épée en flamme, et la jeune femme au centre, deux bolas brûlants. Ils se mirent à jongler et danser avec leur outil. C'était spectaculaire, le peuple était hypnotisé. Puis, un homme aux cheveux châtains dorés fit son entrée. Hope en eut le souffle coupé. Sa beauté était toujours présente, ses muscles saillaient sous son gilet en chanvre. Une cicatrice tailladait sa joue droite. Il n'avait pas d'objets, les flammes sortaient de ses mains. Le roi Elyo reconnut son ancien bras droit. Il fut si enthousiasmé de revoir celui-ci vivant. Kiryan flageola sur ses jambes, Hedda devait le retenir pour que celui-ci ne tombe pas. Elle aussi était surprise de cette résurrection. Seul Hayden ne savourait pas cet instant. Le regard que portait Hope sur le chevalier démontrait bien que l'amour qui était enfoui au plus profond de son âme refaisait surface. Amaury dansait autour de sa compagne. Loumie virevoltait avec ses objets, en douceur et avec délicatesse. L'homme n'avait d'yeux que pour elle. Il savait que Hope était absente. Mais lorsque son regard se posa sur l'estrade, il comprit que son cœur ne cesserait de battre pour la princesse. Sa troupe enchaîna maintes combinaisons avec plusieurs objets. Lui, formait des boules de feu entre ses doigts et les dirigeaient tantôt vers le peuple, tantôt vers la plateforme où se trouvait son ancien souverain. Le roi Elyo fut estomaqué et applaudit le chevalier. Amaury sourit au jeune homme. Il était ravi de le voir. Lorsqu'il tourna ses boules de feu sur Hayden, celles-ci stoppèrent à quelques mètres du roi d'Amnésia et disparurent. Tout le monde hoqueta. Hayden croisa le regard d'Amaury. Celui du roi était menaçant, celui du chevalier, moqueur. Vexé, Hayden se retira. Les jongleurs de feu finirent en beauté et leur performance fut récompensée par d'immenses applaudissements. Amaury et sa troupe évacuèrent en faisant une révérence au jeune roi. Aëlys dormait dans les bras de sa grand-mère. Hope la souleva et quitta l'estrade. Elle se dirigea vers ses appartements. Le roi Elyo ordonna l'évacuation de la cour et le peuple retourna chez lui. Demain, un grand banquet serait donné en faveur des festivités. Tout le monde était convié. Les jardins furent nettoyés et le calme régna au palais.

!!!

Hayden attendait Hope dans leurs appartements. Il laissa la reine coucher leur fille dans la pièce adjacente à la leur, les jumeaux ayant leur propre chambre dans le palais, et ferma la porte. La reine ne dit rien et s'assit face à la coiffeuse. Elle défit ses longs cheveux flamboyants et les brossa. Hayden s'assit sur le lit, derrière elle.

— Quand te décideras-tu à me parler, Hope ? demanda-t-il.

Mais la jeune femme ne répondit pas. La brosse glissait sur ses cheveux. Cela dura un moment. Hayden soupira et se redressa. Il approcha de sa femme et agrippa la brosse à cheveux ainsi que la main de son épouse. Hope posa son regard sur lui.

— Lâche-moi, Hayden ! ordonna-t-elle.

Le roi serra plus prestement la main de la jeune femme. Son visage se retrouva face à celui de Hope.

— Que me reproches-tu ? demanda Hayden.

— De m'avoir menti, souffla la reine.

Hayden lâcha la main de sa bien-aimée et posa les siennes sur les joues de Hope. Son regard croisa celui de la reine.

— Oui, je ne désirais pas que tu viennes en Oldegarde dès que j'ai su ! Mais je n'ai pas menti, je n'ai pas révélé la nouvelle, tout simplement.

— Si, tu l'as fait il y a de cela quatre années, lorsque tu m'avais dit qu'Amaury était mort. En fait, tu n'en savais rien !

Hayden posa son front sur celui de la jeune femme.

— Oh ! Hope ! Je t'assure que je ne le savais pas. Je pensais, comme tout le monde présent ce jour-là, qu'il n'était plus de ce monde, pas après une telle chute !

La reine d'Amnésia posa sa brosse sur sa coiffeuse et ôta les mains d'Hayden de ses joues. Elle se redressa.

— Et cela t'arrangeait bien, soupira-t-elle.

Hope contourna le roi et se posta près du lit. Elle ôta sa chemise. Hayden devait s'y prendre avec douceur. Hope était furieuse et il connaissait son caractère de guerrière, il en avait déjà fait les frais ! Il vint se positionner derrière la reine et posa ses mains sur les épaules de celle-ci. Puis ses lèvres vinrent embrasser le cou de Hope.

— Oui, tu as raison, cela m'arrangeait. Je t'aime, Hope. Tu es ma reine, je ne vivrais pas sans toi.

Il explora de ses doigts le corps nu de la jeune femme. La reine se détendit et émit des soupirs de désir lorsque le souverain touchait des zones sensibles. Elle se tourna enfin vers lui et l'embrassa sauvagement. Hayden agrippa sa reine et la poussa sur la couche. Il défit son braie et sa chemise. Hope l'attira vers elle et l'allongea à sa place. C'est à ce moment-là qu'elle prit les rênes et donna du plaisir au souverain d'Amnésia. Leur ébat fut brutal et compliqué. Tantôt sur la couche, sur le sol, contre le mur, s'agrippant les bras ou les chevilles. Jamais elle n'avait ressenti autant d'ardeur. Une énergie incontrôlable l'envahissait. Leur cri de jouissance résonna au même moment dans la pièce. Hope était assise sur Hayden, son corps collé à celui du roi. Ils s'enlaçaient. La jeune femme avait posé sa tête dans le cou de son époux. Celui-ci caressait son dos.

— Tu devrais me haïr plus souvent, ma reine, soupira-t-il. Ce fut si impressionnant venant de toi.

— J'ai eu un bon maître, ironisa Hope.

Puis, les deux époux s'allongèrent sous l'édredon et le sommeil les emporta rapidement.

La vérité.

Hope ouvrit les yeux doucement. Le roi n'était plus à ses côtés. Le soleil brillait déjà à travers les rideaux épais. Elle sortit de la couche et se revêtit de sa chemise. Puis elle se dirigea vers la chambre de sa fille, mais celle-ci n'était plus dans son petit lit. Elle fit sa toilette et s'habilla. La robe qu'elle avait choisie était parfaite pour aujourd'hui ! D'un vert sombre, avec des galons dorés à l'encolure et aux manches, une large ceinture à boucle cintrait sa taille, les épaules étaient dénudées. Elle chaussa ses bottes et appela Kena pour l'aider à se coiffer. La dame de compagnie lui tressa les cheveux en un entremêlement de petites tresses viking. Hope ajouta des accessoires à sa tenue.

— Le roi est-il en compagnie du souverain d'Oldegarde ? demanda la reine à sa dame de compagnie.

— Non, votre majesté. Les enfants prennent une collation en compagnie de votre mère. Le roi Elyo se trouve dans les jardins et votre époux s'est absenté du château.

Hope remercia Kena et la congédia. La jeune reine sortit de ses appartements et se dirigea vers la porte qui menait au parc. Les tentes des saltimbanques étaient encore dressées. Ceux-ci s'apprêtaient à déménager. Hope trouva la toile qui abritait les jongleurs de feu. Elle stoppa près d'une jeune femme qui rangeait du matériel.

— Bonjour, demoiselle, commença-t-elle. Pouvez-vous me dire si Amaury est ici ?

Loumie se tourna vers Hope. Amaury lui avait dit « Tu comprendras lorsque tu la verras » et elle comprit. La femme qui se positionnait devant elle ressemblait à une déesse. Celle-ci dégageait une aura particulière. Aucune femme ne lui serait égale !

— Il est ici, mais quelqu'un se trouve déjà en sa compagnie, majesté.

— Très bien, je vais attendre.

Hope s'assit sur la souche qui se trouvait près d'elle. Un homme courut vers sa personne et lui donna un siège.

— Merci, cher monsieur, mais le tronc d'arbre me suffit.

L'homme insistait.

— Chez nous, lorsqu'une femme de haut rang se présente, on lui offre le plus confortable des sièges pour qu'elle se sente bien, expliqua Loumie.

Hope s'assit finalement sur le fauteuil. L'homme en fut ravi et retourna à ses besognes.

— Je me nomme Loumie, votre majesté. Je suis la compagne d'Amaury le Brave.

La reine sourit.

— Je suis ravie, Loumie, de rencontrer la personne qui partage le cœur d'Amaury.

La jeune femme métisse fut étonnée. Elle ne pensait pas que la reine réagirait ainsi. Le pan de la toile s'ouvrit et Elyo apparut. Hope se redressa de son siège en contemplant son frère. Que se passait-il ? Le roi avança vers sa sœur.

— Ma chère sœur, m'attendais-tu ? demanda-t-il.

— Non, mon roi, je suis venue voir l'ancien chevalier.

— Je vois. Nous avons eu la même idée, le même jour. Fais vite, avant que le banquet ne commence.

Hope s'exaltait. Elyo la contourna et lui souffla à l'oreille :

— Je vais faire patienter ton époux, ma sœur, continua-t-il. Mais ne sois pas en retard, car Hayden est imprévisible ! Et il savait de quoi il parlait.

La conversation qu'il avait eue avec Amaury se révélait très intéressante. Le choix appartenait à Hope, désormais. Il s'en retourna auprès de sa jeune reine. Loumie demanda à Hope d'attendre. La jeune femme se glissa sous la toile et regarda son amant, qui contemplait des parchemins.

— Tu as une autre visite, mon amour.

— Qui est-ce, Loumie ?

La jeune femme soupira.

— La reine Hope.

Amaury grimaça. Il posa un encrier sur ses documents et se tourna vers sa compagne.

— Penses-tu que je doive lui parler ? demanda-t-il à celle-ci.

Loumie fut surprise.

— Je… ne comprends pas ta question, Amaury, souffla-t-elle.

— Maintenant que tu as vu à quoi ressemblait Hope, penses-tu que la faire entrer sous cette toile et la laisser seule en ma compagnie serait avantageux pour toi ?
Loumie avança vers Amaury et posa ses mains sur les épaules de celui-ci.

— Il faut que tu affrontes tes démons, Amaury. Que ce soit le roi Elyo, la reine splendide ou ton ennemi Hayden, car je sais que cela t'apaisera. Je prends le risque de te perdre, mon amour, pour te voir épanoui. Mais n'oublie pas que je t'aime, Amaury.

— Très bien, fais-la entrer ! décida-t-il.
Loumie s'exécuta en ayant une once de rancœur. Son amant aurait pu refuser cette rencontre. Juste celle-ci, pour ne pas la peiner. Qu'aurait-elle pu répondre à sa question ? Qu'elle ne le désirait pas, que cela la dérangeait ! La reine Hope aurait fait son possible pour parler à Amaury et qu'importe le jour. Elle autorisa la souveraine à entrer sous la tente et Loumie s'assit sur la souche, attendant le dénouement.

!!!

Le cœur de Hope s'emballa. Ses mains devenaient moites, ses jambes flageolaient. Il était vivant, beau et fière allure dans son habit de jongleur. Elle ne savait pas par où commencer, quoi dire ! Cela se comprenait, après tant d'années. Amaury fixa la jeune reine devant soi. Sa beauté était époustouflante. Son regard océan contrastait avec le feu de ses cheveux. Sa robe mettait en valeur ses formes et son parfum embaumait l'intérieur.

— Bonjour, Amaury, souffla Hope. Je pensais ne jamais te revoir, ajouta-t-elle.

Amaury reprit ses esprits et fit face à la souveraine.

— Pourquoi pensais-tu cela, Hope ? Parce que tu me croyais mort ?

— Oui, susurra-t-elle.

Amaury avança vers la jeune femme et se posta devant elle. Son visage se retrouva à quelques centimètres de celui de Hope.

— Je m'en suis sorti, comme tu peux le voir, expliqua l'homme.

La reine caressa la joue droite de l'ancien chevalier. Celui-ci laissa les doigts de Hope effleurer son visage.

— Tu étais toute ma vie, Amaury, avoua-t-elle. J'ai perdu une partie de mon cœur lorsque tu as disparu.

Amaury agrippa la main de Hope dans la sienne et posa son front contre celui de la jeune femme.

— L'aurais-tu épousé si je n'avais pas disparu ? demanda-t-il simplement.

— Je ne sais pas ce qui se serait passé, Amaury. Mais tu serais resté auprès de mon frère et nous aurions pu nous revoir.

Amaury embrassa le front de Hope et recula.

— Oui, tu l'aurais épousé, évidemment. Vos destins étaient liés. Je n'avais pas ma place dans ta vie !

— Ce n'était qu'un mariage de convenance, je n'ai rien demandé, Amaury, expliqua Hope. Et comme tu avais disparu, je n'avais plus rien à perdre !

— Et mes enfants ne me connaissent pas, grâce à ce mariage de convenance. Je voulais les voir grandir, les prendre dans mes bras, comme lui le fait !

Hope posa sa main sur le bras d'Amaury.

— Tu peux toujours le faire, Amaury.

L'ancien chevalier ôta la main de Hope de son bras.

— Non ! Et tu la sais, Hope ! gronda-t-il. Il m'a tout pris. Et notre fils est malheureux avec lui !

Hope écarquilla les yeux.

— Hayden n'a jamais fait de mal à Maëlo, défendit la reine.

— Parle à ton fils, Hope, suggéra Amaury. Il ne te dit pas toute la vérité pour ne pas te faire de la peine.

— Il est… devenu bon, souffla Hope. Il m'a soutenu après ta perte, j'étais très anéantie. Hayden a su trouver les mots pour me réconforter.

— Bien sûr, ironisa Amaury. C'était une ruse pour que tu acceptes le mariage et que tu sois à lui.

Hope secoua la tête de gauche à droite.

— Pourquoi ne m'as-tu jamais contacté après ta convalescence ? demanda-t-elle. J'aurais pu partir du château avec les enfants !

— Je ne suis pas certain que tu l'aurais fait, Hope ! Il paraît que tu aimes ton roi à présent, qu'il ne serait rien sans toi. Ce que vous avez construit en Amnésia est impressionnant et tu gères très bien ce royaume sans lui. Tu es plus forte que lui, il ne t'a jamais méritée. Il t'a menti durant ces quatre années.

Hope se pinça les lèvres.

— Pourquoi me dis-tu cela ? Que t'a fait Hayden pour que tu le méprises autant ?

Amaury serra les poings. Il sentait la chaleur envahir ses paumes de main. Il approcha de Hope et la fixa dans les yeux.

— Tu devrais lui poser la question ! Demande-lui ce qu'il s'est passé sur la montagne du nécromancien lors de ma chute. S'il est honnête, il te dira la vérité ! Et à ce moment-là, tu comprendras pourquoi je le hais.
Hope approcha son visage de celui de l'ancien chevalier. Elle était furieuse.
— Hayden ne m'a jamais menti, avoua-t-elle.
— Tu es bien naïve, Hope. J'en attends plus d'une guerrière au blason !
Hope posa ses mains sur la poitrine d'Amaury.
— Je suis une reine à présent ! ragea-t-elle.
— Tu n'es pas ma reine, Hope !
La jeune femme bouscula fortement l'ancien chevalier. Celui-ci riposta par deux boules de feu qui vinrent effleurer le visage de Hope. La reine bascula sur la couche, ne comprenant pas ce qui venait de se passer. Ses joues étaient en feu, mais rien ne brûlait. Elle se contenta de regarder l'homme avec un air ahuri. Amaury courut vers la souveraine et s'assit sur le lit. Il observa le visage de Hope et la prit dans ses bras.
— Je suis désolé, Hope, implora-t-il. Je ne voulais pas te faire de mal.
La reine prit les mains d'Amaury dans les siennes et les scruta du regard.
— Ce n'est pas de la magie, souffla-t-elle. Tu as ce pouvoir en toi.
— Lorsque je suis tombé avec le nécromancien, il m'a été transmis et j'ai survécu grâce à cette malédiction.
— Ou ce don, susurra Hope en caressant la joue de l'ancien chevalier.

Le baiser qui s'en suivit fut le début du chaos. Loumie, qui vit la toile prendre feu, entra sous celle-ci et surprit les deux jeunes gens. Elle ne dit rien et se dirigea vers les flammes qu'elle éteignit à l'aide de baquets d'eau. Hope se redressa de la couche.

— Je vais vous laisser, annonça-t-elle.

Elle se dirigea vers l'ouverture et prit la direction du palais. L'étincelle enfouie dans son cœur refit surface.

La jeune femme métisse posa les bacs et se tourna vers Amaury.

— Aurais-tu été plus loin avec la reine si je n'étais pas entrée ? demanda-t-elle tristement.

L'ancien chevalier posa ses mains derrière lui et bascula sa tête en soupirant.

— Je ne peux te répondre, Loumie. Je ne le sais pas.

La jeune femme approcha de son amant et s'assit sur le lit.

— Doit-on rester en ce lieu ?

Amaury posa son regard sur celui de Loumie.

— Le roi Elyo me le demande. Je dois réfléchir à sa proposition. Il faut que nous en parlions tous ensemble. Toute notre famille est concernée.

— Très bien, comme tu le souhaites.

Elle se leva et voulut partir, mais Amaury lui agrippa le bras.

— Reste, Loumie !

— Est-ce vraiment ce que tu veux, mon amour ? lui demanda-t-elle.

L'homme posa ses lèvres sur le cou de la jeune femme.

— Oui, Loumie.

Celle-ci obéit sans réticence et ils firent l'amour jusqu'à l'heure du banquet.

!!!

Les mets étaient dressés sur la grande tablée, les convives étaient prêts à festoyer. Hope cherchait son époux. Il n'était pas encore revenu. Elle avait parlé à son petit garçon comme le lui avait suggéré Amaury. Et ce que lui avait raconté Maëlo la blessait profondément. Mila avait confirmé les dires de son frère ainsi que la gouvernante. L'enfant avait toujours craint le roi ! Elle devait parler de tout cela avec son époux.
Le roi Elyo se dressa de son siège et demanda le silence. Le calme régna et le souverain commença son discours.

— Je suis ravi de vous voir tous réunis dans mon palais pour ce festin afin de célébrer une nouvelle très importante concernant le royaume. La reine d'Oldegarde donnera naissance dans quelques mois au premier héritier du fief !

Tout le monde explosa de joie et applaudir leurs souverains.

— J'ai demandé à Amaury le Brave, continua le roi, de rejoindre de nouveau les rangs de notre royaume et celui-ci a accepté. Il sera, dès à présent, mon protecteur et celui de ma famille. Son statut de chevalier lui est restitué et sa famille vivra en ce lieu.

Les autres combattants furent heureux du retour de leur ami. Maïlann leva son godet en faveur de celui-ci et Kiryan lui donna une tape amicale dans le dos. Eldrid soupira. Elle n'acceptait pas cette idée. Amaury souriait, les jongleurs pourraient pratiquer leur passion et seraient sous la protection du royaume. Les structures que proposait Elyo pour leurs répétitions ainsi que le savoir-faire en matière de feu et de forge gratifieraient leur troupe et celle-ci se ferait un nom. Seule Loumie était réticente à la proposition du roi, ce qui était légitime pour Amaury, le chevalier n'était pas insensible au charme de Hope. Les ménestrels jouèrent de la musique festive et la fête commença. Le roi d'Oldegarde débuta le bal en compagnie de sa reine et les convives suivirent. Hayden entra enfin dans la salle. Hope le rejoignit. Amaury contemplait la scène en buvant son godet d'hydromel. La souveraine d'Amnésia prit le bras de son époux et approcha sa bouche de son oreille.

— Je dois te parler de suite ! dit-elle d'un ton neutre.
— Cela ne peut pas attendre, un présent se trouve à l'extérieur du palais pour ton frère. Tu dois le voir !
Hope emmena Hayden à l'écart.
— Cela ne peut pas attendre ! Allons dans une pièce du château !
Le roi obéit à sa reine et Hope le fit entrer dans la bibliothèque. Elle ferma la porte tout en soupirant. Elle prit une profonde inspiration avant de parler à Hayden. Celle-ci se tourna vers lui.
— Je suis au courant de ce que tu fais subir à mon fils. Il a peur de toi ! lança-t-elle.
Hayden commença à avancer vers elle. Hope tendit sa main devant elle.
— Non ! Arrête ! ordonna-t-elle fermement.
Le roi comprenait que son épouse était en colère. Il ne bougea plus et la regarda dans les yeux.

— Je veux simplement qu'il soit fort, Hope, soupira-t-il. Peut-être que je le maltraite par la parole, mais jamais je n'ai eu le moindre geste brutal à son égard.
Hope se pinça les lèvres. Elle remua sa tête de gauche à droite.
— Tu me mens, Hayden ! constata-t-elle.
— Si tu veux parler de la gifle qu'il a reçue, c'était la seule et j'éviterai de le refaire à présent, mon amour.
Hope ferma les yeux. Son visage s'attrista.
— Maintenant, Hayden, je veux que tu me racontes vraiment ce qu'il s'est passé il y a quatre ans sur la montagne du nécromancien !
La respiration du roi devint plus intense. Il savait que s'il révélait la vérité à Hope, tout ce qu'il avait construit avec elle serait détruit.
— J'attends, Hayden, reprit Hope. Et je ne veux pas de mensonges !
Hayden serrait les poings.
— Je ne t'ai pas menti lorsque je t'ai dit que le chevalier s'était jeté sur le nécromancien pour le pousser dans le vide. Mais il n'est pas tombé tout de suite, avoua le roi.
— Comment cela ? As-tu quelque chose à voir dans la chute d'Amaury, Hayden ?
Le roi grimaça et son regard se posa sur celui de Hope.
— Je… ne voulais pas qu'il s'immisce dans notre vie, Hope. Je voulais t'épouser, que tu sois ma reine. Je t'aime, Hope, tu le sais.
Hope rageait.
— Je te demande juste si tu as participé à sa chute, Hayden.

Maintenant, Hayden savait que son avenir était incertain. Il sourit tout en contemplant sa reine.

— Oui, Hope. Il se tenait après la montagne, je me suis agenouillé devant lui. Il m'a supplié, je lui ai agrippé les bras pour le hisser, mais… finalement… une opportunité se présentait et j'ai fait ce qui était dans mon intérêt.

Hope suffoqua. Hayden voulut lui venir en aide, mais la jeune femme le repoussa. Elle se précipita à la porte et sortit de la pièce. Le roi courut derrière elle.

— Attends, Hope ! Écoute-moi, je t'en supplie !

Mais la reine ne l'écoutait pas. La rage qu'elle ressentait voulait exploser. Lorsqu'elle entra dans la salle de réception, tous les convives la regardèrent. Elyo vint à sa rencontre. Amaury approcha de Maïlann et de son frère qui se trouvaient à côté d'Hedda. La reine mère s'occupait des jumeaux. La petite Aëlys se trouvait dans les bras de Kena. Le roi d'Oldegarde posa ses mains sur les épaules de sa sœur.

— Que se passe-t-il, Hope ?

Mais au moment où celle-ci voulut parler, Hayden fit son apparition.

— Hope ! hurla-t-il. Tu dois comprendre que tout ce que j'ai fait, c'était pour nos deux royaumes !

La jeune femme approcha d'un garde royal et attrapa son épée. Les hôtes furent estomaqués. Eldrid laissa les enfants à la gouvernante et se précipita vers sa fille. Elle fut interrompue par son fils. Hope avança vers Hayden en pointant la lame de l'épée devant elle.

— Tous ces plaisirs que tu m'as offerts, l'amour que tu m'as donné, le royaume, ce ne sont que des faux

semblants. J'ai cru à tous tes mensonges, tes supercheries. Je voulais croire que tu avais changé.
Amaury vint près du roi. Le souverain posa sa main sur l'épaule de l'ancien chevalier.

— Elle connaît la vérité, mon ami, souffla-t-il. C'est à elle de faire le choix à présent.

Hope posa le bout de la lame sur le torse d'Hayden.

— Non, Hope, soupira le roi d'Amnésia. L'amour que je te porte n'est pas un mensonge. Et mon royaume est le tien, nous l'avons construit ensemble. Pense à nos enfants !

Hope appuya sur l'épée. Tout en tenant celle-ci, elle approcha son visage de celui du roi.

— Nos enfants ? À part Aëlys, tu n'as jamais donné la moindre attention aux jumeaux !

— Hope, réfléchis ! Ne fais pas ça, implora Hayden.

La reine mère intervint en faveur du roi d'Amnésia comme à son habitude.

— Le roi d'Amnésia à raison, Hope, lança-t-elle. Contrôle-toi ! Pense à tes enfants et à ton peuple !

Hope dirigea son arme vers sa mère et posa son autre main sur le torse d'Hayden. Celui-ci ne bougeait pas. Son épouse était trop protégée. S'il tentait une action contre celle-ci, les amis de Hope et le jeune roi s'abattraient sur lui et il était seul, sans soldats à ses côtés.

— Vous, mère, restez en retrait ! ordonna Hope. Cela suffit que vous guidiez ma vie !

Eldrid hoqueta. Hedda se positionna devant elle.

— N'oubliez pas que votre fille est avant tout une guerrière, expliqua la femme soldat. Et lui faire front n'est pas une bonne idée.

Hayden agrippa la main de Hope dans les siennes et il attira la jeune femme à lui. La reine posa son épée sous le cou de celui-ci. Il fixa le regard d'océan de son épouse.

— Si tu veux m'occire, Hope, fais-le maintenant ! Devant notre fille !

La reine recula en baissant son arme. Elle marcha lentement et se redressa royalement. Elle sourit tout en contemplant son époux.

— Moi, reine d'Amnésia, j'accuse le roi Hayden de trahison envers un membre royal d'Oldegarde. Les faits remontent à quatre années, celui-ci a commis un méfait sur la personne d'Amaury, main du roi et protecteur du jeune souverain…

La salle était silencieuse. L'ancien chevalier savourait sa vengeance. Hope effectuait ce travail avec bravoure. Son effervescence envers la reine ressurgit du plus profond de son être. Il était prêt à lui ouvrir à nouveau son cœur.

— Il a occis le chevalier en le laissant tomber dans le précipice, continua Hope. Le roi Hayden est accusé de meurtre et de parjures !

Son mari la suppliait du regard.

— Arrête, Hope ! soupira-t-il.

— Tu me supplies comme le chevalier l'a fait avant sa chute. Mais toi, Hayden, tu ne te trouves pas au-dessus d'un gouffre !

Eldrid soupira et fit front à sa fille.

— Cesse ces calomnies, ma fille ! Tu accuses ton époux, le roi d'Amnésia. Es-tu consciente de ce que tu fais ?

— Oui, mère !

— Est-ce que ce que tu insinues est vrai, Hope ? demanda Eldrid. Ils étaient seuls sur cette montagne !

— Le roi Hayden me l'a avoué, soupira Hope.

— Peut-être qu'il a avoué ce que tu voulais entendre, ma fille.

Hope contempla son mari qui lui faisait face.

— Prononce les paroles que tu m'as dites dans cette pièce, Hayden ! ordonna Hope en posant le bout de sa lame sous le cou de son mari.

— Comme l'a dit la reine mère, je t'ai seulement avoué ce que tu voulais entendre, expliqua le roi d'Amnésia.

Le roi Elyo, qui fut silencieux jusqu'à présent, intervint.

— J'ai parlé avec l'ancien chevalier ici présent. Ce que raconte ma sœur est vrai. Non pas que je veuille incriminer le roi d'Amnésia, car cela serait un malheur pour notre famille, mais la vérité m'a été dite et je conçois que nous devons procéder à un jugement. Le souverain d'Amnésia sera retenu dans un cachot jusqu'à ce que mes conseillers et moi organisions un procès.

Eldrid s'interposa de nouveau. Elle contempla son fils.

— Vous faites toujours confiance en votre ancien chevalier, mon roi, commença-t-elle. Peut-être que cela obstrue votre jugement, et que vous rejetez la faute sur notre allié ?

— Rien n'obstrue mon jugement, mère ! Je fais confiance en Amaury. Il n'est pas revenu dans ce royaume après son désarroi pour ne pas perturber nos vies, et cela est digne d'un chevalier !

— Et en ce jour, il perturbe ce qui a été construit, mon fils ! exposa amèrement Eldrid.

— Le seul à blâmer, mère, est celui que vous avez choisi pour ma sœur, exposa Elyo. Et je ne vous apprends rien en vous disant que la vérité n'est toujours pas bonne à entendre.
Eldrid se tut en contemplant Hayden. Le souverain la remercia d'un hochement de tête. Il pouvait toujours compter sur celle-ci pour l'affranchir.
Elyo se tourna vers sa sœur.
— Qu'en dis-tu, Hope ? Est-ce que ma décision te convient ? Pouvons-nous reprendre nos divertissements ?
Hope fit une révérence à son frère.
— Oui, votre majesté, cela me convient.
— Très bien, énonça le roi, que les gardes accompagnent le souverain dans les cachots et festoyons de nouveau !
Hedda et Kiryan furent ravis d'escorter Hayden en prison. Maïlann préférait rester en retrait. Hope se retira et finit la soirée auprès de ses enfants. Elle devait leur expliquer son comportement. L'ancien chevalier et ses compagnons de voyage animèrent la soirée et la future naissance du successeur du roi Elyo fut fêtée comme il se devait.

. **Être aimé.**

Hope s'était levé aux aurores. Elle s'était habillée et finissait son repas du matin. Le château était silencieux. Elle prépara une écuelle de mets et une chope d'hydromel. La jeune femme se dirigea avec le tout vers les cachots. Même si son époux avait transgressé les règles, elle ne pouvait pas le laisser mourir de faim. D'ailleurs, celle-ci ne désirait pas sa mort. Les gardes postés devant la prison lui ouvrirent les grilles et Hope entra dans les douves. Elle descendit les quelques marches qui la séparaient du roi. Lorsque Hayden l'aperçut, celui-ci se redressa de sa couche et vint se positionner devant la grille. Il posa ses mains sur les barreaux. La reine passa l'écuelle par la fente prévue à cet effet et le gobelet par les barreaux. Hayden le prit.

— Je peux mourir de faim, lança-t-il. Ce n'est pas la peine de te déranger pour moi.

— Je ne veux pas que tu meures de faim, soupira Hope.

Hayden but le godet et le balança au sol. Son regard se posa sur le visage de Hope qui se trouvait proche du sien à travers les barreaux.

— Que je meurs de faim ou que je meurs, tout simplement ? demanda-t-il.

— Ton jugement sera rendu demain, expliqua-t-elle. Mais tu ne mourras pas, je ne le souhaite pas.

— Tu sais très bien que nombre des conseillers de ton frère voudront me pendre, ajouta-t-il.

— Je parlerai en ta faveur pour réduire ta peine. Ils n'oseront pas te pendre ! Et… Amaury n'est pas mort, soupira-t-elle.

Hayden passa sa main à travers les barreaux et caressa la joue de Hope.

— Es-tu certaine de savoir ce que tu fais, Hope ?

La jeune femme recula de la grille.

— Oui, je le suis. Je sais maintenant, Hayden, pourquoi tu as demandé aux pirates de retrouver la pierre de Tourmaline. Tu savais qu'Amaury n'était pas mort, n'est-ce pas ?

Hayden soupira.

— Je n'en étais pas certain.

— Dis-moi la vérité, s'il te plaît, supplia Hope. Rien qu'une fois. Raconte-moi !

Le regard du roi se posa dans celui de Hope. Il tenait toujours les barreaux dans ses mains.

— Après la naissance de notre fille, je suis retourné voir Artémis. Pour lui dire que je ne viendrais plus la combler… Hope grimaça… C'est elle qui a mis le doute dans mon esprit en me confirmant que le pouvoir du nécromancien était toujours présent. Donc, j'ai envoyé des hommes à la recherche du corps du chevalier. Ils ne l'ont jamais retrouvé !

— Tout ce temps, le coupa Hope, tu savais.

— La preuve de sa survie m'a été révélée que deux années plus tard, lorsque certains de mes soldats m'ont

fait une description d'un homme ressemblant au chevalier se trouvant parmi des saltimbanques !
Hope se rapprocha de la grille et fixa son mari.

— Pourquoi m'as-tu caché la vérité, Hayden ?
Le roi frappa des mains sur les barreaux. Hope sursauta.

— Tu me demandes pourquoi, Hope ? hurla-t-il. Si tu avais su qu'Amaury était toujours vivant, tu serais partie à sa recherche et abandonnée le palais !
Hope posa ses mains sur celles de son époux, enlaçant les barreaux. Elle approcha son visage de celui d'Hayden et posa son front sur la grille.

— Je n'aurai jamais abandonné mes enfants, soupira-t-elle.
Le souverain posa à son tour sa tête sur les barreaux et son front toucha celui de sa reine.

— Et moi, Hope, est-ce que tu m'aurais abandonné ? demanda-t-il tendrement.
La jeune femme ne répondit pas et s'écarta de nouveau de la grille.

— Mon grand-père ne s'était pas trompé, Hope, continua Hayden. Nous sommes faits pour être ensemble. Nous sommes des guerriers, les descendants d'une grande lignée. Sans moi, tu n'es rien !
La jeune femme n'écoutait pas le roi, elle sortit un parchemin de sous son bustier et le tendit à Hayden.

— Voici un document pour toi. Te souviens-tu de notre union, le feuillet que nous avons paraphé ?
Hayden grimaça tout en dépliant le parchemin et lut son contenu. Le roi Elyo mettait fin au mariage des deux souverains d'Amnésia. De ce fait, les enfants et Hope resteraient en Oldegarde et le roi d'Amnésia n'avait

aucun droit sur sa descendance. Les dragons seront restitués au royaume de leur naissance. Le souverain déchira le document. Il fixa la reine Hope d'un regard menaçant.

— Crois-tu que je vais en rester là, Hope ? ragea Hayden. Ma fille est mienne. Tu ne peux pas me la prendre !

— Je le peux, Hayden. Je suis la reine d'Amnésia, ne l'oublie pas ! Je suis apte à gouverner ton royaume et devenir légitime souveraine de ce fief. Je n'ai aucunement besoin de toi ! Comme tu le dis si bien, je suis une grande guerrière !

Le roi était exaspéré. Il prit l'écuelle entre ses mains et la lança contre le mur. Il agrippa de nouveau les barreaux.

— Ne me défie pas, Hope ! Tu sais très bien que je peux devenir dangereux !

— Oui, soupira Hope. Et c'est pour cela que je préfère te garder ici que de te redonner ta liberté.

La reine s'éloigna d'Hayden et monta l'escalier.

— Hope ! Laisse-moi voir notre fille, je t'en supplie ! hurla-t-il.

Mais la reine s'était volatilisée. Hayden s'assit sur le lit et posa ses coudes sur ses cuisses puis sa tête entre ses mains. Son cœur se fendait, son amour s'évanouissait. Une larme coula sur sa joue, il l'essuya d'un revers de la main. Une silhouette se dressa derrière la porte en fer de sa cellule. Hayden releva son visage.

— Tu dois te réjouir ? lança-t-il.

— Non, mon roi. Pourquoi me réjouirais-je ? Te voir pleurer me fend le cœur.

Hayden se leva et approcha de la grille. Il prit les barreaux entre ses doigts.

— Je ne pleure pas, soupira-t-il.

— Cela serait compréhensible, Hayden, suggéra Maïlann. Tu aimes profondément Hope et aujourd'hui, tu te sens trahi. Le lien qui t'unit à cette femme est si intense que le briser signerait ton arrêt de mort.

Hayden approcha son visage entre les barreaux, Maïlann l'imita et leur regard se croisa.

— Je ne suis pas encore mort, lança-t-il. Peux-tu m'aider à sortir, Maïlann ?

La jeune femme suspendit ses lèvres à celles d'Hayden.

— Si je t'aide, ma vie sera compromise. Que deviendrai-je ?

Hayden devait ruser et user de son charme. Il caressa la joue de la jeune femme et embrassa ses lèvres.

— Tu viendras avec moi, Maïlann. Tu vivras en Amnésia.

— Je ne veux pas faire de mal à Hope, soupira la jeune femme.

Hayden prit le visage de la jeune femme en coupe entre ses mains et approcha l'oreille de celle-ci à sa bouche. Il embrassa le cou de Maïlann. Le corps de celle-ci collait les barreaux, Hayden put toucher son caleçon long. Aucune arme n'était visible ! Il continua son massage et sa main se retrouva entre les cuisses de Maïlann. Il caressa doucement son entrejambe. La jeune femme hoqueta de plaisir.

— Si tu me sors de ce trou à rat, je pourrais te donner ce que tu désires, Maïlann.

Il cessa toute action et recula. La jeune femme était fébrile, Hayden se réjouissait.

— Je vais voir ce que je peux faire, Hayden.

— Sois à mon service et je te comblerai, Maïlann.

— Je le suis depuis notre nuit charnelle, mon roi. Et Maïlann s'éloigna.

Hayden s'allongea sur sa couche et attendit.

La nuit était tombée lorsqu'il entendit des pas approcher vers sa cellule. Mais il ne s'attendait pas à voir cette personne. La porte en fer du cachot s'ouvrit et Eldrid se positionna devant le souverain.

— Si je vous libère, promettez-moi que vous ne nuirez pas à mon fils. Que ce royaume sera en paix ! J'essaierai d'arranger les choses concernant ma fille et vous la retrouverez ainsi qu'Aëlys ! J'ai toujours plaidé en votre faveur, roi Hayden.

— Je vous l'assure, mentit Hayden. Mais le roi a mis un terme à notre mariage.

— Un nouveau document sera transcrit, je vous l'assure.

— Je vous fais confiance, Eldrid, et… jamais je ne ferai de mal à Hope, soupira-t-il.

Il rusait avec la reine mère, pourtant, sa dernière parole était vraie.

— Le dragon en fer vous attend dans la cour. Dépêchez-vous avant que quiconque se réveille !

— Votre fille a le sommeil léger, révéla Hayden.

— Ne vous inquiétez pas pour elle, ses appartements seront fermés à clé le temps que vous preniez votre envol.

Hayden ne se fit pas prier et suivit Eldrid. Celle-ci l'emmena à l'extérieur et le roi d'Amnésia monta dans l'animal de fer. La reine mère avait soudoyé les gardes et ceux-ci s'étaient éclipsés un moment. Le mécanisme vibra. Hope entendit un bourdonnement. Le bruit d'un rouage. Elle se redressa de sa couche et courut jusqu'à sa porte, mais celle-ci était fermée à double tour. Elle ouvrit sa fenêtre et se rendit sur son balcon. Elle aperçut, à travers l'œil du dragon, Hayden qui lui souriait ironiquement. Puis, lorsque son regard se posa sur la première marche du palais, la silhouette de sa mère apparut dans la cour. Mon Dieu ! Qu'avait-elle fait ? Hope comprit qu'à ce moment-là, tout ce qu'elle avait construit avec celui qu'elle aimait disparaîtrait à jamais.

!!!

La busine retentit, tous les soldats étaient au garde-à-vous. Elyo était assis sur son siège, présidant le conseil. L'heure du réveil fut brutale ce matin, lorsque l'alerte fut donnée. Eldrid était présente. Hedda, Maïlann, Kiryan se trouvaient côte à côte. Hope était attablée près d'Amaury. Les autres conseillers s'installèrent autour de la grande table. Le jeune roi attendit que tout le monde soit prêt pour parler.

— Une évasion a eu lieu dès l'aube, soupira-t-il. Le roi Hayden s'est enfui de notre prison !

— Comment cela est-ce possible ? demanda un conseiller. Son jugement était imminent !

Le jeune souverain regarda sa mère.

— Une personne pensait que libérer le roi d'Amnésia serait plus préférable.
Eldrid soupira.
— Il m'a promis qu'il ne ferait rien contre le royaume si je le laissais partir, se défendit-elle.
— Et que lui avez-vous promis, mère ? demanda Hope rageusement.
— Qu'il vous récupérerait, Aëlys et toi !
Hope se redressa brusquement de sa chaise et posa ses mains sur la table. Elle fixait les yeux de sa mère.
— Car vous pensez, mère, que j'accéderai à votre requête et que je retournerai en Amnésia ?
— Il le faut, Hope. Tu es la reine et Hayden est ton époux ! Amnésia est ton royaume. Il ne t'a jamais torturé ni battu, je sais que tu l'aimes et qu'il ne te fera jamais de mal. Si tu repars de ton plein gré, Hayden te pardonnera et une guerre sera évitée.
— Il fallait y réfléchir avant de le relâcher, mère ! ragea Hope.
— Calme-toi, ma sœur, intervint le roi. Il s'adressa ensuite à la reine mère. J'ai annulé le mariage de Hope et Hayden, mère, celui-ci est maintenant caduc. Hayden n'a aucun droit sur sa descendance.
Eldrid se tue. Maïlann repensa aux paroles du roi d'Amnésia. Hedda prit la parole.
— Penses-tu, Hope, que le roi Hayden pourrait déclarer la guerre ?
Hope ferma les yeux un instant en soupirant. Amaury posa sa main sur celle de la jeune femme. Eldrid grimaça.
— Je connais Hayden mieux que quiconque autour de cette table. C'est vrai qu'en ma compagnie, il n'a

jamais été brutal. Ma mère a raison, j'aime mon mari. Mais si Hayden redevient celui qu'il était auparavant, je pense qu'une guerre ne lui fera pas peur. Il a le dragon et malheureusement pour nous, les armes que j'ai laissées dans mon atelier en Amnésia.

— As-tu fabriqué d'autres armes que ceux que nous possédons ici, dans ton ancien atelier, ma sœur ? demanda le roi.

— Des arbalétrières et… des sortes d'objets à embout où l'on insère de la poudre noire à l'intérieur d'un loquet et lorsqu'on appuie sur une gâchette, cela produit l'effet d'un canon, mais en plus petit. Je les ai appelés des guns.

— Hayden s'est-il s'en servir ? s'inquiéta le roi.

— Nous avons fait des essais ensemble. Oui, il sait s'en servir, soupira Hope. Mais le matériel n'était pas concluant, je devais l'améliorer.

— Peut-il tuer des hommes ?

— Je ne sais pas, mon frère, nous ne les avons jamais utilisés sur une personne.

Puis Hope se rassit, gardant ses mains posées à plat sur le bois. Elle n'était pas rassurée. Amaury vit son état et prit la main de la jeune femme dans la sienne et enlaça ses doigts autour de ceux de Hope.

— Je suis sûre que ça ira, Hope, ne t'inquiète pas, susurra-t-il.

Leurs regards se croisèrent et les deux jeunes gens s'admirèrent un long moment. Hope se calma. Eldrid se racla la gorge.

— Je vois à présent d'où proviennent tous ces ennuis ! lança-t-elle amèrement.

Tout le monde se tourna vers elle.

— C'est à cause du chevalier ! reprit-elle. Lorsqu'il réapparaît, ma fille faiblit et le roi d'Amnésia se rembrunit.

— Je suis ici, car votre fils m'a demandé de rester, majesté. En aucun cas je m'immisce dans la vie de votre fille, expliqua l'intéressé.

— Oh ! Mais vous ne le faites pas exprès, je le conçois, s'enquit la reine mère. Cela émane de vous, chevalier. C'est pour cela que je vous ai éloigné de ma fille, vous ne devez pas être ensemble !

— Cessez vos commentaires, mère ! ordonna Hope. Aujourd'hui, je ne suis plus une enfant et je prends mes décisions seule. Le chevalier n'a rien à voir avec ce qui nous arrive !

— J'en doute, répliqua Eldrid.

— Si la guerre éclate, mère, c'est uniquement votre faute ! En laissant partir Hayden, vous avez déclenché l'effroi.

Le jeune roi frappa du poing sur la table.

— Veuillez sortir, mère ! ordonna-t-il. La suite de notre discussion ne vous concerne plus !

Eldrid sortit de la pièce en lançant un dernier regard désapprobateur à Amaury. Le conseil pouvait continuer.

— Que suggérez-vous, mon roi ? demanda Maïlann.

— Pour l'instant, nous allons attendre et surveillez les alentours. Épier les moindres faits et gestes du roi Hayden. Nous n'attaquerons pas les premiers, car il faut une bonne raison pour cela. En espérant que ce jour n'arrive jamais.

La séance fut levée et tout le monde se dispersa. Hope ne retourna pas dans ses appartements et déambula dans les jardins. Elle vit celui qu'elle cherchait assis sur un banc et il était seul. Elle approcha doucement.

— Puis-je te tenir compagnie ? demanda-t-elle.

Amaury leva son regard vers elle. Hope ressemblait toujours à une rose. Sa robe blanche mettait ses formes en valeur et contrastait avec ses cheveux roux qui descendaient en cascade sur ses épaules.

— Oui, tu le peux, soupira-t-il.

La reine s'assit à côté du chevalier.

— Que cela te fait-il d'être de nouveau un chevalier au service du roi et de surcroît, son garde personnel ?

Amaury posa ses yeux sur le visage de Hope.

— Flatté. Je ne pensais pas que ton frère m'accepterait de nouveau.

— Elyo t'a toujours estimé, Amaury. Il t'aime comme un frère. Je pense qu'il était très enthousiasmé de te revoir.

Amaury approcha son faciès de celui de la reine.

— Et toi, Hope ? Étais-tu enthousiaste ? demanda-t-il.

La jeune femme posa sa main sur la joue du chevalier et caressa sa peau. Elle effleura les lèvres de celui-ci avec les siennes.

— Très, mon chevalier, soupira-t-elle.

Amaury posa son front contre celui de Hope.

— Si seulement notre vie était différente, Hope. Moi, un chevalier et toi, une simple dame. Nous aurions été heureux.

— Mais nous le sommes, Amaury, susurra Hope.

Le chevalier recula son visage et se leva du banc tout en regardant la reine.

— Oui, nous le sommes, ma princesse, mais pas avec les personnes que l'on souhaiterait être.

— Aimes-tu Loumie comme tu m'aimais ? demanda-t-elle.

— J'aime Loumie... mais... pas comme toi. Toi, je te vénérais.

Hope fut décontenancée. Mais elle ne fit pas paraître sa gêne.

— Me vénères-tu encore ? voulut-elle savoir.

— Et toi, Hope, aimes-tu Hayden comme tu m'as aimé ?

La jeune femme ferma les yeux en soupirant. Elle contempla un moment le sol.

— Hayden est différent de toi. Il m'a donné ce que je cherchais en moi. Un but dans ma vie, celui d'être la reine d'un royaume qui m'était destiné.

Amaury secoua la tête de gauche à droite.

— Très bien, Hope. Restons-en ici. Je crois que nous avons tous les deux perdu une partie de notre cœur lorsque nous nous sommes éloignés.

Hope leva son regard vers Amaury.

— Je...

Une voix interrompit leur discussion. La jeune femme métisse cherchait son amant. Amaury salua royalement Hope et s'éloigna en compagnie de Loumie. Elle voulait faire comprendre au chevalier que la partie de son cœur brisé s'était réparée lorsque celui-ci était revenu. Mais il avait raison, elle aimait Hayden. Hope se redressa du banc et se réfugia dans ses appartements. Aëlys dormait profondément dans son petit lit. Elle verrait ses jumeaux à l'aube et les embrasserait à ce moment-là. Elle s'assit sur un fauteuil près de la couche de la petite fille et contempla celle-ci dormir. Elle caressa les boucles rousses de la fillette.

— Je suis certaine que ton père essaiera par tous les moyens de te récupérer, Aëlys, soupira-t-elle. Il t'aime énormément et cela peut se comprendre. Mais toutes ces années de mensonge, je ne puis les accepter même si l'amour que je lui porte est encore enfoui dans mon cœur. Que puis-je faire ?

Bien sûr, la petite fille ne lui répondit pas. Hope se parlait à elle-même. Elle retourna dans sa chambre et se coucha dans son lit. Elle se tourna sur le côté et tâtonna l'oreiller. Depuis son mariage, Hope n'avait jamais dormi seule, sauf les mois où son mari partait en mission. Ils n'avaient jamais fait chambre à part, Hayden la désirait toujours à ses côtés, de jour, comme de nuit. Elle se rappela une phrase qu'il lui avait dite après la naissance de leur fille « Je suis tellement heureux de vous avoir, que je crains qu'un jour, ce rêve s'évanouisse et que je bascule de nouveau dans le noir » et Hope lui avait répondu « Tant que je serai avec toi, tu ne seras plus celui que tu étais. Si cela arrive, je te ramènerai vers la lumière, mon époux ». Une larme roula sur sa joue, Hope ne tiendra pas sa promesse. Car dorénavant, Hayden était seul.

Déclaration de guerre.

Le royaume d'Amnésia était sens dessus dessous. Lothaire obéissait au roi, mais n'était pas certain que cela soit la bonne solution. Il s'était fait réprimander par son souverain lorsqu'Hayden était rentré au palais, sans la reine. Il était toujours au service de celui-ci, car sa fonction au sein du royaume était trop importante pour que le roi le bannisse. Hayden avait chassé tous les chrétiens d'Amnésia hors du royaume. Ceux qui idolâtraient encore la reine se cachaient. Le garde devait les débusquer et les arrêter. Les guerrières au bouclier qui se trouvaient dans l'enceinte furent réveillées dans leur sommeil et jetées au cachot. Hayden ordonna la démolition de la chapelle. Les païens se rallièrent à leur souverain et organisèrent des pillages dans les villages voisins. Le chaos s'était installé dans le fief. Hayden envoya une missive au chef des pirates, au-delà des étendues baltiques. Il était temps de leur donner ce qu'ils désiraient ! Quant à Lothaire, il en informa sa reine par messager. Pour le moment, les sœurs de Hope étaient vivantes. Mais le garde craignait pour leur vie. Hayden avait déjà fait décapiter ou abattre certains villageois qui ne lui vouaient pas allégeances. Le souverain n'attendit pas longtemps avant que les bateaux des pirates entrent dans le port du royaume. Hayden les accueillit comme il se devait et un grand festin fut organisé. Lothaire préférait se mettre à l'écart et attendre des nouvelles de sa reine.

!!!

Hope s'était apprêté tôt ce matin. Elle s'était ensuite occupée de la toilette des jumeaux. Aujourd'hui serait un grand jour pour ses enfants. Amaury était heureux avec Loumie, certes, mais quelque chose manquait dans sa vie. La reine sortit de la chambre en tenant sa fille et son fils par la main. Elle se dirigea vers les jardins et contourna la fontaine. Amaury s'entraînait à l'épée en compagnie de Kiryan, Hedda, Maïlann et le jeune souverain. Loumie se trouvait auprès d'eux, jouant avec ses objets enflammés. Nos compagnons cessèrent dès qu'ils virent arriver la reine et les enfants. Eldrid était assise sur un banc en compagnie d'Aëlys et la jeune reine Eline.
— Te voilà enfin, ma sœur, lança Elyo. Nous allons pouvoir nous affronter au combat !
Hope stoppa devant le roi.
— Pas maintenant, mon frère. Je suis ici pour autre chose.
Elyo sourit. Hope se plaça face au chevalier qui ne bougeait pas. Loumie avait cessé son activité et contemplait la scène, comme toutes les personnes présentes.
— Bonjour, Hope, souffla Amaury.
— Bonjour, Amaury.

Cela faisait plusieurs jours à présent qu'Amaury et sa famille résidaient au château. Hope le croisait souvent dans les couloirs. Il participait aux réunions et mangeait en leur compagnie. Parfois, leurs mains se touchaient, leurs doigts s'effleuraient, mais rien de plus. Le chevalier se contentait de la regarder amoureusement, car oui, Hope était toujours dans son cœur. L'éviter lui était insurmontable. Quant à la reine, elle ne voulait qu'une seule chose, que son ex-amant lui retombe dans les bras. La jeune femme s'accroupit devant ses enfants et commença son récit tout en caressant leur visage.

— Mes chers enfants, je vous aime, vous le savez, n'est-ce pas ?

— Oui, maman, dirent-ils en même temps.

— Il y a une chose que vous devez savoir.

— Laquelle, maman ? demanda Mila.

Amaury fronça les sourcils. Elyo comprit la démarche de sa sœur. Hedda posa ses mains sur son cœur. Maïlann en avait les larmes aux yeux.

— Je… vous savez que le roi Hayden n'est pas votre vrai père, n'est-ce pas ?

— Oui, maman, s'exclamèrent-ils ensemble.

Eldrid se leva du banc et voulut intervenir. Le roi Elyo la stoppa. Hope se redressa et prit les enfants par la main. Elle les fit avancer vers Amaury.

— Maëlo, Mila, voici le chevalier Amaury. C'est lui, votre père !

Amaury regarda à la fois ses enfants et Hope. Pourquoi maintenant ? Le laisserait-on profiter d'eux ? C'est Hope qui le rassura.

— Amaury, tu as tellement souffert à cause de moi. Je veux que tu sois heureux et que tes enfants te connaissent enfin. Ils ont l'âge de comprendre à présent. Je veux que tu les aimes autant que je les aime.
Le chevalier fit quelques pas vers Hope et se positionna devant elle. Il posa son front sur celui de la reine d'Amnésia et prit le visage de celle-ci en coupe entre ses mains.
— Ce n'est pas à cause de toi que j'ai souffert, Hope, avoua-t-il. J'aime ces enfants depuis le premier jour de leur rencontre. Mais je ne pouvais pas m'immiscer dans leur vie sans en avoir eu la permission et aujourd'hui, tu me la donnes. Je suis heureux.
Ils se regardèrent dans les yeux. Leurs lèvres étaient proches. Loumie soupira. Ces deux jeunes gens s'aimaient toujours, cela était évident ! Kiryan applaudit.
— Enfin ! Il était temps, se réjouissait-il.
Hedda lui mit une claque derrière l'épaule.
— Imbécile ! lança-t-elle.
Maïlann approcha sa bouche de l'oreille de son frère.
— Tu aurais pu attendre qu'ils se donnent un baiser avant de faire exploser ta joie, susurra-t-elle.
Hope s'écarta du chevalier. Amaury s'agenouilla devant les jumeaux.
— Mais je dois quand même vous demander, les enfants, si vous m'acceptez comme votre père ?
Mila et Maëlo sautèrent dans les bras du chevalier.
— Oui, papa, dirent-ils à l'unisson.
Loumie était contente pour Amaury. Celui-ci le méritait. Elle approcha de son amant et se présenta aux jumeaux. Un messager se trouvant en compagnie d'un garde

tendit un parchemin à la reine d'Amnésia. Celui-ci fut remercié par le roi Elyo et congédié dans les cuisines où il pourrait se restaurer. Hope lut le message. Son teint devint blême, elle vacilla et alla s'assoir sur un banc. Le jeune souverain prit les mains de sa sœur dans les siennes.

— Que se passe-t-il, ma sœur ?

Tout le monde attendait une réponse. Amaury laissa les enfants près de sa compagne et ramassa le message que la reine avait laissé tomber au sol. Il comprit le désarroi de Hope. La jeune femme posa son regard sur celui de son frère.

— Hayden est devenu fou. Amnésia est en danger. Mon royaume court à sa perte. Les chrétiens ont été chassés, certains villageois ont été tués, soupira-t-elle tristement. Et les… pirates ont envahi la ville sous son ordre !

Eldrid hoqueta.

— Mes sœurs ? Où sont-elles, Hope ?

— D'après ce que dit ce message, vos sœurs de bouclier sont enfermées dans des cachots, pour l'instant, expliqua Amaury. Mais Lothaire craint pour leur vie.

— Lothaire ? Le bras droit du roi ? Pourquoi lui ferait-on confiance ? demanda Hedda.

Hope tourna son visage vers la femme guerrière.

— Lothaire a toujours été bon avec les enfants et moi depuis que nous vivons au palais. J'ai appris à le connaître et il aime les jumeaux. Mais il est fidèle à son roi, cela, il ne le nie pas. Pourtant, c'est lui qui m'a révélé qu'Amaury était toujours vivant et ne m'a pas empêché de venir en Oldegarde malgré les recommandations de son roi. Il sait que je tiens au royaume d'Amnésia et je pense que lui aussi.

— Mais il t'implore de lui venir en aide et de résonner le roi ! Lança Amaury. Comment comptes-tu faire ?

Hope se redressa.

— Je vais partir en Amnésia ! expliqua-t-elle. J'irai seule !

— Non, Hope ! Tu ne peux pas. Il pourrait te faire du mal ou pire encore ! s'inquiéta Maïlann.

— Je viens avec toi, souffla le chevalier.

— Ensemble, comme au bon vieux temps ! intervint Kiryan.

— Non ! hurla Hope pour que ses compagnons cessent de parler. Vous ne comprenez pas, il ne me fera rien. Mais à vous, si, et je ne veux pas que vous mouriez maintenant !

Le roi Elyo posa ses mains sur les épaules de sa sœur.

— Es-tu certaine de toi, Hope ?

— Oui, mon frère. Je connais Hayden. Ni lui ni moi, nous ne pourrons nous faire de mal. Au pire, juste des égratignures, mais rien de méchant.

— Je crains pour toi, Hope, soupira le roi.

— Et cela est compréhensible, mon frère. Mais ne vous inquiétez pas, Lothaire m'aidera ! Si je ne reviens pas d'ici l'aube, vous saurez que je suis perdue.

— Bien, je te laisse partir, ma sœur.

Il y eut des protestations, mais le jeune roi fit taire ses complaintes.

— Prends soin des enfants, Amaury, lança Hope. Je reviendrai très vite !... Puis la jeune femme se tourna vers sa mère… Ne vous inquiétez pas, mère, je ramènerai nos sœurs. Et ne vous en voulez pas pour le roi Hayden, vous ne pouviez pas savoir que son évasion causerait un chaos !

— Si, Hope, tu m'avais prévenu, ma fille, et je ne t'ai pas écouté, malheureusement. Il s'est joué de moi.

— Comme il le fait toujours, soupira Amaury.

Maïlann en fut honteuse, mais ne le montra pas à ses compagnons. Elle aussi était sous l'emprise du souverain d'Amnésia et elle ne pouvait pas s'en défaire.

Hope prit congé et se prépara pour partir. Le dragon de fer fut ravitaillé et la reine d'Amnésia se plaça aux manettes. Le souverain et ses sujets se trouvaient dans la cour à contempler l'animal prendre son envol. Elyo espérait revoir sa sœur saine et sauve.

!!!

Le roi Hayden était assis sur son trône, entouré d'anciens jarls, des pirates et du chef de ceux-ci, Mendossa. L'homme barbu siégeait sur le fauteuil de Hope. Les serviteurs servaient des mets aux invités. Des tables avaient été installées pour l'occasion dans la salle parmi les Dieux vikings. Mendossa contempla les lieux.

— Vous avez fait de ce palais un vrai chef-d'œuvre, mon ami.

— Oui, enfin un lieu pour les païens ! lança le roi. Mon grand-père rêvait de ce jour.

— Il serait fier de vous, roi Hayden.

— Je suppose, oui, souffla le roi. Mais je n'étais pas seul pour accomplir ce miracle.

Le chef pirate approcha sa bouche de l'oreille du roi.

— Ah ! Oui ! Il paraît que votre reine est une déesse, susurra-t-il. Telle que Freya !

Hayden grimaça.

— Vous comprendrez lorsque vous la verrez, répondit-il simplement.

Un grondement se fit entendre à l'extérieur. Les gardes coururent dans la cour. Un homme se présenta devant le roi et s'agenouilla.

— Sir, un dragon de fer s'est posé dans la cour. Lothaire est sur place. Il demande que vous acceptiez de rencontrer la personne qui se trouve à l'intérieur.

Le roi Hayden réfléchit un moment.

— Si ma main me demande cela, c'est que cette personne est importante. Qu'on la laisse entrer ! ordonna Hayden.

L'homme repartit et tout le monde attendit l'invité. Hope éteignit les rouages dès que l'animal en acier se posa au sol. Elle prit une grande inspiration et sortit du ventre de la bête. Lothaire l'attendait, ce qui la réjouissait. Des gardes étaient postés près des entrées et devant le dragon. Des personnes contemplaient le géant en fer. D'après leurs tenues et leurs armes, Hope savait que ceux-ci étaient des pirates. Quelques païens se trouvaient sur place. Ils se postèrent sur les côtés et leur regard se posa sur la reine. La main du roi vint à la rencontre de Hope.

— Bonjour, votre majesté. Je suis si enthousiasmé de vous voir.

— Merci, Lothaire, de m'avoir alerté de la situation dans laquelle se trouve Amnésia.

— Je crains le pire, ma reine, si vous n'intervenez pas !

— Je ne te promets rien, Lothaire, mais je vais essayer de résonner Hayden.

— Il le faut, pourtant, ma reine. Le roi et ses… nouveaux amis préparent quelque chose.

Le garde et la souveraine se dirigèrent vers le grand escalier. La jeune femme salua quelques personnes qui se trouvaient sur son chemin. Celles-ci n'osaient pas parler. Elles se contentèrent de sourire à la reine.

— Ils ne peuvent pas vous adresser la parole, ma reine. Le roi l'a ordonné ! Tous ceux qui vous vénèrent encore sont faits prisonniers.

— Mon peuple n'est en rien responsable de ce qui se passe, soupira Hope. Il n'a pas à en souffrir.

— Je suis tout à fait de votre avis, majesté, répondit Lothaire.

Ils arrivèrent devant la grande porte en bois et les gardes l'ouvrir. Lothaire emmena la reine jusqu'à la salle du trône. L'entrée était close. Hope reconnut la personne qui se tenait devant l'ouverture.

— Bonjour, demoiselle Clarisse.

La jeune femme fit une révérence à Hope.

— Bien le bonjour, majesté. Même si ce royaume n'est plus le vôtre !

Hope fronça les sourcils.

— Est-ce le roi qui insinue cela ? demanda la reine.

La jeune pirate sourit.

— Si vous étiez encore reine de ce royaume, nous ne serions pas présents, n'est-ce pas, majesté ?

La jeune femme avait raison. Hope demanda à entrer. Clarisse passa derrière la porte qu'elle entrouvrit et se posta face à son assemblée.

— Voici venue la reine d'Amnésia ! cria-t-elle.

Les jarls et païens se turent, attendant la fabuleuse Hope d'Oldegarde. Les pirates scrutaient la porte, curieux de voir à quoi ressemblait cette reine. Hayden se redressa dans son siège en soupirant. Il réajusta ses vêtements. Le chef des pirates le remarqua et sourit. Celui-ci restait avachi sur le trône. Les serviteurs étaient heureux de revoir leur reine. Lothaire passa le premier par la porte puis il laissa la place à sa reine. Hope marchait lentement vers le roi. Son allure majestueuse époustouflait les invités masculins. La jeune femme rayonnait. Mendossa en fut décontenancé. Sa bouche s'ouvrit pour laisser échapper un « Par tous les saints » et ses yeux se posèrent sur la déesse Freya. Lorsque Hope stoppa devant la première marche de l'estrade, celle-ci retira sa cape en fourrure et la tendit à Lothaire. La souveraine portait une robe blanche, aux galons dorés et épaules dénudées. Les manches en voilage étaient cousues au liseré or. Celle-ci lui serrait la taille par une large ceinture-corset. Elle portait ses bijoux vikings et était coiffée de tresses entremêlées les unes aux autres. Le reste de ses cheveux flamboyants cascadaient sur ses épaules et son dos. Les jarls de la salle enviaient le roi. Les langues se délièrent et des exclamations de joie se firent entendre dans l'assemblée. Le roi Hayden se leva de son siège brusquement et demanda le silence. Il avait dû s'y prendre en deux fois, il n'aimait pas ça ! Hope faisait encore tourner des têtes. Il descendit l'escalier qui le séparait de sa femme et se positionna sur la dernière marche. Ce qui le rendait plus important que la reine. Son regard noir croisa le bleu océan des yeux de Hope.

— Que me vaut cette visite, Hope ? demanda-t-il.

La souveraine contempla l'homme barbu assis sur le trône.

— Je vois que tu m'as remplacé, Hayden ! ironisa-t-elle. Un peu poilu, ne trouves-tu pas ?

Hayden ragea. Des rires étouffés montèrent de la foule. Il approcha de la reine et posa sa main sur le cou de celle-ci. Son geste fut vite interrompu par son bras droit. Hayden contempla le garde.

— Ne t'inquiète pas Lothaire, je ne lui ferai pas de mal, expliqua-t-il.

L'homme s'écarta des deux souverains. La conversation pouvait reprendre.

— Lothaire m'a fait part de tes…

— Oh, Lothaire, la coupa le roi. Un si bon élément dans ce royaume et un vrai gardien pour sa reine. Je repose ma question, Hope, que me vaut ta visite ?

La jeune femme approcha son visage de celui d'Hayden. Le roi sentait l'odeur de rose de la souveraine. Ses mains frôlèrent le tissu de la robe. Son cœur battait dans sa poitrine.

— Je suis venue te réclamer la libération de mes sœurs guerrières, Hayden !

Le roi s'écarta de Hope en riant.

— Tu viens ici, dans mon royaume, seule, pour faire une demande de libération concernant les ennemis d'Amnésia.

— Cesse tes accusations, Hayden ! maugréa la reine. Mes sœurs ne sont pas une menace pour le royaume. Elles sont à ton service, au service de la reine !
Hayden approcha rapidement devant Hope et posa sa main derrière la nuque de la jeune femme, il approcha son visage au-dessus de celui de la reine. Leurs lèvres se rapprochèrent.

— Tu n'es plus reine d'Amnésia, Hope ! ragea le roi.
Hope posa ses mains sur les joues de son mari.

— En es-tu sûr, Hayden ? demanda-t-elle.
Le roi contempla le visage de Hope. Il frôla ses lèvres contre celles de la jeune femme.

— Je les libérerai si tu me rends ma fille, susurra-t-il.

— Aëlys est aussi ma fille, soupira Hope.

— Alors, reviens avec elle, Hope.

— Je ne peux pas, Hayden.
Le roi s'écarta de la reine et rejoignit son trône. Il s'assit et contempla sa femme.

— Les guerrières resteront ici ! Elles serviront d'exemple ! lança-t-il.
Hope voulut approcher du roi, mais deux pirates se positionnèrent entre eux.

— Tu es devenu fou, Hayden ! ragea Hope. Je ne te reconnais plus. Tu fais souffrir ton peuple. Je t'en supplie, si ton amour pour moi est toujours encré dans ton cœur, laisse mes sœurs revenir en Oldegarde !
Le roi grimaça.

— Je te laisse partir, Hope. Si ma fille ne me revient pas, alors, personne n'ira en Oldegarde.

Hope voulait ajouter quelque chose, mais elle fut interrompue par Lothaire qui lui prit le bras doucement.

— Vous devriez partir, ma reine, souffla-t-il. Je crains pour la suite.

Hope ferma les yeux en soupirant. Elle prononça une dernière phrase qui atteignit le roi en plein cœur.

— Je te laisse, Hayden. Mais sache que je suis toujours la reine d'Amnésia et que mon cœur t'appartient. Si tu choisis la guerre, je me battrais au côté de mon frère. Nos deux royaumes seront brisés.

Le roi se redressa de son fauteuil en regardant Hope.

— J'ai toujours su de quel côté était ta loyauté, Hope. Tu as décidé de me repousser, soit, je l'accepte. Et… ton cœur ne m'appartient plus.

Sur ces mots, le roi ordonna à Lothaire d'emmener la jeune femme. Les pirates la submergeaient de regards pervers. Les jarls la convoitaient. Hope monta dans le dragon et reprit les manettes. Des larmes coulaient sur ses joues. Son roi s'était évaporé. L'animal de fer s'envola et disparut.

Défit.

Mendossa attendait le souverain sur son navire, prêt à partir à l'aventure. Hayden devait déclarer la guerre en premier, le roi Elyo ne le ferait pas. Celui-ci était trop altruisme envers ses combattants et son peuple pour ordonner un massacre. Le roi d'Amnésia était un viking et un descendant du grand Ragnar. Autrefois, son peuple pillait et tuait des villageois, brûlait des villages entiers. Son grand-père s'était radouci, préférant accepter la religion chrétienne sans pour autant abandonner la sienne. Son père, lui, avait su se rebeller. Et dire qu'il l'avait tué par amour. Mais si son cœur avait choisi Torick et non la princesse, il ne serait pas roi aujourd'hui ! Lorsque le souverain et les païens qui l'accompagnaient arrivèrent au bord de l'eau, Clarisse les contempla. Ceux-ci avaient des peintures de guerre peintes en noir sur le visage. La prestance d'Hayden la subjugua. Une nuit dans ses bras ne lui déplairait pas, dommage qu'elle préférait la gent féminine ! Mendossa perdait patience.

— Roi Hayden, nous vous attendons pour partir ! cria-t-il de son navire.

Hayden leva son regard vers le pirate en souriant.

— Nous ne montons pas sur votre navire, cher ami, lança-t-il.

Mendossa s'étonna. Puis, quelque chose apparut à travers la brume, glissant sur l'eau. Les flibustiers écarquillèrent les yeux, le chef pirate ravala sa salive et Clarisse émit un son de stupéfaction.

— Le roi a un drakkar ! s'étonna-t-elle.

— Comment cela est-ce possible ? commenta Mendossa.

La jeune femme pirate scruta le navire viking.

— Regardez, père ! Celui-ci est fait de rouage et de mécanisme, comme les dragons.

Le drakkar stoppa devant le roi et ses soldats. Ceux-ci montèrent sur l'embarcation et le bateau glissa jusqu'à la hauteur de celui des pirates. Hayden se tenait fièrement à la proue du drakkar et fixa le roi pirate.

— Avant de vous offrir le royaume d'Androphésia, cher ami, je dois faire halte au premier village des terres d'Oldegarde, s'enquit le roi.

— Y a-t-il des richesses sur ce lieu ?

— Ce village n'abrite que des paysans et quelques soldats. Peut-être que les guerriers cachent des objets de valeur, mais rien de comparable à ceux que vous trouverez chez les ecclésiastiques !

— Doit-on tuer ces villageois ? demanda le chef pirate avec enthousiasme.

Hayden grimaça.

— Seulement ceux qui tiennent des armes ! Je veux faire passer un message au jeune roi Elyo.

— Bien, majesté, nous vous suivons !

Hayden lui sourit.

— Je l'espère, car mon navire est plus rapide que le vôtre ! ironisa-t-il.

— Comment avez-vous pu concevoir un tel drakkar ? demanda Clarisse qui se tenait près de son père. La reine d'Amnésia est-elle au courant ?

— Ce prototype a été conçu dans le plus grand secret. Hope n'est pas au courant. De base, ce navire était pour elle, soupira-t-il.

— Avez-vous besoin d'hommes pour ramer ?

— Non, jeune demoiselle, ce bateau se manipule de la même façon qu'un dragon en fer ! Et je suis le seul à savoir le manier.

— C'est impressionnant ! s'exalta Clarisse. Je pensais que seule la reine pouvait créer de tels engins.

— Assez parlé ! coupa Mendossa. Allons-y !

Hayden se positionna devant le mécanisme à l'avant du drakkar et actionna les manettes. Les axes se trouvant sous la coque s'enclenchèrent, se plaçant les uns dans les autres et les engrenages tournèrent. Le drakkar émit un bruit mécanique et glissa rapidement sur l'eau. Les hommes de Mendossa ramèrent le plus rapidement possible pour ne pas être devancés par les vikings. Le jarl Gardensen se trouvait près du roi, contemplant ses moindres gestes.

— Pourquoi ne pas attaquer Oldegarde maintenant, mon roi ? demanda-t-il.

Hayden fixait l'horizon.

— La patience est une grande vertu, jarl. Chaque chose en son temps.

— Vous savez, majesté, que mes hommes se distrairont dans ce village ! Ce sont des barbares et ils ne seront pas tendres.

Hayden soupira.

— Je sais, dites-leur d'épargner les enfants et les femmes. Ils peuvent maltraiter celles-ci, mais pas les tuer. Comme pour les pirates, vous ne truciderez que ceux qui portent des armes !

— Bien, mon roi, affirma le jarl.

Les navires prirent la direction du village le plus proche des côtes d'Oldegarde en contournant Androphésia. Pour l'instant, l'escale dans ce domaine attendrait. Hayden voulait que Hope sache qu'il ne plaisantait pas !

!!!

Mirna et ses parents étaient aux champs ce jour-là. La petite fille avait toujours connu Oldegarde. Parfois, sa mère l'emmenait dans la cour du château lors des marchés pour vendre leur production de gâteaux. Elle était toujours impressionnée par cet immense édifice. Elle n'avait jamais vu les dragons de fer de près, mais lorsque ceux-ci volaient, elle les observait. Les souverains qui avaient succédé dans ce fief avaient toujours été bons avec leur peuple. Mirna aimait surtout l'ancienne princesse, Hope d'Oldegarde. Ses exploits étaient connus et son tempérament apprécié. De la vaste plaine où poussaient les céréales, on pouvait apercevoir les tours du bâtiment fait de pierre et de métal. La mer se trouvait en contrebas. La petite fille était au bord du précipice. Sa mère vint à sa rencontre et posa ses mains sur les épaules de celle-ci. Elle la ramena près d'elle.

— Tu vas te rompre le cou si tu tombes, Mirna ! gronda-t-elle.

La fillette montra du doigt quelque chose à sa mère qui voguait sur la mer.

— Regarde, maman, le bateau en rouages fait-il partie de notre royaume ? demanda l'enfant.

Marissa contempla à son tour le grand océan.

— Je ne sais pas, Mirna. Retournons auprès de ton père !

Mère et fille s'éloignèrent du précipice et la fillette courut vers son père.

— Papa ! Deux bateaux se dirigent vers nous ! lança-t-elle gaiement.

L'homme se redressa et attendit sa fille. Celle-ci stoppa devant lui.

— Que dis-tu, Mirna ? Les seuls bateaux que je connaisse sont ceux des pirates.

La petite fille agrippa les mains de son père.

— Viens voir ! ordonna-t-elle. L'un d'eux ressemble aux dragons de fer d'Oldegarde !

L'homme fixa le regard apeuré de sa femme.

— Que se passe-t-il, Marissa ? demanda-t-il, inquiet.

— Si ce sont des pirates, soupira la femme, alors, l'autre bateau ne fait pas partie d'Oldegarde !

L'homme courut vers le précipice et contempla les deux navires. Ceux-ci avaient déjà accosté. Les passagers en descendaient, tenant leurs armes.

L'homme se tourna vers sa femme et sa fille. Il approcha de Marissa et agrippa ses mains.

— Prends notre fille avec toi, Marissa !

La femme avait peur.

— Que se passe-t-il, Romuald ?

— Vous devez aller au château pour prévenir le roi ! Courez et ne vous retournez pas !

— Mais… Romuald, qu'est-ce qui se passe ?

L'homme enveloppa la femme de ses bras.

— Des pirates accostent dans notre village ainsi que des vikings ! Mais je ne pense pas qu'ils font partie du royaume, Marissa.

— Mais la fabrication de machines en rouages n'est faite qu'à Oldegarde et à… oh ! Que Dieu nous garde, Romuald.

La femme comprit ce qu'il se passait et elle devait faire vite. Le temps pressait ! Romuald quitta le champ et se dirigea vers son village.

!!!

Les vikings accostèrent sur la plage, suivis des pirates. Certains villageois se trouvaient sur la plaine de sable. Lorsqu'ils virent les intrus, ceux-ci s'éloignèrent et se réfugièrent dans leur village auprès des autres habitants. Pour l'instant, aucun des étrangers n'était menaçant, même si leur présence ne rassurait pas les habitants. Hayden marchait devant, suivi du chef des pirates. Païens, comme flibustiers, attendaient les ordres. Le roi d'Amnésia contempla les gens de ce hameau. La plupart n'étaient que des femmes et des enfants ! Le souverain stoppa à l'entrée du village.

— Vous savez qui je suis, n'est-ce pas ? demanda-t-il… Personne n'osait répondre… Où sont les protecteurs de ce village ? s'impatienta-t-il.

Un homme sortit de la foule, se positionnant au premier rang des villageois.

— Je suis l'un des soldats d'Oldegarde affecté au village et vous êtes le roi d'Amnésia !

Hayden sourit. Il s'approcha de l'individu. L'homme tenait une épée dans sa main.

— Es-tu seul ? demanda Hayden.

— Nous sommes plusieurs à protéger ce lieu.

— Et où sont tes amis ?

Le soldat ne craignait pas le roi.

— Si vous attendez qu'ils se montrent, ils ne le feront pas ! expliqua celui-ci.

— Vivez-vous ici avec votre famille ? demanda Hayden.

— Je n'ai pas de famille ! mentit le soldat.

Le roi d'Amnésia s'écarta du garde et contempla les personnes présentes une à une. Deux d'entre elles se démarquèrent. Il approcha de celles-ci et posa la main sur la tête du petit garçon. La jeune femme qui le serrait dans ses bras contemplait le soldat.

— Alors, si je veux m'amuser avec cette jeune femme, m'en donnes-tu la permission ?

Le soldat écarquilla les yeux.

— Non ! lança-t-il. Je vous interdis de la toucher !

Hayden soupira et se tourna vers le garde.

— Tu vois, soldat d'Oldegarde, je n'aime pas les menteurs.

Un homme sortit d'une maisonnette. Il portait les atours des chevaliers du royaume. Romuald fit face au souverain.

— Pourtant, il se dit dans le royaume que vous êtes un menteur, roi Hayden ! lança celui-ci vers l'intéressé.
— Je vois qu'il y a au moins des hommes de taille dans ce village, se contenta de répliquer le roi.
— Chaque village d'Oldegarde possède leurs chevaliers, Hayden d'Amnésia.
Le roi fulminait.
— Je ne vous autorise pas à me nommer par mon nom, se renfrogna-t-il. Je suis le roi !
Romuald contempla les pirates et les païens. Ils étaient trop nombreux. Mais il ne pouvait pas laisser son village à la merci de ses barbares. Il leva son épée devant lui. Une arbalétrière était accrochée à son avant-bras. Hayden sourit. Les inventions de son épouse permettaient une défense supplémentaire. Ses yeux se portèrent sur le soldat. Celui-ci ne possédait que son épée. Il en conclut que seuls les chevaliers étaient admis à se servir des créations mécaniques.
— Vous êtes le roi des païens, Hayden ! Le mien est le souverain d'Oldegarde ! renchérit Romuald.
— Que peux-tu nous faire, chevalier ! Vous n'êtes que deux et je vois que le soldat n'est pas assez armé !
— Pourquoi êtes-vous ici, roi Hayden ? demanda Romuald. Nous ne possédons aucun objet de valeur dans ce lieu. Ces gens ne sont que des paysans !
Hayden s'éloigna du chevalier et se positionna près du jarl Gardensen.
— Nous sommes ici depuis trop longtemps ! lui souffla-t-il. Faites ce que vous avez à faire, je vous attendrai sur le drakkar.

À ces paroles, le jarl donna l'assaut et les pirates se ruèrent dans les maisonnettes pour récupérer le peu d'argent que les villageois possédaient. Les barbares ne tuèrent que les hommes avec des armes, qui s'avéraient être plus nombreux que prévu et violentèrent quelques jeunes femmes. Les enfants furent épargnés. Lorsqu'un viking voulut administrer le dernier coup à Romuald, Hayden lui demanda de l'épargner et de l'amener jusqu'à lui. L'homme se retrouva agenouillé devant le souverain d'Amnésia, dépouillé de toutes ses armes et ses vêtements de guerrier. Hayden se pencha vers lui.

— Dis à la reine Hope que tout ceci est sa faute, susurra-t-il dans l'oreille du chevalier. Et informe-la que je ne renoncerais pas !

Puis, flibustiers et guerriers vikings remontèrent à bord de leurs bateaux et s'éloignèrent du village d'Oldegarde.

!!!

Lorsque le dragon de fer se posa dans le champ de céréale, Hope put apercevoir à travers les yeux du monstre deux embarcations s'éloigner de la berge. L'animal n'était pas rechargé en poudre noire et elle ne pouvait pas attaquer. Elle descendit de la machine, suivis d'Amaury, Hedda et Kiryan. La reine d'Amnésia se posta au bord du ravin et fixait le drakkar. La petite fille n'avait pas menti ! Celui-ci était fabriqué du même matériau que les dragons. Hope s'éloigna de la falaise et courut vers le village. Lorsqu'elle arriva, ses compagnons et elle furent anéantis. Les maisonnettes en bois brûlaient. Des hommes morts se trouvaient allongés au sol. Certains étaient des pirates, les autres, les gardes postés dans ce lieu. Leur famille hurlait leur détresse. De jeunes femmes, souillées par les mains des vikings, pleuraient toutes les larmes de leur corps. Hope prit une profonde inspiration en déambulant dans ce désastre. Elle ne voulait pas pleurer ! Hedda aidait de jeunes femmes à se relever. Amaury fit sortir les enfants de leur cachette. Ceux-ci étaient apeurés. Kiryan approcha de la reine en compagnie d'un homme. Ils stoppèrent devant la jeune femme.

— Hope, cet homme a un message pour toi, souffla-t-il tristement.

— Quel est-il ? demanda-t-elle à l'inconnu.
L'homme redressa son visage tâché de sang.

— Tout d'abord, majesté, est-ce que ma femme et ma fille sont en sécurité ?
Hope posa sa main sur l'épaule de l'homme.

— Vous êtes sûrement le chevalier Romuald, soupira Hope. Oui, elles sont au palais. Malheureusement, nous sommes arrivés trop tard.

— Je pense que votre venue en ce lieu n'était pas l'intention du roi d'Amnésia ! exposa l'homme.
Amaury, qui s'était rapproché de Hope, entendit les paroles du chevalier.

— Pourquoi avoir tué tous vos compagnons et vous avoir laissé la vie sauve ? demanda-t-il à Romuald.

— Je devais passer un message à… sa reine.

— Je vous écoute, attendit Hope.

— Le souverain a dit que c'était votre faute ce qu'il s'est passé ici. Il ne renoncera pas !

— Tout ça pour rien ! rétorqua Amaury.

Hope ne dit rien et s'éloigna du village. Hedda exprima la compassion du roi d'Oldegarde au villageois et leur promit d'envoyer des hommes pour rebâtir leur chaumière. Pour le reste, malheureusement, elle ne pouvait rien faire à part enterrer les morts.
Le visage de la reine était imbibé de larmes. Son cœur se soulevait. Elle s'agenouilla dans le champ de céréales près du dragon et de la bile sortit de sa gorge. Elle se pencha pour vomir. Des cris de fureur accompagnèrent ses sanglots. Amaury, qui avait suivi la jeune femme, posa ses mains sur les épaules de celle-ci et la releva. Il la tourna vers lui en prenant son visage entre ses mains. Il posa son front contre celui de la jeune femme.

— Ce n'est pas ta faute, Hope, susurra-t-il. Il nous défit. Nous aurons notre vengeance, ne t'inquiète pas. Il ne fera plus de mal.

Hope posa ses mains sur celles du protecteur d'Elyo.

— Je ne pourrais jamais le tuer, tu le sais, n'est-ce pas ? pleura-t-elle.

Amaury la serra dans ses bras et Hope enfouit son visage dans le cou du chevalier.

— Je le sais, admit-il.

Ils restèrent un long moment ainsi avant que leurs compagnons les rejoignent. Romuald monta avec eux dans le dragon de fer et nos combattants retournèrent au palais. Hope informa son frère de la situation. Même si Hayden avait fait un faux pas, il ne pouvait pas déclarer la guerre maintenant. Il devait attendre, en espérant que les conséquences de son refus ne soient pas désastreuses.

Tristesse.

Le jeune roi Elyo avait reçu une missive du royaume d'Androphésia peu de temps après l'attaque du village d'Oldegarde. Le clergé avait été attaqué par les pirates et pillé par les païens. Certains villageois étaient devenus esclaves en Amnésia. Les villages alentour furent brûlés. Les prêtres demandaient protection auprès du roi d'Oldegarde.
Hope passait son temps dans son atelier, reproduisant des guns et des arbalétrières. Mais le travail était long, le temps lui manquait. Elle ne dormait presque pas. Ce qui s'était passé dans le hameau la hantait chaque nuit.
Amaury l'aidait parfois dans sa tâche ainsi qu'Hedda. Le chevalier s'occupait de ses enfants et appréciait chaque moment passé en leur compagnie. Des troupes de soldats étaient partis protéger le fief des moines, mais Elyo en avait très peu. Si Hayden l'attaquait, il ne savait pas s'il pourrait tenir. Les combattants étaient formés en Amnésia et la plus grande armée se trouvait là-bas. La reine Artémis ne fut pas épargnée. Mais contrairement aux hommes d'Église, aucun mal ne lui avait été fait. Elle s'était juste ralliée au roi d'Amnésia pour lui fournir nourriture, bois et fourrure pour ses armées. Elle ne voulait pas de guerre, elle n'avait pas le choix. Hayden avait toujours été bon avec elle. Elyo aurait pu faire appel

au peuple de sa femme, mais il ne voulait pas que ceux-ci soient mêlés à un conflit qui n'était pas le leur. Le père d'Eline avait insisté pour lui envoyer des hommes et des chevaux. Le jeune roi avait finalement accepté. Leurs dragons de fer étaient parés pour combattre. Pour l'instant, le souverain d'Amnésia se faisait distant envers Oldegarde. Hope recevait quelquefois des missives de son mari. Celle-ci ne répondait jamais. La dernière qu'elle reçut était plus pertinente que les précédentes.

« *Mon amour,*

Tu restes ma reine. Même si je batifole avec d'autres femmes depuis notre séparation, mon cœur saigne de chagrin. Ma fille me manque, nos nuits intenses d'amour me manquent. Reviens-moi, je t'en supplie, Hope. Je perds la tête, je suis redevenu l'autre Hayden, celui que tu as dissous. Et ce que j'ai fait dans ce hameau d'Oldegarde en est la preuve. Notre amour est-il vraiment éteint ? Réponds-moi, je t'en prie.

Ton mari à jamais, le roi d'Amnésia. »

Hope prit sa plume et répondit au roi. Cette lettre l'avait touchée, elle ne pouvait pas le nier. Mais le chantage de son mari la peinait. Lorsqu'elle eut fini sa missive, elle demanda au messager de l'apporter au roi d'Amnésia. Puis elle quitta sa chambre et se rendit auprès de sa fille Aëlys qui se trouvait dans les jardins en compagnie de Kena. Amaury jouait avec les jumeaux et Loumie. La petite fille les regardait. Hope sourit à la nourrice et elle s'assit sur l'herbe, à côté de la fillette.

— Pourquoi ne joues-tu pas avec ton frère et ta sœur, mon ange ? demanda la reine.
La petite fille rousse leva son regard larmoyant vers sa mère.
— Maëlo et Mila ne veulent pas, maman. Ils disent que leur père ne se partage pas.
Hope fut surprise.
— Comment cela, Aëlys ? Je ne comprends pas très bien le sens de cette réponse.
— Moi non plus, maman. Je suis triste.
L'enfant se blottit dans les bras de sa mère et pleura silencieusement. Hope demanda des explications à Kena. La jeune femme s'accroupit au niveau de la reine.
— Je pense, majesté, que les jumeaux veulent garder sir Amaury pour eux.
— Et le chevalier ? A-t-il eu de l'affection pour Aëlys ?
— Pas à ma connaissance, soupira Kena tristement.
Hope se redressa, emmenant sa fille. Elle rejoignit les jumeaux et les deux amants. Dès que la reine apparut, Amaury cessa ces jeux et les enfants coururent vers leur mère. Mais avant qu'ils n'atteignent ses bras, Hope leva une main pour les stopper.
— Votre sœur est triste ! expliqua-t-elle. Pouvez-vous me dire pourquoi ?
Mila et Maëlo tortillaient leurs petits doigts. Ils baissèrent la tête.
— Elle ne veut pas jouer avec nous, mentit le garçon.
Hope attendait. Aëlys agrippa sa mère et se défendit.
— Non ! C'est pas vrai ! pleura-t-elle.

— Si, c'est vrai, lança Mila.
La reine fronça les sourcils.
— Je n'aime pas les menteurs, vous le savez, n'est-ce pas les enfants ?
— Oui, maman, répondirent les jumeaux.
— Est-ce vous qui empêchez votre sœur de jouer avec vous ?
— Oui, maman, susurra Mila.
— Pourquoi ? demanda Hope calmement.
— Le chevalier n'est pas son papa ! cria Maëlo. Elle a un autre père.
La reine d'Amnésia gardait son calme. Amaury fut surpris des paroles du petit garçon. Hope ne cédait pas.
— Très bien, puisque vous ne voulez pas de votre sœur, vous serez punis !
— Non, ce n'est pas juste ! hurla Maëlo.
Hope sourcilla. Son regard devint sévère.
— Penses-tu que cela est juste que ta petite sœur pleure en silence en vous voyant vous amuser avec votre père, Maëlo ? gronda Hope.
Amaury posa les mains sur les épaules de son fils.
— En fait, majesté, je pense que c'est ma faute, expliqua le chevalier. Je ne vois pas la petite Aëlys comme je vois les jumeaux et parfois, j'oublie qu'elle existe.
Hope fixa le chevalier. Loumie comprenait Amaury. L'enfant ressemblait tant à son père Hayden.
— Suivez votre nourrice et ne bougez pas de votre chambre ! ordonna la reine à ses jumeaux. Réfléchissez à ce que vous faites subir à votre petite sœur !

Les enfants obéirent et suivirent la gouvernante. Hope s'accroupit devant Aëlys et lui ressuya les larmes qui coulaient de son beau visage.

— Tu vas rentrer au château avec Kena, ma chérie. Je viendrais te voir plus tard.

— Quand père reviendra-t-il, Maman ? demanda l'enfant.

— Je te promets que tu pourras le voir dès que tous les problèmes seront réglés, Aëlys, soupira Hope.

— Père me manque, pleura la fillette.

Hope la prit dans ses bras et l'embrassa.

— Je sais, mon ange.

Puis, la reine donna la fillette à Kena qui s'éloigna avec la petite fille. Hope prit une profonde inspiration et se tourna vers Amaury.

— Je ne veux pas que tu fasses de différence entre tes enfants et Aëlys, Amaury.

Loumie s'éloigna, elle ne voulait pas participer à cette discussion. Le chevalier approcha de Hope et soutint son regard.

— Je suis désolé, Hope, mais cette enfant n'est pas la mienne et si elle reste à l'écart, je ne lui demanderai pas de participer à moins que mes enfants me le demandent.

— Ce n'est qu'une enfant, elle ne comprend pas ! ragea Hope.

Amaury suspendit ses lèvres au-dessus de celles de Hope.

— Elle ressemble à son père, soupira-t-il.

Hope frôla ses lèvres contre celles du chevalier.

— Oui, je sais, susurra Hope. Mais elle a mes cheveux.
Sans comprendre ce qui arriva, Amaury enlaça la reine et lui donna un baiser. Il en avait envie depuis si longtemps. Le chevalier posa son front contre celui de Hope et caressa sa joue.

— Je t'aime encore, ma princesse. Mais tu lui appartiens, soupira-t-il. Le temps que nous passons dans ton atelier à créer ces armes me procure de la joie. Mais ne me demande pas d'aimer son enfant ! J'en suis incapable.

Hope grimaça et repoussa Amaury.

— Je ne te le demande pas, Amaury, répondit-elle. Mais cette enfant fait aussi partie de moi. Alors, si tu ne peux pas l'aimer, nous ne pourrons jamais redevenir des amants et cela me brise le cœur. Tu avais raison, restons-en là, mon chevalier.

Hope s'éloigna. Amaury la contempla en soupirant. Loumie revint près de lui et posa sa main sur l'épaule de celui-ci.

— Je sais que tu es toujours épris de la reine, mon amour. Mais te voir dans cet état ne me plaît pas.

Le chevalier se tourna vers sa compagne.

— Quel état ? demanda-t-il.

— Chaque moment que tu passes avec elle te rend plus vulnérable. Tu ne t'es pas rendu compte que tes pouvoirs s'effaçaient en sa compagnie ?

— Non, soupira Amaury.

Loumie approcha du chevalier et posa ses mains sur les joues de celui-ci.

— Dois-je rester avec toi, Amaury ?

L'homme fronça les sourcils. Il ne comprenait pas.

— Pourquoi voudrais-tu que cela change, Loumie ?

— Te voir l'enlacer et lui donner des baisers me rend triste.

Amaury prit Loumie par les bras et l'approcha de lui. Il l'enlaça et posa son menton sur la tête de la jeune femme.

— J'éviterai de le faire à l'avenir, Loumie. Je ne veux pas que tu souffres comme j'ai souffert. Je t'aime, même si Hope reste dans mon cœur. Pardonne-moi.

— Je te pardonne, mon chevalier, souffla Loumie.

Les deux jeunes gens rejoignirent leur famille de saltimbanques. Les jumeaux ne restèrent pas longtemps punis, Hope leur avait demandé de dire pardon à leur petite sœur et ils le firent avec joie. Les enfants étaient de nouveau réunis. La petite fille participait à leurs jeux, même si Amaury n'était pas enthousiasme. Loumie lui avait parlé et expliqué qu'il devait s'habituer à l'enfant. Le roi Elyo attendait qu'Hayden attaque le premier pour sonner la bataille. Il ne voulait pas déclencher la guerre.

!!!

Hayden était assis devant son bureau. Il déroula le message qu'il venait de recevoir et le lut.

« Mon roi,

Ton message m'a tant touché. Je ne pourrais jamais te pardonner ces quatre années de mensonges et ce que tu as fait subir aux villageois. Si le chevalier n'était pas revenu, jamais je n'aurais su la vérité et cette dissimulation aurait perduré. Tu as commis un acte ignoble ce jour-là sur la montagne par simple jalousie. Pourtant, tu as réussi. Les années qui s'ensuivirent m'ont rendue heureuse. J'ai appris à t'aimer. Tu m'as donné ce qu'il me manquait dans ma vie, un royaume fait à mon image. Je t'en remercie. Tu sais que je ne peux pas revenir et qu'Aëlys restera en Oldegarde. Mais sache que mon amour pour toi est toujours présent dans mon cœur. Je t'aime profondément. Alors, si tu ressens le même amour, je t'en supplie, laisse mes sœurs rentrer.

Hope, reine d'Amnésia et ton amour à jamais. »

Le roi posa le parchemin sur le bois du meuble en fermant les yeux. Il contenait sa rage. Puisque sa fille ne venait pas à lui, il irait la récupérer. Mais pour cela, il devait avoir un plan ! On frappa à sa porte et il laissa la personne entrer. Clarisse approcha du bureau à pas de loup. Elle stoppa devant le meuble et fixa le regard noir du roi.

— Une mauvaise nouvelle, mon seigneur ? demanda-t-elle.
Hayden se redressa de son siège en posant une main sur le feuillet.

— Hope ne veut pas me rendre ma fille ! Elle m'aime, mais préfère rester en Oldegarde. Avec ce chevalier ! ragea-t-il.

— Cela est compréhensible, mon seigneur, un premier amour ne s'oublie pas ! Et vous avez ravagé un village de son fief. Votre épouse est une magnifique femme qui fait perdre la tête aux hommes et… aux femmes comme moi !

Le roi connaissait le penchant de la jeune femme pirate. La gent masculine ne l'intéressait pas ! Dommage, elle était jolie.

— J'ai trouvé une sorcière qui pourra vous aider pour le joyau ! ajouta Clarisse.

Le roi sourit.

— Enfin une bonne nouvelle ! Quand arrive-t-elle ?

— Elle est déjà au palais, mon roi.

— Très bien, je viens tout de suite, vous pouvez disposer, Clarisse.

La jeune femme obéit et quitta la pièce. Hayden sortit une pochette de sous son tabard et ouvrit celle-ci. La pierre se retrouva entre ses doigts. Il espérait profondément que cette femme aux pouvoirs magiques pourrait stopper ceux du chevalier. Avant toute chose, il devait rédiger une missive et la faire parvenir à Maïlann. Ensuite, il parlerait de son plan au chef des pirates. Lothaire aura une place importante dans ce qui s'en suivra, mais le roi ne lui exposera pas son intention. Son bras droit était fidèle à la reine d'Amnésia.

!!!

Maïlann était soucieuse. La lettre de son roi lui demandait de lui rendre un service. Elle ne voulait pas faire de mal à Hope. Pourtant, elle devait se décider ! Hayden lui avait promis une place importante à ses côtés. Elle devait juste ouvrir une porte dérobée pour que les hommes du roi d'Amnésia entrent dans le palais d'Oldegarde et récupèrent Aëlys. Une diversion serait prévue. Lorsque le dragon de fer du roi d'Amnésia se posera dans la cour du château d'Oldegarde, la jeune femme devra montrer sa fidélité à Hayden. Elle se préparait mentalement à trahir son clan d'adoption. Elle trouva sa reine en compagnie de Kena. Elle contempla Hope. La jeune princesse qu'elle avait connue était devenue une femme splendide et très solide. Le cœur de guerrière que possédait Hope la rendait forte à toutes occasions. Maïlann en était pourtant jalouse depuis quelque temps. Les deux hommes qui avaient partagé sa couche s'étaient unis à cette princesse et aujourd'hui, les deux en souffraient. L'un, d'un amour impossible, l'autre, d'un amour perdu. Hope contempla son amie et vint vers celle-ci. Elle prit la main de la jeune femme dans la sienne.

— Qu'as-tu, Maïlann ?

Maïlann posa son regard sur celui de la reine.

— Rien, majesté. Je repensais seulement à tout ce que nous avons vécu ensemble.

— Oui, Maïlann, et cela fut si fort en émotion pour moi. Tu m'as tout appris !

— Vraiment ? s'étonna la jeune gardienne.

Hope approcha la main de son amie vers sa bouche et l'embrassa.

— Oui, Maïlann. Et tu es ma meilleure amie, ne l'oublies pas.

La jeune femme grimaça.

— Tu sais, Hope, lorsque j'ai fait diversion pour que tu puisses être de nouveau dans les bras d'Amaury, j'ai dû faire une chose que je regrette amèrement.

— Je le sais, Maïlann, soupira Hope. À cause de moi, tu es tombée amoureuse d'Hayden et aujourd'hui, je te comprends. Mais ne t'inquiète pas, je ne t'en veux pas, mon amie.

— J'en suis heureuse, Hope. Je ne veux pas de mal entendu entre nous si un malheur arrivait.

Hope posa sa main sur la joue de Maïlann en souriant.

— Il n'arrivera rien, Maïlann, je t'assure.

La jeune femme se contenta de sourire et Hope l'emmena auprès de la fillette. La femme soldat resta le plus longtemps possible en compagnie de sa meilleure amie avant que le plan d'Hayden se mette en exécution.

!!!

Lothaire fut appelé dans les appartements du roi. Le garde se tenait près de la porte. Hayden était posté face à la fenêtre, il regardait le dragon de fer.

— Approche, Lothaire ! ordonna-t-il.

L'homme obéit. Il vint se placer près du roi. Hayden se tourna vers lui. Le roi était calme.

— Je t'ai fait venir, car j'ai une mission pour toi.

— Quelle est-elle, votre majesté ?

— En ce moment, le dragon de fer s'apprête à partir en Oldegarde !

Lothaire écarquilla les yeux. De l'effroi se lisait sur son visage.

— Ne t'inquiète pas, Lothaire, le rassura le roi. Je ne compte pas assiéger le royaume voisin maintenant. Les guerrières vikings sont à l'intérieur du ventre du dragon. J'ai décidé que je devais donner une preuve de mon amour à ta reine, puisque celle-ci ne compte pas revenir en Amnésia.

Lothaire se détendit.

— Vous faites preuve de bon sens, mon roi.

Hayden posa sa main sur l'épaule du garde en le fixant dans les yeux.

— Je veux que tu diriges le dragon et que tu amènes ces femmes dans leur royaume. Et de ce fait, je n'aurais plus besoin de tes services, Lothaire, tu pourras rester avec la reine.

— Mais… mon roi, je n'ai jamais…

— Tu aurais dû être puni pour m'avoir désobéi, Lothaire, le coupa Hayden. Tu as laissé la reine venir en Oldegarde alors que je t'avais exprimé le souhait que tu la retiennes en ce lieu. Je ne voulais pas te perdre. Mais maintenant, je sais que tu es fidèle à Hope et je veux que tu la serves en Oldegarde ! Elle sera en sécurité avec toi si une guerre éclate.

Le garde fit un signe positif de la tête en signe de reconnaissance. Lothaire prit congé et prépara son départ. Les pirates attendaient déjà dans le royaume voisin. Ils étaient accompagnés de quelques païens sélectionnés par le roi. Ils avaient marché plusieurs jours et plusieurs nuits avant d'arriver devant le palais. Ils s'étaient tapis dans la forêt qui bordait le château sans se montrer, attendant l'ouverture de la porte de service.

!!!

Le château fut en alerte, un dragon de fer s'était posé dans la cour d'Oldegarde. Des soldats attendaient déjà, une arme en main. Le roi Elyo contemplait le ventre de la bête du haut des marches, revêtu de ses habits de combat. Eldrid, Eline et les enfants se trouvaient dans la chambre de la reine mère. Elles regardaient ce qui se passait à l'extérieur par la grande fenêtre. Hedda, Amaury, Kiryan et Hope protégeaient le souverain d'Oldegarde. Maïlann s'était éclipsée et se dirigeait dans les oubliettes du palais. La porte du dragon s'ouvrit et une silhouette apparut. Hope était rassurée. Elle demanda à son frère de ne rien tenter et courut vers Lothaire. Celui-ci attendit la jeune femme. Il posa un pied sur la terre ferme en soupirant. La reine d'Amnésia enlaça le garde. Cela le surprit, mais ne lui déplut pas.

— Lothaire, je suis heureuse de te voir, soupira-t-elle. Je craignais qu'Hayden te fasse du mal.

L'homme s'écarta de la jeune femme et contempla le beau visage de sa reine.

— Non, votre majesté. Il m'a demandé de ramener vos sœurs. Un geste en guise d'amour pour votre personne. Et je dois rester avec vous !

Hope était heureuse. Finalement, le roi d'Amnésia avait cédé. Plusieurs guerrières sortirent de la bête. Elyo fut soulagé, Hedda rejoignit ses sœurs et les serra dans ses bras. Eldrid laissa les enfants avec la jeune reine Eline et sortit de la chambre. Elle se précipita dans la cour et vint à la rencontre de Freya. Elle ne pensait jamais revoir sa grande sœur ! Tout le monde entra à l'intérieur du palais sans savoir ce qui se passait à la porte dérobée des souterrains.

!!!

Maïlann ouvrit la grille et alluma une torche. Elle fit des signaux avec celle-ci aux personnes qui se trouvaient de l'autre côté de la plaine. Elle attendit un moment et les hommes se présentèrent devant elle. Ils étaient au nombre de quinze.

— Je vais chercher l'enfant, souffla-t-elle. Restez dans le couloir en haut des souterrains. Je ne veux pas d'esclandres ! ordonna la jeune femme.

Un homme lui sourit. Les ordres du roi étaient tout autre, mais cela, il omit de le dire à la femme soldat. Les pirates et les païens suivirent Maïlann et ils stoppèrent en haut des escaliers. Ils entrèrent dans le palais et se retrouvèrent dans un long corridor. La jeune femme se tourna vers eux.

— Les hommes païens viennent avec moi ! Les autres, attendez ici.

Les brigands obtempérèrent. Maïlann s'éloigna en compagnie de quatre vikings. Les pirates commencèrent à explorer les lieux en recherche d'or. Maïlann arriva dans la chambre de la petite Aëlys sans encombre. Deux hommes païens faisaient le gai au niveau de la porte. Les deux autres scrutaient la pièce où dormait la reine d'Amnésia. L'un d'eux fouilla dans le coffret à bijoux et vola son contenu. Le deuxième examinait le portrait d'Hope. Trop encombrant, il se ravisa sur des dessous bien affriolants. La fillette dormait dans son petit lit. Maïlann la prit dans ses bras tendrement. L'enfant remua et ouvrit les yeux.

— Maïlann, soupira-t-elle.

La jeune femme embrassa Aëlys.

— Je t'emmène voir ton père, Aëlys, expliqua Maïlann.

La petite princesse se tut et la jeune femme soldat sortit de la chambre. Lorsqu'elle arriva dans celle de Hope, elle gronda les deux païens qui s'entichaient d'objets appartenant à leur ancienne reine. Ils devaient partir, le temps pressait.

!!!

Kena contourna la salle de repas et se dirigea vers les appartements de Hope pour réveiller Aëlys. Deux hommes se tenaient sur le seuil de la porte de la chambre de la reine. Au début, la gouvernante pensait que c'était les gardes d'Oldegarde, mais en regardant de plus près, elle se rendit compte que ceux-ci ne faisaient pas partie du château.

— Que faites-vous ici ? demanda-t-elle.

Maïlann apparut avec la petite fille.

— Ne t'inquiète pas, Kena, ils sont avec moi, expliqua la femme soldat.

La nourrice fronça les sourcils.

— Que fais-tu avec Aëlys, Maïlann ? Et pourquoi ne te trouves-tu pas avec tes compagnons et ma reine ?

Maïlann approcha de la jeune femme.

— Je ne peux pas t'expliquer, Kena, mais je ne veux pas que tu sois blessée.

— Blessée ? s'étonna Kena.

Puis, ils entendirent des hurlements provenir des couloirs adjacents. Kena comprit qu'il se passait quelque chose. Elle s'écarta de Maïlann et commença à courir. Elle fut rattrapée par l'un des païens et celui-ci lui donna un coup de poing. La jeune femme vacilla et tomba au sol. Un deuxième viking voulut enfoncer la lame de son épée dans le corps de la gouvernante, mais Maïlann l'en dissuada. Ils laissèrent la nourrice et se dirigèrent vers la porte dérobée. Mais les gardes d'Oldegarde se battaient déjà avec les pirates. Maïlann contemplait les corps inertes au sol. Ces bandits avaient assassiné des serviteurs. Ceux-ci avaient dû les surprendre ! La jeune femme soldat réalisa que sa vie en Oldegarde était finie. Le roi d'Amnésia lui avait promis qu'il n'y aurait pas de morts ! Elle se fraya un chemin parmi les combattants et prit la direction de la grande porte. Elle ne pouvait plus reculer. Les barbares qui la suivaient tuèrent les protecteurs du royaume à coup d'épée et certains possédaient des arbalétrières. Maïlann devait voler un dragon de fer pour partir ! L'alerte fut donnée.

!!!

Le roi Elyo prit son arme et se dirigea vers la cour au pas de course. Il était suivi par Amaury, Hope, Lothaire, Kiryan et les femmes guerrières. Ils n'avaient pas le temps de s'armer des inventions d'Hope ! Tout le monde se retrouva en salle du trône. Les païens et les pirates étaient proches de la large porte. Au milieu de tous ces truands se trouvait Maïlann, qui portait Aëlys dans ses bras. La reine mère apparut en haut de l'escalier en compagnie des jumeaux. Elle hoqueta. Lothaire la rejoignit et la protégea des futures attaques. Le roi Elyo avança de quelques pas.

— Pensez-vous pouvoir sortir d'ici vivants ? demanda-t-il aux brigands. Les portes sont fermées !

Un viking, avec un tatouage sur le visage et le crâne à moitié rasé laissant une longue tresse descendre dans sa nuque, avança en tenant une personne par les bras, un gun posé sur la tempe de celle-ci.

— Je pense que vous nous laisserez partir, roi Elyo ! lança l'homme. Sinon, son visage explosera, et vous savez que je tiendrais ma parole de païen !

Elyo suffoquait. Eline était entre les mains de l'ennemi.

— Je suis votre reine, païens ! intervint Hope qui se positionna devant son frère face aux intrus. Je vous ordonne de relâcher la jeune reine !

L'homme tatoué regarda un instant ses compagnons et se mit à rire.

— Tu n'es plus notre reine ! Le roi Hayden nous l'a confirmé. Si tu venais à croiser mon chemin, je me ferais un plaisir de jouer avec toi, Hope d'Oldegarde.

— À qui ai-je l'honneur de parler ? demanda Hope.

— Je suis le jarl Gardensen ! Fils de Brock Gardensen, premier viking de ce nom et dirigeant d'un fief qui fut anéanti par les chrétiens.

Les guerrières se positionnèrent près de Hope, laissant le jeune roi en arrière, ainsi que ses meilleurs soldats. Les femmes au bouclier attendaient la permission de leur reine.

— Tu as tes gardiennes et le roi d'Amnésia à ses jarls ! ajouta l'homme.

— Combien sont-ils ? interrogea Hope.

— Plus que tu pourrais en compter, ma belle. Ainsi que les armes que tu as laissées en Amnésia.
Hope fronça les sourcils.
— Savent-ils s'en servir ? demanda-t-elle.
Le jarl sourit tout en fixant l'ancienne reine dans les yeux.
— Comme tu peux le voir, les arbalétrières sont très malléables. Et en ce qui concerne ces… guns… quelques-uns d'entre nous savent s'en servir.
Hope soupira. Si Hayden était entouré de jarls, alors, le combat serait plus difficile que ce qu'elle pensait. Lorsqu'elle était retournée au palais pour demander la libération de ses sœurs, elle n'avait pas fait attention à tous les invités du roi. Elle dirigea son regard vers Maïlann.
— Pourquoi fais-tu cela, Maïlann, je pensais que tu étais mon amie ?
La jeune femme fixa le regard de Hope.
— Tu l'étais, Hope. Mais… tu m'as pris Amaury. Ce n'était pas que je voulais le reconquérir, non, car je savais qu'il ne m'appartenait pas. Le fait que tu le fasses souffrir me fendait le cœur. Puis Hayden est venu. Tu sais ce qui s'est ensuivi et aujourd'hui, c'est à lui que tu fais du mal. Tu ne les mérites pas, Hope. Tout est ta faute, princesse.
Le chevalier avança et se posta près de la jeune reine. Des larmes coulaient sur ses joues. Il prit la main de Hope dans la sienne.
— Maïlann, tu es ma meilleure amie et si je ne suis pas resté avec toi, c'est tout simplement, car nous ne pouvions pas nous aimer comme des amants, avoua-t-il. J'allais te perdre !

Maïlann sourit.

— Nous ne le saurons jamais, Amaury. Mais sache que tu étais mon premier cette nuit-là et je ne l'oublierai pas. Quant à Hayden, il se peut que mes sentiments soient plus intenses que je le pensais. Il est un bon amant et un grand roi. Hope ne pourra pas me contredire sur ce point.

Le jarl Gardensen s'impatientait.

— Maintenant ! Ouvrez la porte, roi Elyo ! ordonna-t-il.

Elyo hésitait. Ce qui agaçait Gardensen. Le viking pointa l'arme qu'il tenait dans la main d'un mouvement rapide vers l'une des guerrières puis appuya sur la gâchette. Un petit boulet de poudre noire sortit de l'engin et vint finir sa course dans l'épaule de la femme viking. Celle-ci hurla de douleur. Tout le monde sursauta à l'impact sauf Hope. Le jarl repositionna son arme sur la tempe d'Eline. La jeune reine pleurait.

— Avez-vous compris, roi Elyo ? Ce n'est qu'une blessure, mais je peux aussi viser le cœur !

Le jeune souverain obtempéra et les bandits se faufilèrent à l'extérieur. Maïlann courut avec Aëlys dans ses bras. L'homme viking emmena Eline. Les autres brigands les suivaient de près. Amaury se mit à courir à leur poursuite ainsi que les guerrières au bouclier. Hope brandit son épée et fit face au premier pirate. Les onze corsaires se positionnèrent en première ligne pour faire barrage aux soldats d'Oldegarde. La bataille commença. Deux païens possédaient une arbalétrière. Mais heureusement pour nos combattants, ceux-ci ne savaient pas vraiment s'en servir. La jeune femme soldat atteignit bientôt le dragon de fer. Le jarl était à ses côtés. Maïlann activa la porte du ventre du monstre. Hope se fraya un chemin et se dirigeait vers son ancienne amie.

— Non ! Maïlann ! Ne fais pas ça, je t'en conjure, hurla-t-elle.

Mais l'intéressée se contenta de soupirer. Elle regardait son frère aux prises avec un flibustier. Elle espérait que celui-ci lui pardonne un jour. Lothaire laissa la reine Eldrid et participa au combat. Trois pirates étaient déjà morts. Maïlann ne devait pas attendre. Elle demanda au jarl d'entrer dans le dragon avec la fillette et la jeune reine. Deux païens se précipitaient vers elle. La jeune femme attendit que ses nouveaux compagnons d'armes la rejoignent. La reine d'Amnésia s'approchait dangereusement de la machine à rouages. Les deux vikings la stoppèrent de coups d'épée. Hope entama une danse endiablée avec ses assaillants. Eldrid ne fit pas attention à Maëlo, trop concentrée sur ce qui se passait dans la cour. Le petit garçon descendit les marches du palais et ramassa une épée sur le sol. Il se faufila à travers la cohue en brandissant son arme. Il se dirigeait vers sa mère à vive allure. Il contourna le dragon et passa sous le ventre de celui-ci. Maïlann aperçut l'enfant. Son cœur bondit dans sa poitrine.

— Non ! Maëlo ! cria-t-elle.

Mais l'enfant, trop enthousiasme d'aider sa mère, se rua sur un païen. Amaury retint son souffle, il était trop loin pour intervenir. Lothaire essayait de se débarrasser du flibustier. Eldrid enlaça Mila et la pressa contre elle. Les guerrières au bouclier forcèrent le chemin qui menait à l'enfant en embrochant leurs ennemis et des carreaux d'arbalétrières fusèrent jusqu'aux autres païens. Mais aucun n'atteignit l'homme que le petit garçon voulait trucider. Hope écarquilla les yeux.

— J'arrive, maman ! s'époumona Maëlo.
— Non ! beugla Hope.

Mais ce fut trop tard. Le viking se tourna vers le petit garçon et sa lame s'enfonça dans le corps du petit être. L'épée de Hope glissa de sa main, elle contemplait son enfant. Plus rien ne se passait autour d'elle. Ses membres s'endolorirent, son cœur stoppa un instant. Les trois païens comprirent qu'il était temps de fuir. Ils profitèrent de ce court moment pour monter dans le ventre de l'animal. La reine d'Amnésia posa son regard meurtri sur celui de Maïlann.

— Je suis désolée, Hope, souffla la femme soldat avant de fermer la porte du monstre et de se positionner devant les manettes.

Des larmes coulaient sur les joues de Maïlann. Les pirates restants furent massacrés par les combattants d'Oldegarde. Amaury rageait. Son corps s'enflammait. Il se positionna devant la tête du dragon de fer. Maïlann déploya les ailes du colosse et fixa le chevalier à travers les yeux de l'animal. Une boule en flamme se forma entre les mains de l'homme et celui-ci la lança sur le dragon. Mais évidemment, le feu n'anéantissait pas l'alliage. L'engin prit son envol et la créature s'éloigna. Hope vacillait en marchant jusqu'à son fils. Elle s'agenouilla et prit Maëlo dans ses bras. Le petit garçon respirait lentement. Il ouvrit les yeux et contemplait sa mère. Amaury se positionna près d'eux.

— Je... je t'ai sauvé... maman, susurra l'enfant avant de cracher du sang.
Hope, les larmes aux yeux, caressait le visage de son petit homme et l'embrassait tendrement.

— Oui, mon amour, pleura-t-elle. Tu es mon guerrier.

Tout le monde se réunit autour de Hope et du prince. La tristesse se lisait sur leur visage. Mila s'échappa des bras de sa grand-mère et courut vers son petit frère. Amaury l'agrippa lorsque la petite fille se retrouva à hauteur de sa mère et il la serra dans ses bras. Il était toujours agenouillé. La fillette prit la main de son frère dans la sienne en pleurant. Hope considéra Amaury.

— Je t'en supplie, Amaury, fais quelque chose.

La jeune femme savait que le chevalier avait des dons de guérisseur. Celui-ci baissa son regard.

— Je ne peux pas, Hope, se lamenta-t-il. Tu le sais bien. Je ne guéris que les égratignures.

La respiration de Maëlo fut interrompue. Les bras du petit garçon tombèrent dans le vide. Hope suffoqua. Elle redressa le corps de son fils contre elle et l'enveloppa de ses bras. Du sang maculait ses vêtements et son visage. Elle hurla de douleur. Amaury pleurait silencieusement ainsi que les autres membres du clan. Le roi Elyo était désespéré. Cet enfant n'aurait jamais dû mourir ! Il fallait que quelqu'un surmonte son chagrin. Il se dirigea vers sa sœur et posa sa main sur l'épaule de Hope.

— Hope, nous ne pouvons pas rester là, souffla-t-il doucement. Nous devons emmener Maëlo dans sa chambre.

Hope tourna la tête énergiquement de gauche à droite.
— Non ! Laissez-moi ! gémissait-elle.
Elle se redressa avec son fils dans ses bras. Elle ne voulait aucune aide, aucune doléance. Son malheur lui suffisait. La reine porta son enfant jusqu'à sa chambre et déposa le petit corps inerte sur le lit. Elle approcha un siège de la couche et s'assit. Elle caressait les cheveux bouclés de son fils tout en posant sa tête sur l'édredon. Hope chantonna une berceuse. Un ange s'était éteint à cause de la jalousie et de l'orgueil. Un enfant qui ne deviendrait jamais chevalier, ni roi. Un être doté d'amour et de compassion. Maïlann avait raison, tout était sa faute ! Pourquoi avoir inventé ces… guns ? Maintenant, Hayden était plus armé que l'était son frère. La reine d'Amnésia sut en l'instant présent ce qui ranimerait sa flamme. Elle devait récupérer sa fille !

Détermination.

Maïlann posa le dragon sur la tour du château d'Amnésia. Le roi attendait près des remparts en compagnie de soldats et du chef des pirates. Le ventre de l'animal s'ouvrit et les païens en sortirent. Le jarl tenait fermement la jeune reine d'Oldegarde. Puis, la femme soldat sortit à son tour, portant la fillette. Elle déposa Aëlys au sol dès que celle-ci posa son pied sur la pierre. Hayden se réjouissait. Le roi s'agenouilla et tendit les bras vers sa fille. L'enfant courut à sa rencontre et se blottit contre son père. Hayden la souleva et l'embrassa.

— Comme tu m'as manqué, ma princesse, soupira-t-il.

La fillette posa ses mains sur le visage de son père et le regarda.

— Je vais rester ici, père ? demanda-t-elle.
— Oui, ma princesse. Tu es chez toi.
— Et maman ?

Hayden ne répondit pas à sa fille. Il donna celle-ci à une femme qu'Aëlys ne connaissait pas. La nouvelle gouvernante emmena la fillette. Hayden approcha de Maïlann et se positionna face à la jeune femme.

— D'après ce que je vois, tu as choisi ton clan, Maïlann.

— Oui, mon roi. Les pirates sont morts, seuls les païens sont revenus. Vous m'aviez promis qu'il n'y aurait pas d'esclandre, soupira la femme soldat. Des gens innocents ont péri !

— Je ne peux pas contrôler tous mes hommes, Maïlann ! répondit simplement le souverain.

Hayden contempla la jeune reine qui pleurait. Il vint à sa rencontre et posa sa main sous le menton de la jeune femme. Il releva le visage de celle-ci.

— Ne vous inquiétez pas, reine Eline, assura-t-il. Je ne vous ferai aucun mal. Vous serez juste prisonnière de ce royaume.

Eline posa ses mains sur son ventre rond.

— Quand est prévue la naissance ? lui demanda Hayden.

— Je ne sais pas, sanglota Eline. Je suis à mon septième mois.

— Je vais faire venir une accoucheuse qui demeurera dans ce palais et vous assistera, précisa le souverain. Je ne veux pas qu'il arrive quoi que ce soit à cet enfant !

Maïlann approcha du roi et posa sa main sur l'épaule de celui-ci.

— À propos d'enfant, un malheur est arrivé en Oldegarde, mon roi, déclara-t-elle tristement.

Hayden posa son regard sur la jeune femme. Il approcha son visage de celui de Maïlann.

— Qu'est-il arrivé, Maïlann ? questionna-t-il.

Les yeux de la femme soldat étaient larmoyants. Ce fut Eline qui commenta ce qui s'était passé.

— Ils ont tué le petit Maëlo ! pleura-t-elle.

Hayden retint son souffle. Son cœur se serrait. Il grimaçait. Il serra ses poings.

— Ce bâtard a failli m'embrocher ! J'ai été plus rapide, lança l'un des païens.

Ses deux amis rirent, sauf le jarl. Celui-ci contemplait le roi d'Amnésia. Le souverain était trop calme.

— C'était un enfant ! hurla Eline. Il ne vous avait rien fait !

Des larmes coulaient sur les joues de Maïlann. Hayden les essuya. Il posa sa main sur le pommeau de son épée tout en contemplant la jeune femme et d'un mouvement rapide, il se retourna en dégainant son arme et enfonça sa lame dans la poitrine de l'homme qui avait avoué son crime. Il tourna la lame dans le corps de l'individu et approcha son visage de celui du païen.

— C'était mon fils ! gronda le souverain. Tu vas payer pour avoir anéanti la vie de ma reine !

L'homme voulut dire quelque chose, mais au lieu de paroles, ce fut du sang qui déglutit de sa bouche. Le viking s'effondra au sol. Hayden ressuya son épée sur les vêtements de celui-ci. Eline était ravie du sort de ce païen.

— Qu'on emmène cet homme au bourreau ! ordonna Hayden. Que sa tête soit retirée de son corps et que celle-ci soit envoyée en Oldegarde !

Les deux autres païens s'éclipsèrent et le jarl emmena la reine Eline dans ses appartements. Le chef pirate, jusque là silencieux, approcha doucement du roi.

— Mon seigneur, qui va me régler la perte de mes hommes ? Ceux-ci m'étaient précieux.

Maïlann intervint.

— Montez dans le ventre du dragon ! lança-t-elle. De l'or attend à l'intérieur !

Hayden laissa Mendossa en compagnie de ses hommes et retourna à ses occupations. Maïlann prit place auprès de celui-ci et sa première nuit avec le souverain l'enchanta. Laissant son chagrin derrière elle.

!!!

Le roi Elyo, Eldrid, Hedda, Freya, Amaury et Kiryan discutaient dans le salon privé du souverain. Lothaire était présent. Ils devaient définir la suite des événements.

— Je ne pensais pas qu'en le relâchant, le roi Hayden causerait la mort de mon petit-fils, se lamenta Eldrid.

Sa sœur se trouvait près d'elle. La reine mère était assise sur un fauteuil. Freya posa sa main sur l'épaule de celle-ci.

— Cet homme t'a manipulé, ma sœur. Tu avais tellement confiance en lui, que ton jugement était faussé.

Eldrid essuya ses larmes à l'aide d'un morceau de tissu. Elle posa son regard sur le chevalier qui se trouvait devant la fenêtre. Il tournait le dos à ses compagnons.

— Je suis tellement désolé, chevalier, de vous avoir fait tant de peine, souffla Eldrid. Je ne voulais pas qu'Hope passe sa vie avec vous. Je voulais, pour ma fille, un statut qui lui siérait. C'était une reine et vous…

Amaury posa ses mains sur les chambranles de la fenêtre. Il ne se retournait pas. Il ferma les yeux un moment.

— Un simple garçon de la cour, la coupa-t-il. Pourtant, vous saviez que je l'aimais et que j'aurais tout fait pour votre fille.

— Oui, chevalier. Maintenant, je me rends compte de mon erreur, soupira Eldrid.

Amaury se retourna.

— Je ne vous en veux pas, majesté, conclut le chevalier. Vous protégiez votre fille, tout simplement. Mais mon fils est mort, à cause de l'homme que vous aviez choisi pour votre fille, admit-il.

On frappa à la porte, le jeune souverain autorisa la personne à entrer. Une servante se présenta devant nos amis. Elle s'adressa au roi.

— Je suis désolée de vous déranger, mon roi, mais mes commis et moi-même ne pouvons pas accéder à la chambre de votre sœur pour le nettoyage du petit Maëlo. Celle-ci refuse de nous ouvrir.

Le roi prit une profonde inspiration et se leva de son siège.

— Je vais essayer de la persuader, veuillez attendre devant la porte de ses appartements.

— Bien, mon roi.

La servante prit congé. Eldrid stoppa son fils qui se dirigeait vers la sortie.

— Attendez, mon fils, héla-t-elle. Peut-être que le chevalier aura plus de chance que vous. Ce n'est pas que votre sœur ne vous aime pas, loin de là, mais Amaury aura certainement les paroles qui apaiseront Hope.

Elyo acquiesça et la main du roi quitta le salon. Amaury marcha dans le grand couloir jusqu'à atteindre le logis de Hope. Il demanda aux servantes de rester sur le seuil le temps qu'il persuade la reine d'accéder à leur demande. Amaury poussa la porte et avança lentement vers Hope. La jeune femme était assise sur un siège, aux côtés de leur fils. Elle embrassait la main de Maëlo tout en caressant ses cheveux. Elle chantonnait. Le cœur d'Amaury explosa dans sa poitrine. Il voulait crier sa peine, mais il devait rester fort pour porter la charge de douleur qui incombait la reine d'Amnésia. Amaury s'accroupit près de la jeune femme et posa sa main sur celle de Hope. Il enlaça les doigts de celle-ci avec les siens.

— On doit le nettoyer, Hope, susurra-t-il. Notre fils ne peut pas partir dans sa dernière demeure ainsi.
Hope tourna son visage vers celui du chevalier.

— C'était mon bébé, pleura-t-elle. Mon unique petit garçon et il me l'a pris !
Amaury posa ses mains sur le faciès de la jeune femme. Celle-ci était tellement fatiguée et badigeonnée de sang. Ses cheveux roux collaient à son front.

— Je sais, ma princesse, mais tu dois être forte si tu veux récupérer Aëlys. Tu ne peux pas la laisser entre les mains d'Hayden !
Hope grimaça. Elle inspira profondément, ravalant ses larmes. Ses mains se posèrent sur celles d'Amaury. Son front se colla à celui du chevalier.

— Non, je ne laisserai pas mon enfant grandir avec son père. Je veux que tu sois présent pour Mila. Je ne veux pas que tu me laisses encore une fois.

— Jamais plus je ne te laisserai, ma princesse. Je t'aime.

Amaury donna un long baiser à Hope, même si celui-ci s'était promis de ne plus recommencer. Ils partageaient le même chagrin. Amaury ôta ses lèvres de celles de la reine.

— Les servantes vont s'occuper de notre petit garçon à présent, expliqua-t-il.

— Non, je vais le faire ! lança Hope.

— Pas question, ma princesse. Tu vas te nettoyer et te reposer un peu le temps de la préparation. Je vais les aider !

Hope embrassa une dernière fois son petit garçon sur le front en pleurant et se redressa. Le chevalier la prit par les épaules et l'emmena jusqu'à la sortie. Les domestiques entrèrent et commencèrent leur mission. Amaury referma la porte et Hope exécuta les ordres de son chevalier.

!!!

Le roi Elyo était posté près du corps de Maëlo. Il contemplait l'enfant. Celui-ci avait été nettoyé et paré de ses plus beaux vêtements. Un sourire se dessinait sur son visage translucide. Le souverain avait l'impression que l'enfant dormait. Chacun des membres de la famille royale, y compris les amis proches du souverain, avait fait leur dernier adieu au petit prince. Elyo posa sa main sur celle de son neveu.

— Tu me manqueras, Maëlo. Ta joie de vivre, ton insouciance me faisaient rappeler ma propre enfance. En ce temps-là, je ne pensais pas devenir roi ! Mais toi, mon neveu, tu ne connaîtras jamais ce fardeau. Car,

crois-moi, gouverner n'est pas chose facile. Que ton passage dans l'autre monde te soit doux et agréable.
Le roi se pencha et donna un baiser sur le front du petit garçon. Puis il rejoignit les combattants dans la salle de garde. Une décision était à prendre et Hope devait être présente ! Lorsqu'il entra dans la pièce, il fut ravi de voir sa sœur vêtue de vêtements propres et nettoyée. Hope était rayonnante, malgré sa douleur. Elle discutait avec Kiryan, qui était désespéré.

— Je pense que Maïlann est tombée sous le charme de mon époux, Kiryan, le rassura Hope. Ta sœur n'a pas voulu ce qui vient d'arriver, je le sais. Elle aimait profondément mon fils. Mais… Hayden a tous les atouts pour faire succomber une femme, soupira-t-elle. Je le sais par expérience.

Un présent venait d'arriver pour la reine Hope. Le roi demanda que celui-ci soit apporté dans la pièce. Le serviteur posa la boîte ronde sur la grande table et s'éclipsa. Lothaire contempla le cadeau. Il reconnut le tissu rouge d'Amnésia. Hope se tut, elle avança vers la boîte. Eldrid, Freya, Hedda et Kiryan se regardèrent. Elyo s'assit sur son fauteuil et attendit. Amaury se plaça à côté de la reine. Hope souleva le couvercle et eut un haut-le-cœur. Elle s'affaissa sur le siège. Une tête coupée se trouvait à l'intérieur du présent. Un parchemin roulé accompagnait le cadeau. Hope ne voulait pas le lire. Amaury prit le morceau de papier et le déplia. Il commença.

« Ma bien-aimée,

Je sais combien ta peine est immense, mais crois-moi, je ne voulais pas que ce malheur arrive. J'aimais cet enfant malgré la dureté de mon éducation envers lui. Il était mon fils… »

Amaury cessa un instant de lire et ragea. Il pestiféra et reprit sa lecture.

« Je t'offre la tête de l'homme qui a pris sa vie en guise d'amour, Hope. Jamais personne ne fera de mal à ma famille. Je conçois que ces mots ne sont que des paroles sur un morceau de papier, le pardon n'est pas concevable pour un tel acte. Sache que notre fille va bien et que ton frère ne s'inquiète pas pour sa reine, elle est choyée. Aucun mal ne lui sera fait ! Je ne prétends pas être un bon roi ni un bon mari, mais en me quittant, tu savais que l'être malfaisant qui sommeillait en moi referait surface. Nous en avions parlé et tu m'avais promis de me sauver le jour où cela arriverait. Demande-toi à présent, à qui revient la faute de cette fatalité.
J'avais besoin de toi et tu as choisi le chevalier. Je ne t'en veux pas, je le hais. Je suis un guerrier, descendant du grand Ragnar, maintenant, tu dois choisir, ma reine.

Ton mari qui te vénérera jusqu'à la fin de sa vie. »

Hope ferma les yeux et prit une profonde inspiration. Hayden lui faisait encore subir sa maltraitance émotionnelle. Elle se leva de sa chaise sans dire un mot et se dirigea vers son frère qui était debout près du chevalier, contemplant la tête coupée. Elle se positionna face au souverain.

— Sommes-nous prêts, mon frère ? demanda-t-elle.

Elyo comprit ce que sa sœur insinuait.

— Nous avons les dragons et des machines volantes, informa-t-il. Des armes ainsi que tes inventions. Mais, malheureusement, nous manquons d'hommes. Amnésia est un royaume militaire, son armée sera toujours plus grande que la nôtre.

— Vous allez déclarer la guerre ? s'inquiéta Eldrid.

Hope posa ses yeux sur sa mère.

— C'est le roi d'Amnésia qui l'a provoquée lorsque ses hommes ont assassiné mon fils ! déclara la jeune femme. Nous attaquerons le palais d'Amnésia et récupérerons la reine Eline et ma fille !

— Ma chère sœur, anéantir le royaume d'Amnésia, c'est aussi se débarrasser du souverain qui le dirige. En es-tu capable, Hope ? demanda Elyo.

La jeune femme respira profondément en fermant les yeux.

— Si je dois mettre fin à ses jours, je le ferai, mon frère.

Elyo prit les mains de sa sœur dans les siennes en la réconfortant. L'amour peut-être parfois cruel.

— Nous pouvons toujours recruter des combattants, intervint Kiryan.

— Et où allons-nous les dénicher, ces combattants ? s'interrogea Hedda.

— Et nous avons Amaury, s'extasia Kiryan. Il possède la magie du nécromancien !

L'intéressé approuva. Hope réfléchit un moment. Puis son regard se posa de nouveau sur le jeune roi.

— Hayden détient une pierre qui peut enfermer les pouvoirs du nécromancien, soupira-t-elle. Je ne savais pas au départ que celle-ci était destinée à Amaury.

— Nous allons réussir, ma sœur, la rassura le jeune roi.

— Je vais m'adresser au peuple avant les funérailles de mon fils. Et je dois fabriquer une protection contre les attaques de gun !

— Je t'aiderais, Hope, émit Amaury.

— Moi aussi, renchérit Kiryan, même si je ne suis pas très doué pour les inventions !

Elyo acquiesça.

— Justement, Hope, nous voudrions savoir si tu veux des funérailles païennes ou chrétiennes ? demanda le chevalier.

La reine se tourna vers Amaury qui venait de poser la question fatidique.

— En premier lieu, ce sera une cérémonie viking, puis nous récupérerons les cendres de notre fils et continuerons par un sacrement religieux, même si celui-ci n'était pas baptisé, expliqua tristement la reine d'Amnésia.

Tout le monde approuva. Elyo envoya une déclaration de guerre en Amnésia et préparait des stratégies. Il n'avait plus le choix ! Hope passa le restant de la journée dans son laboratoire pour inventer un vêtement qui retiendrait les petites boules de poudre noire. Kiryan et Amaury l'aidèrent de leur mieux.

Mila n'avait pas vu sa mère depuis un certain temps. La fillette s'ennuyait. N'ayant plus son frère, celle-ci tournait en rond. L'enfant se trouvait dans les jardins lorsqu'une voix l'interpella.

— Que fais-tu, Mila ?

La petite fille se tourna vers son père.

— Rien, je m'ennuie, père.

Amaury approcha de sa fille et s'agenouilla devant elle. Il prit la main de Mila entre les siennes.

— Les jouets que ta mère fabrique ne te suffisent-ils pas ? demanda-t-il.

La petite fille fit la moue.

— Non, car mon frère n'est pas avec moi pour jouer, soupira-t-elle.

Amaury enveloppa Mila de ses bras. Il posa son menton sur le haut de la tête de l'enfant.

— Je sais, Mila. Ton frère te manque, il nous manque aussi et ta mère pleure cette perte.

— Maman ne joue plus avec moi. Elle ne m'embrasse plus, gémit la fillette.

Le chevalier posa ses mains sur les petites joues de sa fille et la regarda.

— Ta maman t'aime, Mila, tu le sais. Mais en ce moment, ce n'est pas facile pour elle. Lorsque ça ira mieux, celle-ci te cajolera.

Amaury porta Mila dans ses bras et l'emmena dans sa chambre. Il la borda et attendit que celle-ci s'endorme. Il se dirigea vers les appartements de Hope et frappa à la porte. La jeune femme vint ouvrir. Amaury eut la permission d'entrée. La reine était vêtue de sa longue chemise et ses cheveux cascadaient sur ses épaules et son dos. Son lit avait été nettoyé et refait. Le corps de Maëlo reposait dans une autre pièce du château.

— Que veux-tu, Amaury ? demanda-t-elle d'une voie paisible. J'étais prête à me coucher.

Hope s'assit sur sa couche, le chevalier se positionna face à la reine et s'accroupit à sa hauteur. Il posa ses mains sur les genoux de Hope.

— Je viens te rapporter ce que notre fille m'a avoué, soupira-t-il.

Hope grimaça.

— Avec tout ce qui vient de se passer et mon enfermement dans mon atelier, je n'ai même pas pris la peine de m'occuper de Mila, se lamenta la reine. Je suis une mauvaise mère.

Amaury prit les mains de la jeune femme dans les siennes.

— Non, Hope ! Ne dis pas cela. J'ai expliqué à notre fille que pour l'instant, tu ne te sentais pas bien et lorsque tu irais mieux, tu la cajolerais.

— Et je le ferai, Amaury.

— Je le sais.

Puis le chevalier embrassa le front de Hope, ses mains caressèrent les bras de la reine. Il descendit ses lèvres au-dessus de celles de la jeune femme et l'embrassa. Hope bascula sur le lit, emportant Amaury. Celui-ci défit les liens de la chemise de la reine et ses baisers effleuraient les seins de Hope. Celle-ci soupirait de désir en enlaçant le cou du chevalier. Amaury passa sa main sous le vêtement de la reine et titilla l'entrejambes de celle-ci. Hope posa ses mains sur les joues de l'homme et amena sa bouche contre la sienne. C'était tellement agréable et émoustillant. Mais la jeune femme se ressaisit. Elle repoussa doucement le chevalier.

— Non, Amaury, susurra-t-elle. Je ne veux pas faire de la peine à Loumie. J'aimerais pourtant, te sentir en moi, mais cela est mal.

Le chevalier se redressa.

— Tu as raison, ma princesse. J'essaie de te résister, crois-moi. Mais dès que je suis à tes côtés, je perds mes moyens.

— Alors, essayons de ne plus être seuls à l'avenir, Amaury. Pour le bien de tous.

Le chevalier accepta cet accord par dépit. Il sortit de la pièce et Hope s'allongea sous son édredon. Les caresses d'Amaury avaient émoustillé son corps et elle se contenta d'assouvir ses besoins elle-même. La reine s'endormit et rêva de son fils.

!!!

Hayden reçut le message du roi d'Oldegarde. Celui-ci déclarait la guerre ! Qu'il en soit ainsi. Il s'était préparé à cette éventualité. Il rejoignit ses généraux dont faisaient partie aujourd'hui la fille du chef des pirates et le jarl Gardensen, ainsi que Maïlann, puis prit place dans son fauteuil.

— La guerre est déclarée ! lança-t-il. Le royaume d'Oldegarde s'apprête à attaquer.

— Vous saviez que ce scénario pouvait arriver, roi Hayden, indiqua Clarisse. Même si vous avez offert la tête du meurtrier du fils de la reine dans une boîte. Cela n'a pas suffi ! Il faut les prendre par surprise ! ajouta-t-elle.

— Je t'écoute, Clarisse !

La jeune femme pirate s'extasiait. Tous les regards se posèrent sur elle.

— Mon père a encore des réserves de pirates sur les îles baltiques. Il suffit d'un mot de sa part pour que ceux-ci prennent la mer et se dirigent vers Oldegarde.

— Le roi Elyo est intelligent. Et Hope, une guerrière expérimentée. Je ne suis pas certain que les soldats de ton père arrivent à bout de ces combattants. Les dragons de fer anéantiront les bateaux.

— Je sais, il y aura des pertes. Mais vous m'avez dit que votre royaume était basé sur la stratégie militaire et c'est pour cela que vos deux royaumes ont été unis. L'un avait le métal pour fabriquer les armes, l'autre, les soldats ! Aucun autre domaine ne pouvait vous attaquer ! Nous avons essayé plusieurs fois, sans succès. Aujourd'hui, cette union est brisée et Oldegarde manque de combattants. Quant à vous, votre armurerie a été renflouée depuis ces années. Vous avez le pouvoir, cher roi d'Amnésia.

Hayden fronça les sourcils, la jeune pirate n'avait pas tort.

— Tu as parfaitement raison, grâce à cette union avec la princesse d'Oldegarde, Amnésia est devenue la cité redoutée. Et je sais très bien que Hope reviendra chercher sa fille, soupira-t-il.

— Si cela se fait, roi Hayden, commença le jarl, il faudra penser à anéantir votre reine. Il ne peut rester qu'un royaume ! Et vous pourrez compter sur moi pour

faire venir jusqu'en Amnésia, tous les païens et vikings qui sont restés sur les terres extérieurs.
Maïlann ne parlait pas. Elle se contentait d'écouter.
— Et toi, Maïlann, me conseilles-tu d'anéantir Hope ? demanda Hayden à la jeune femme.
La femme soldat releva la tête.
— Je sais, mon roi, pour avoir côtoyé Hope durant tant d'années, que celle-ci ne laissera pas le meurtre de son fils impuni, expliqua-t-elle. Mais l'amour qu'elle vous porte est inébranlable. Et… vous l'aimez ! Pourrez-vous le faire ?
Le roi d'Amnésia se pinça les lèvres.
— Je verrai le moment venu ! indiqua-t-il.
— Ce n'est pas Hope qu'il faut anéantir, mon roi, reprit Maïlann, mais le souverain d'Oldegarde.
— Vous retenez prisonnière sa reine, servez-vous de cette jeune femme pour le faire renoncer, souffla le chef pirate.
Hayden se leva de son siège et posa ses mains à plat sur le bois de la table.
— Cette jeune reine ne souffrira pas de nos querelles, Mendossa. J'ai participé à son sauvetage et elle ne m'a jamais manqué de respect !
— Vous êtes trop bon, mon roi, se moqua le chef des pirates.
Hayden ragea. Il avança son visage vers celui de l'homme barbu.
— Ne tentez pas ma main qui tient mon épée, Mendossa. Ou vous aussi, vous aurez la tête dans une boîte !

Clarisse calma son père et la séance fut finie. Le souverain d'Amnésia décida de rendre visite à sa nouvelle invitée. Depuis qu'Eline était ici, il n'avait pas pu lui parler. La jeune femme était assise devant la fenêtre, contemplant les jardins du palais. La sage-femme était présente, le roi la congédia. Ses longs cheveux bruns cascadaient sur ses épaules. Son regard brun fixait l'horizon. Hayden prit un fauteuil et se positionna à côté de la jeune reine.

— J'espère que je vous traite bien, reine Eline, commença Hayden. Si jamais quelqu'un de ce château venait à vous manquer de respect, faites-le-moi savoir.

La jeune femme posa son regard sur celui du souverain.

— Non, messire, je suis bien traitée. Et l'accoucheuse surveille mon état dès que celui-ci semble décliner.

— Mais je vous sens triste, reine Eline.

— Oui, majesté. Je ne comprends pas ce que je fais ici. Vous vouliez seulement récupérer Aëlys. Pourquoi ce jarl m'a-t-il amené ?

— Je crains que vous soyez sortis de votre chambre au mauvais moment, soupira le roi. Il n'a pas eu le choix et votre présence était indispensable pour échapper à votre époux.

— Je comprends, s'enquit la jeune reine. Je ne vous en tiens pas rigueur.

Hayden posa sa main sur le ventre d'Eline. Le bébé bougeait. Il sourit.

— Aëlys aussi remuait beaucoup lorsqu'elle était dans le ventre de sa mère, confia-t-il. Hope me laissait

poser ma tête sur son ventre et j'écoutais les bruits à l'intérieur de celui-ci. Ma… reine caressait mes cheveux.
Eline prit les mains du roi dans les siennes.

— Vous l'aimez profondément, n'est-ce pas, roi Hayden ?

— J'aime ma fille, oui.

— Non, je parle de Hope. Aucune femme n'égale la reine d'Amnésia à vos yeux, majesté.

Hayden fixait les yeux d'Eline. Les siens s'humidifiaient. Il prit une profonde inspiration et se leva de son fauteuil tout en contemplant la jeune reine.

— Je vais demander qu'Aëlys vous rende visite chaque jour, lança-t-il. Elle vous connaît et vous l'aimez. Cela vous distraira.

— Merci, votre majesté. Il nous faudra des distractions.

— Des jeux vous seront apportés !

Puis le roi sortit de la pièce et l'accoucheuse reprit sa place. Hayden alla dans ses appartements et resta un long moment seul. Des larmes coulèrent sur ses joues. Il repensait aux bons moments passés avec Hope. Jamais il ne retrouverait une complicité aussi enjouée avec une autre femme. La reine Eline avait raison, Hope était sa muse, sa moitié. Si elle devait mourir, alors, il périrait avec elle. Sa tristesse surmontée, Hayden se ressaisit et fit venir Maïlann dans sa chambre. Il se réconforta toute la nuit dans les bras de la jeune femme. Celle-ci lui avoua son amour, mais le roi ne pensait qu'à une seule femme !

. Par surprise.

Le roi Elyo avait fait rassembler le peuple d'Oldegarde dans la cour du palais. Celle-ci était bondée. Les funérailles de Maëlo se préparaient. Le discours de Hope était inscrit dans son subconscient. Les gens attendaient patiemment que la grande porte s'ouvre. Le souverain se posta derrière celle-ci et demanda aux gardes de faire glisser les deux panneaux. Elyo avançait doucement vers la dernière marche du château. Eldrid se trouvait derrière lui en tenant Mila par la main. Hope à côté de lui, les guerrières vikings et les combattants fermaient la file. La famille royale stoppa et ils furent proclamés par leur assemblée. Elyo demanda le silence.

— Cher peuple d'Oldegarde, en ce jour meurtri, ce n'est pas moi qui prendrais la parole. Votre ancienne souveraine, Hope d'Oldegarde, va vous parler en mon nom.

Le souverain laissa Hope se positionner à sa place. La jeune femme soupira en regardant son peuple.

— Moi, reine d'Amnésia, ancienne souveraine d'Oldegarde, je suis désespérée d'enterrer mon fils, le prince, en ce jour. Cet enfant n'aurait jamais dû perdre la vie ! Les hommes du roi d'Amnésia… Hope retint ses larmes… se sont introduits dans le palais et ont massacré de pauvres gens qui servaient la famille royale.

Ils ont emporté la princesse Aëlys, tué mon fils Maëlo, le neveu de votre roi. Et pire encore, votre reine s'est fait kidnapper et elle est retenue au palais d'Amnésia.
Des consternations s'élevèrent de la foule. Hope attendit le silence pour reprendre son discours.

— Vous savez qu'Amnésia est un royaume militaire. Le roi Elyo ne possède pas autant d'hommes que le souverain Hayden. C'est pour cela que je vous demande votre aide. Votre roi a besoin de vous ! Tout homme ou femme ayant l'âge requis et qui sait se battre sera le bienvenu dans l'armée d'Oldegarde. Bien sûr, vous avez le choix, aucun reproche ne vous sera fait si vous déclinez la demande du roi. Nous partons au combat ! Nous allons récupérer votre reine et la jeune princesse. Le roi d'Amnésia a déclaré la guerre, nous allons riposter. Les personnes qui acceptent la requête de leur souverain iront s'inscrire sur une liste tenue par les combattants d'Oldegarde. Dirigez-vous auprès de ces soldats pour plus amples renseignements. D'avance, je vous en remercie ainsi que votre souverain. Je ne vous cache pas que vous risquez votre vie.

Hope se tut et laissa sa place à son frère. Celui-ci expliqua plus précisément la suite des événements et invita son peuple à participer à l'enterrement du petit garçon. La famille royale retourna dans le palais et Amaury, Kiryan, Lothaire et Hedda se préparèrent pour porter Maëlo sur son lit de paille vers sa dernière demeure. La reine d'Amnésia se vêtit d'une robe noire avec capuchon. Tous les membres du palais avaient revêtu des vêtements sombres. Les cheveux de Hope étaient tressés et remontés sur son crâne. Son petit garçon était allongé sur sa couche faite de bois et de paille. Il portait ses plus beaux atouts. Le roi Elyo attendait sa sœur. Dès que celle-ci arriva, il passa le bras de la jeune femme sous le sien et Hope prit la main de Mila dans la sienne. Eldrid se positionna derrière eux. Amaury et ses compagnons soulevèrent le faux cercueil et attendirent que le souverain mène la marche. Les guerrières au bouclier finissaient le cortège. Les soldats du royaume d'Amnésia faisaient la circulation et veillaient au bon déroulement de la cérémonie. La famille royale et ses combattants commencèrent à marcher vers les jardins du château, là où était dressé un bûcher funeste. Le peuple d'Oldegarde pleurait leur petit prince. Hope fut émue d'apercevoir des gens qui déposaient des gerbes de fleurs sur le lit de paille lors de leur passage. Dès qu'ils arrivèrent devant le bûcher, les porteurs de la couche de Maëlo élevèrent celle-ci haut dessus des branchages et brindilles et la placèrent convenablement. Les guerrières commencèrent à chantonner un chant viking et Hope approcha de son fils allongé sur son lit. Elle posa sa main sur le cœur de Maëlo en fermant les yeux. Des larmes coulaient sur ses joues. Puis, elle porta Mila pour que la petite fille puisse embrasser son frère sur le front. Ensuite, la jeune femme pencha son visage vers celui du petit garçon et lui donna un baiser sur la bouche. Elle approcha de sa mère et lui laissa sa fille, elle contourna la famille royale et se dirigea vers les guerrières. Freya tendit un arc à sa nièce ainsi qu'une flèche dont la pointe était encerclée de paille et de corde. Hope s'éloigna et se positionna près d'un panier de feu en fer. Elle contempla la flamme à l'intérieur de celui-ci et alluma le bout de son carreau, elle tendit ensuite la corde de son arc et visa le lit de paille. La flèche enflammée fendit l'air et vint se placer directement au centre du bûcher. La paille prit feu immédiatement, les branchages craquelèrent, les flammes dansèrent. Hope s'agenouilla au sol et contempla son petit garçon en train de se consumer. Elle hurla de douleur. Tout le peuple d'Oldegarde imita l'ancienne souveraine, les guerrières vikings chantonnèrent plus fort, Eldrid serrait sa petite fille dans ses bras. Ses joues s'humidifiaient. Hedda enlaça Kiryan. Lothaire approcha de la reine mère et posa une main sur l'épaule de la femme pour la réconforter. Amaury s'agenouilla à côté de Hope et prit la main de la jeune femme dans la sienne. Celle-ci cessa de crier et regarda le chevalier. Le visage de Hope était humidifié. Amaury ressuya le faciès de la reine d'Amnésia et la prit dans ses bras. La famille de saltimbanques avait suivi les obsèques du petit garçon et se trouvait parmi les proches de la famille royale. Loumie soupira et alla vers Amaury. Elle s'assit à côté de Hope et caressa la peau de la jeune femme à l'aide d'un doux morceau de tissu imbibé d'une odeur que la reine ne connaissait pas. Hope se sentit soudainement sereine. Elle attendit que le lit de paille disparaisse complètement pour récupérer les cendres de son fils dans une urne représentant un dragon. Ensuite, le cortège se dirigea vers la chapelle du palais où attendait un prêtre. L'homme de foi bénit la jarre et psalmodia des prières chrétiennes. Puis, les cendres du petit Maëlo furent enterrées dans le caveau familial. Les personnes désirant bénir la tombe pouvaient le faire. Les gens du peuple se dispersèrent à la nuit tombée et nos combattants avaient déjà des listes de recrues longues comme leurs bras. Maintenant, ne restait qu'à entraîner tous ces guerriers !

!!!

Le roi d'Amnésia attendit une journée, le temps qu'Hope enterre son enfant, avant d'accepter le plan de Clarisse. Elle n'avait pas tort, s'il frappait maintenant, les défenses du roi d'Oldegarde seraient affaiblies. Le jeune Elyo devra trouver des hommes supplémentaires s'il venait à en manquer et cela prendrait du temps. La jeune femme pirate menait la barre, six navires prenaient le large jusqu'aux côtes d'Oldegarde. En contournant Androphésia ! Elle n'avait pas le temps d'accoster sur ce royaume et de voler l'or des prêtres. Il en restait encore depuis leur dernier passage ! Clarisse obéissait à son père et celui-ci exécutait les ordres du souverain. Leurs bateaux s'échouèrent enfin sur la terre ferme, non loin d'un village bordant une forêt. Au loin se dressait le palais d'Oldegarde. Les pirates sautèrent de leur navire en poussant des hurlements. Quelques païens se trouvaient avec eux. Les paysans du village coururent dans tous les sens à l'arrivée des intrus. Un garçonnet se faufila à travers la forêt et prit la direction du palais. Les païens violèrent quelques femmes et jeunes filles, les pirates massacrèrent les vieillards et les enfants. Ils ne laissèrent aucun survivant, contrairement au premier raid du roi Hayden. Ils pillèrent les habitations avant de les brûler. Clarisse devait attirer l'attention du roi Elyo en provoquant un massacre, elle était certaine que le chevalier se montrerait !

!!!

Un enfant hurlait au pied du château et tambourinait dans la porte en fer. Le garde posté derrière l'entrée ouvrit la beuquette de celle-ci.

— Que veux-tu ? demanda-t-il.

— Des… des pirates ! cria-t-il. Ils ont massacré mon… village !

Le garde comprit que l'enfant disait vrai à son expression sur le visage. Celui-ci était effaré. Il fit entrer le garçonnet et se rendit auprès du chef des armées. Kiryan calma le garçon et écouta attentivement ce qu'il avait à lui dire. Les combattants entraînaient déjà les villageois. Certains d'entres eux étaient doués. Kiryan ordonna qu'on sonne le clairon et il se précipita dans les appartements du roi Elyo. Le souverain sortit de sa chambre au moment où retentit la corne de guerre. Il se retrouva nez à nez avec le chef.

— Que se passe-t-il, Kiryan ?

— Des pirates, monseigneur, ainsi que quelques païens. Ils viennent vers nous, ils ont déjà massacré un village !

Le roi retourna dans sa chambre, s'habilla rapidement et prit son épée. Amaury et ses amis étaient déjà en position sur les marches du palais. Quelques hommes et femmes devenus combattants les avaient suivis ainsi que les guerrières vikings. Hope alla dans la chambre de sa mère et ordonna à celle-ci de s'occuper de Mila. Kena se trouvait avec la reine mère. Elles ne sortirent pas du palais. Hope revêtit ses vêtements de combattante à la hâte et courut vers l'extérieur. Elle rejoignit Amaury. Son frère parlait à ses soldats.

— Mon frère ne peut pas envoyer tous ses soldats au-devant des pirates. Hayden veut affaiblir l'armée d'Elyo. Ces bandits ne sont pas ici par hasard !

— Le garçonnet dit que quatre bateaux ont accosté près de leur village et que les pirates étaient nombreux, expliqua Kiryan. Des païens se trouvent avec eux !

— Vous devrez combattre ces bandits, affirma Hope, mais à l'extérieur du palais ! Cela me laissera le temps d'anéantir ces navires à l'aide d'un dragon de fer !

— Très bien, Hope.

— Il faut essayer les gilets en côtes de mailles, Amaury. Si les hommes d'Hayden possèdent des guns, nous n'aurons aucune chance sans cet habit !

— Je vais à l'atelier, lança le garde du roi.

La reine d'Amnésia fit part de son plan au roi Elyo. Celui-ci voulait participer au combat. La jeune femme lui demanda de rester à l'arrière et de laisser ses combattants mener la danse. Si celui-ci venait à mourir, Oldegarde serait perdu ! Amaury, Lothaire, Kiryan revêtirent l'invention de la reine d'Amnésia sous leur tabard. Malheureusement, ils ne possédaient pas assez de ces tenues pour l'armée entière. Les meilleurs soldats de sa garde, ainsi que les femmes guerrières, sortirent du château suivi de nos combattants. Ils se dirigèrent vers Cornor. Hedda resta avec le roi à l'arrière, elle lui procura un gilet que le souverain examina. Celui-ci fut impressionné par l'imagination de sa sœur. Les portes en fer se refermèrent et le palais s'équipa de ses pics rétractables et des fortifications de combat qu'Hope avait inventé durant son règne. La forteresse était imprenable.

!!!

Les bandits traversèrent la forêt et se retrouvèrent dans le village de Cornor, au pied de l'immense château. Clarisse savait que le palais serait imprenable, le roi Hayden lui avait expliqué les défenses du fief. La reine Hope était une femme remarquable ! Elle admirait son intelligence. Les habitants du village s'enfermèrent dans leur logis dès qu'ils aperçurent les pirates. Ceux qui étaient restés dans les rues de la cité faisaient les frais de leur bêtise. Leur corps se retrouva sans vie ou sans membres. Puis, Clarisse aperçut les soldats du roi Elyo se diriger vers eux. Elle siffla et ses compagnons pirates se retrouvèrent devant elle, ainsi que les païens. Elle contourna son groupe et chercha un endroit discret. Elle devait être au plus proche du chevalier.
Amaury sortit son épée du fourreau. Les mécréants possédaient des arbalétrières. Il n'apercevait pas de gun ! Il prévint ses compagnons. Les guerrières vikings commencèrent à grogner en voyant leurs semblables hommes. Elles avaient hâte de se confronter à eux. Elles possédaient des boucliers et des épées ainsi que, pour deux d'entre elles, une arbalète. Les deux clans étaient proches. Les villageois étaient barricadés dans leur maisonnette, regardant le combat par la fenêtre. D'autres s'étaient cachés sur les toits des maisons et

contemplaient la scène. Un cri fut poussé et la bataille commença. Les combattants d'Oldegarde frappaient et tiraient des carreaux sur les pirates. Les guerrières esquivèrent les attaques des païens et n'eurent aucun mal à écraser ces barbares. Le sang tapissait le sol battu, les lames s'entrechoquaient, les visages se crispaient. Le roi dut affronter quelques pirates. Grâce au gilet de maille inventé par Hope, les carreaux de flèches et le bout des épées ne pouvaient pas transpercer son torse et son dos. Celui-ci s'en sortait bien. Clarisse attendait le bon moment. Le chevalier était de dos. Elle monta silencieusement sur un muret et resta immobile. L'homme reculait en combattant. La femme pirate faisait signe à ses deux compagnons d'amener le chevalier vers elle. Dès qu'il fut à sa hauteur, Clarisse sauta sur le dos de la main du roi d'Oldegarde et elle le plaqua au sol. Ses deux compères immobilisèrent l'individu. Les soldats du roi Elyo étaient trop occupés à combattre et ne voyaient pas ce qui se passait. Amaury pensait mourir, mais au lieu de cela, Clarisse sortit quelque chose de sa poche et obligea l'homme à l'avaler en lui posant une main sur la bouche. Elle avança ses lèvres vers l'oreille du chevalier.

— Avec tous les compliments du roi Hayden, susurra-t-elle. Votre pouvoir est neutralisé !

Le chevalier n'eut pas le choix d'avaler sa salive, ainsi, de la poudre de morceaux de pierre de Tourmaline explosa dans sa bouche et les particules s'évaporèrent dans son corps. Clarisse embrassa le chevalier et se releva. Il fut lâché par les deux pirates et celui-ci voulut poursuivre la femme qui disparaissait. Mais il fut bloqué par ces bandits et combattit de nouveau. Sa rage explosa et les deux pirates furent anéantis sur le champ. Dès que les flibustiers s'aperçurent de leur défaite, ils rebroussèrent chemin et coururent vers leurs bateaux.

— Restez ici, mon roi, cria Amaury, nous allons les poursuivre !

Elyo obéit et les combattants disparurent dans la forêt. Voyant le danger écarté, les villageois sortirent de leur hébergement et acclamèrent leur roi. Celui-ci les avait sauvés !

Les pirates atteignirent la berge, mais il était trop tard, un dragon de fer crachait des boules de feux sur les navires. Ils comprirent que tout était perdu. Pourtant, ils ne baissèrent pas les bras, ils coururent vers la dernière frégate encore debout qui n'était autre que le drakkar en rouage, et ils montèrent à l'intérieur. Un homme se trouvait à ses commandes. Hayden avait appris au jarl Gardensen le maniement du mécanisme. Celui-ci enclencha les manettes dès que ses hommes furent à bord et de larges voiles se déplièrent, entamant leur navigation. Le bateau glissait à vive allure, Hope poussa les rouages du dragon à fond. Elle poursuivit le navire.

Nos compagnons reprirent leur souffle sur le rivage, contemplant l'ennemi en train de s'éloigner. Tous étonnés de voir le drakkar en alliage.

Hope dirigea le dragon de fer vers les assaillants et plana au-dessus d'eux. Les battements d'ailes d'acier firent tressaillir les pirates. L'énorme animal se trouvait en haut du mat. Le dragon arracha celui-ci ainsi que les voiles. Les brigands paniquèrent. Puis Hope redressa l'animal d'acier et opéra un demi-tour complet. Elle plaça la bête face à la frégate et la gueule du dragon s'ouvrit. Celui-ci cracha des boules explosives sur le bateau. Le navire teint bon. Les boules de poudres noires n'avaient qu'abîmé la coque du drakkar. Certains corsaires étaient allongés sur le pont, morts ou blessés. Malgré le mât détruit et les voiles défaites, l'engin glissait toujours sur l'eau. Hope admira un instant la frégate que son époux avait fait construire. Elle devait bien l'admettre, Hayden était un grand guerrier ! Sachant que le dragon ne pourrait pas détruire le drakkar, Hope éloigna l'animal de fer de l'embarcation.

Amaury et ses amis virent l'animal reprendre la direction du palais. Ils abandonnèrent la plage, explorèrent le village détruit par l'ennemi, cherchant des survivants. Quelques jeunes filles furent retrouvées entassées dans un coin d'une habitation détruite. Elles étaient nues et couvertes de sang. Nos amis les recouvrirent avec les couvertures qu'ils récupérèrent au sol et les emmenèrent au château. *Une bataille de gagnée !* pensa Amaury, mais ce ne sera pas la dernière, malheureusement. Hayden avait ouvert les festivités ! Clarisse s'était dissimulée dans la forêt, assistant au massacre de ses navires, ravis que le roi d'Amnésia leur ait fourni son drakkar. Elle sourit amèrement et décida de se cacher jusqu'à ce qu'elle trouve un moyen de rentrer en Amnésia. Elle avait accompli sa mission. Le chevalier ne représentait plus de danger. Mais au fond de son cœur, elle savait que le danger ne viendrait pas de cet homme, mais de la reine d'Amnésia. Or, le roi Hayden était trop aveugle d'amour pour s'en rendre compte.

!!!

Hope descendit du ventre de l'animal et rejoignit son frère sur les marches du palais. Les combattants se trouvaient déjà à ses côtés. Elle se plaça devant le jeune roi.

— La guerre est bien déclarée, mon roi. Nous devons riposter tout de suite et nous diriger vers Amnésia ! lança-t-elle. Ces hommes ont massacré notre peuple et ils doivent payer… Hope prit une profonde inspiration avant de terminer sa phrase… le souverain d'Amnésia doit payer pour ces crimes !

— Hope, dis-moi que ce… drakkar n'a pas été construit dans le royaume d'Amnésia, exposa le roi.

— Je crains que cela en soit ainsi, mon roi, soupira Hope. Mais je n'en avais pas la moindre connaissance. Je suis autant surprise que vous, mon frère.

— Très bien, ma sœur, nous laisserons les nouveaux soldats sur place pour protéger Oldegarde et notre armée se dirigera vers Amnésia. J'espère simplement que le roi d'Amnésia ne nous réserve pas d'autres surprises, soupira-t-il.

— Nous prendrons nos dragons, mon roi, ajouta Hope.

— Comment allons-nous faire pour nous retrouver tous ensemble au même moment devant le palais du roi Hayden ? interrogea Kiryan. Les dragons seront plus rapides, mais tout le monde ne tiendra pas à l'intérieur.

— Je tiendrais le siège le temps nécessaire, Kiryan, déclara Hope.

— Mais crois-tu réellement qu'Hayden ne profitera pas de ce moment pour attaquer et que nous arrivions trop tard ? demanda Amaury.
Hope approcha du chevalier et se positionna devant lui.
— J'en suis certaine, Amaury. Je gagnerai du temps. Même si ses généraux demandent d'attaquer, il attendra.
— Tu es trop sûre de toi, Hope, indiqua Hedda.
La reine d'Amnésia contempla la guerrière.
— Je… ferai en sorte de pourparlers avec lui, il ne refusera pas, car son amour reste intact. Et de toute manière, le connaissant, il attendra mon frère !
— Hope, reprit Amaury, cette femme pirate me tenait, mais elle ne m'a pas tué. Elle a juste positionné de la poudre dans ma bouche et m'a forcé à l'avaler. Cela a éclaté dans mon palais !
Hope soupira.
— C'était de la pierre de Tourmaline. Hayden a dû trouver une sorcière qui lui a expliqué comment l'utiliser. Maintenant, ton corps a absorbé les cristaux de ce caillou.
— De ce fait, Amaury n'a plus de pouvoirs, souffla Kiryan désespéré.
— Ne t'inquiète pas, mon ami, le rassura Amaury, je sais me battre sans magie !
Le chevalier posa de nouveau son regard sur Hope.
— Tu savais qu'il possédait cette pierre et tu ne l'as pas détruite ? stipula Amaury.
Hope fut surprise.
— À ce moment-là, je n'étais pas au courant que tu étais encore vivant ! affirma-t-elle. Je te l'ai déjà dit, Amaury.

— Lorsqu'il t'a expliqué le pouvoir de ce bijou, tu aurais dû faire le lien entre le nécromancien et moi. Mais tu as laissé cette pierre entre ses mains et voilà où nous en sommes, Hope ! ragea le chevalier.

— Comprends-moi, Amaury, je croyais en ce que disait mon époux, se défendit Hope.
Le chevalier grimaça et fixa le regard de la reine.

— Tu as toujours cru en ce qu'il disait, Hope, confia Amaury. Tu as toujours pris sa défense, même si celui-ci nous avait trahis ! Que ce soit aujourd'hui ou dans le passé. Je doute que tu sois capable de le tuer, ragea le chevalier.
Tout le monde contemplait les jeunes gens. Le roi intervint avant qu'un esclandre éclate.

— Je donne raison au chevalier, Hope, manifesta le souverain. Mais celui-ci a tort concernant le fait que tu ne puisses pas tuer Hayden. Je sais que tu en es capable, ma sœur. Je vais organiser notre voyage. Toi, Hope, occupe-toi du chargement des dragons et prends les meilleurs combattants. Nous partirons dès que tout sera en ordre !
Nos compagnons se dispersèrent, Hope accompagna son frère jusque dans ses appartements et Amaury retrouva sa famille de saltimbanques. Il expliqua à ceux-ci comment il avait perdu ses pouvoirs. Dès l'aube, deux dragons de fer prirent leur envol et se dirigèrent vers Amnésia.

. 𝔓lus fort que tout.

Deux dragons de fer s'étaient posés dans la plaine qui bordait l'arrière du palais d'Amnésia. Un garde fit part de cette nouvelle au roi. Hayden, qui se trouvait en compagnie du jarl et du chef des pirates dans le petit salon, se leva de son siège et déambula dans le couloir jusqu'aux remparts. Ses deux compères le suivirent. Le roi se positionna sur la tour et contempla l'horizon. Hope et ses compagnons préparaient un campement.

— Cela ressemble à un siège avant la bataille ! énonça Gardensen.

— Oui, cela en est un, soupira Hayden.

— Mais il n'y a que deux dragons ! s'étonna Mendossa. Où est le reste de l'armée ?

— Ceci est un siège d'attente, continua Hayden. Les pourparlers seront de mise le temps que le roi Elyo et le reste de sa garde foulent le sol d'Amnésia.

— Alors, n'attendez pas ce gamin ! lança le jarl. Attaquez tout de suite ces monstres !

— Je voudrais que vous regardiez attentivement les personnes qui se trouvent dans ce campement, jarl, et vous comprendrez que je suis fort désireux de pourparlers.

Gardensen fixa les membres de la troupe. Il vit les guerrières vikings, quelques soldats et leur chef, la main du roi d'Oldegarde et la reine d'Amnésia, ainsi que l'ancien garde de leur souverain.

— Les guerrières au bouclier valent deux fois plus que nos soldats et les membres de cette troupe peuvent se confronter aux plus prestigieux de nos combattants, avoua le roi d'Amnésia.

— Mais ils ne possèdent pas de guns, votre majesté, déclara le jarl.

— Je vous l'ai déjà expliqué, jarl, je ne veux pas me servir de cette invention contre des hommes. Vous avez pu essayer ce prototype, ce n'est pas notre façon de faire, expliqua Hayden.

— Pourtant, cela serait plus efficace que les arbalètes, conclut le chef des pirates.

Hayden soupira.

— Ce ne serait pas juste envers notre ennemi, souffla le roi. Ce ne serait pas loyal !

— Loyal ? Laissez-moi rire, votre majesté, se moqua Mendossa. Vous êtes un guerrier viking ! Tuer vos ennemis est votre devoir. Que ce soit par l'épée, le carreau ou cet objet que vous appelez gun.

Le souverain se tourna vers Mendossa, sa main se posa sur son pommeau. Gardensen contempla un moment l'ancienne reine et se positionna entre son roi et le chef pirate. Il regarda le flibustier.

— Certaines personnes du camp adverse ne sont pas encore les ennemis de mon roi, indiqua celui-ci. Et nous avons une devise, Mendossa. Laisser combattre l'ennemi avant qu'il ne périsse. Le roi a raison, ces guns ne sont pas faits pour des vikings !

— Peut-être qu'ils le sont pour des pirates ! en conclut Mendossa.

— L'avenir nous le dira, Mendossa, trancha le roi.

— Et qui commencera les pourparlers, mon roi ? Vous ou la reine ? demanda le jarl.

— Je préfère m'abstenir de faire le premier pas, conclut Hayden.

Le roi descendit de la tour. Il n'ordonna aucune attaque contre les intrus et il attendit patiemment dans ses appartements.

!!!

Hope aidait les soldats à monter les toiles qui leur serviraient de maisonnette. Hedda préparait déjà un succulent repas dans la marmite qui mijotait sur les braises du feu qu'elle avait allumé. Les tables furent dressées sous une toile qui servirait de lieu pour définir les stratégies à envisager. Amaury approcha de Hope doucement. Il ne lui avait pas adressé la parole depuis leur discussion précédente. Il stoppa près de la jeune femme qui liait une corde.

— Je voudrais te faire mes excuses, Hope, soupira le chevalier. Je n'aurais jamais dû te parler ainsi. Tu n'es pas responsable de mon sort.

La reine se tourna vers lui.

— J'accepte tes excuses, Amaury. Mais tu as raison, j'ai toujours cru en ses paroles et cela me rend égoïste envers toi.

Amaury posa ses mains sur les joues de Hope, il approcha son visage de celui de la jeune femme.

— Non, ma princesse, tu ne savais pas que j'étais en vie et tu as suivi ton destin. Vous étiez liés l'un à l'autre, je n'aurais rien changé ! Et tu l'as aimé, comme il t'aimait.
Hope posa une main sur le torse d'Amaury.
— Je crois que nous nous aimons toujours, Amaury, soupira-t-elle.
Ils furent interrompus par Loumie qui vint à la rencontre de son fiancé.
— Excuse-moi, Amaury, je dois t'entraîner !
Le chevalier obtempéra et suivit la jeune femme. Loumie avait décidé de les suivre. Elle avait convaincu son amant que les outils de jongleur pouvaient devenir des armes brûlantes lorsque celles-ci étaient utilisées intelligemment. Et comme Amaury ne possédait plus de pouvoirs, il devait apprendre à se battre avec le feu ! Les deux jeunes gens se positionnèrent dans un endroit à l'écart des toiles et commencèrent leur entraînement. Hope contempla le palais. Il était temps de mener la danse. Elle écrivit un message et le donna au porteur qui courut jusqu'au palais du roi d'Amnésia. Elle espérait seulement que son mari accepte l'invitation. La reine laissa les autres membres du groupe s'affairer à leurs occupations et elle alla dans le dragon pour se reposer. Elle changea de tenue et mit un vêtement plus approprié pour recevoir le roi, si celui-ci acceptait sa demande. Elle défit ses tresses et laissa ses longs cheveux flamboyants descendre en cascade sur ses épaules et son dos. Elle natta juste des mèches de cheveux sur le côté de son crâne qu'elle lia à l'arrière de sa tête à l'aide d'un ruban. Un haut-le-cœur monta de sa gorge. Une envie pressante de vomir l'attira à l'extérieur. Dès que la bile eut fini de

sortir de sa bouche, Hope remonta dans le dragon et essuya sa bouche. Elle but une gorgée d'hydromel et s'assit dans le fauteuil. Les nausées étaient fréquentes, ses saignements interrompus, elle savait ce qui en découlait. Elle était passée par cette étape deux fois dans sa vie. La jeune femme ferma les yeux et s'assoupit.

!!!

La reine fut réveillée par un clairon provenant du château. Hope se redressa et courut sur le pas de la porte du ventre de la bête. Elle vit le portillon arrière du palais s'ouvrir. Trois silhouettes apparurent, dont celle du roi Hayden. Hope bondit au sol et approcha de ses amis. Elle stoppa à côté d'eux.

— Hedda et Lothaire viendront avec moi ! ordonna-t-elle.

Amaury prit la main de Hope.

— Laisse-moi t'accompagner, Hope ! supplia-t-il.

— Non, Amaury ! Hayden ne supporterait pas ta présence. Il faut deux personnes neutres.

— Prends ça, Hope ! Je ne veux pas qu'il t'arrive quelque chose !

Amaury lui plaça un couteau dans les mains. La jeune femme soupira.

— Très bien, Amaury, mais je ne pense pas en avoir besoin.

Elle accrocha la petite arme blanche derrière son dos au niveau de son corset. Elle contempla sa tenue et avança d'un pas assuré vers le roi d'Amnésia qui avait stoppé à la frontière invisible des deux clans. Il était accompagné du jarl et de Maïlann. Lothaire et Hedda suivirent leur reine. Plus Hope approchait de son mari et plus son cœur s'emballait. Elle ne devait pas faillir ! Hayden regardait tendrement son épouse. Elle portait une robe en velours blanche aux galons dorés. Une large ceinture cintrait sa taille, ses cheveux cascadaient dans son dos. Ses yeux bleus le contemplaient. Il avait envie de passer sa main dans la crinière rousse de Hope, de caresser une nouvelle fois sa peau, mais il devait s'abstenir et ne pas fondre au moindre geste de sa reine. Lorsqu'ils furent à quelques mètres l'un de l'autre, leur regard se mélangea et les anciens époux se saluèrent.

— Bonjour, Hope, commença Hayden.
— Bonjour, Hayden, soupira Hope.

Puis le roi posa son regard sur son ancien serviteur et la femme guerrière.

— Je te salue, Lothaire, ainsi que toi, Hedda.
— Votre majesté, répondirent-ils en même temps.

Hope fixa Maïlann, la jeune femme ne la regardait pas.

— Bonjour, Maïlann, susurra Hope.

La femme soldat salua Hope d'un hochement de tête. Celle-ci ne la regardait toujours pas. La culpabilité la rongeait. Le jarl ne disait rien, ses yeux restaient rivés sur la reine. Cette femme était si appétissante qu'il enviait le roi d'Amnésia.

— Tu es resplendissante, ma reine, reprit Hayden. Je suis désolé pour ton fils, je ne désirais pas que cet enfant meure.

Hope retint ses larmes.

— Je le sais, Hayden. Mais le mal est fait. L'un de tes hommes a assassiné Maëlo.

— J'aurais tant voulu que cela se passe autrement, Hope, soupira le roi. Je suis toujours ton époux même si ton frère a déclaré notre union caduque. Tu es ma reine, Hope, je n'ai jamais menti sur ce point. Peux-tu me confirmer que ton amour pour moi s'est éteint ? demanda Hayden.

Des larmes coulèrent silencieusement sur les joues de la reine. Les quatre personnes présentes autour des deux époux attendirent la réponse de Hope. Mais la jeune femme se contenta de respirer profondément en fermant les yeux. Elle les rouvrit sur Hayden.

— Est-ce que la reine Eline est bien traitée ? interrogea Hope.

— Oui, je te l'assure, Hope. Cette jeune femme ne craint rien. J'ai eu l'occasion de parler avec elle et la jeune reine est très douce dans ses paroles. Ton frère a de la chance. Son bébé va bien, une accoucheuse se trouve en sa compagnie jour et nuit, rassura le roi.

— Et notre bébé à nous, comment va-t-elle ?

— Bien, Hope.

— Pourrais-je la voir, Hayden ? implora Hope.

Le jarl sentit la faiblesse du roi d'Amnésia face au chagrin de sa reine. Il approcha du roi et plaça sa bouche près de l'oreille du souverain.

— Ne vous faites pas avoir, votre majesté, cela est peut-être un piège pour reprendre la princesse, susurra-t-il.

Hope en fut estomaquée. Jamais cette idée ne lui était passée par la tête.

— Je t'en conjure, Hayden, reprit-elle. Je veux juste voir ma fille ! supplia-t-elle.

Le souverain soupira.

— Très bien, Hope. Je veux simplement que tes deux soldats s'écartent de toi. Ensuite, tu verras Aëlys !
La reine demanda à Hedda et Lothaire de s'éloigner même si ceux-ci étaient réticents. Hayden ordonna à Maïlann d'amener la petite princesse. La jeune femme disparut derrière l'accès du château. Hope posa ses mains sur son cœur, ses yeux étaient rivés sur l'ouverture. Elle retenait ses larmes. Hayden contempla la reine. Son chagrin était visible sur son visage. La petite fille apparut en compagnie de Maïlann. La femme soldat lui tenait la main. Aëlys voulait courir vers sa mère, mais Maïlann la retenait. Elle donna l'enfant à son souverain. Hayden agrippa la main de sa fille.

— Maman ! cria la fillette.
Hope s'écroula à genoux en pleurant de joie.

— Ma chérie, souffla-t-elle. Son regard se posa sur Hayden. Je veux la tenir dans mes bras, s'il te plaît, implora-t-elle.

— Je vais m'approcher de toi avec notre fille, Hope. Je ne peux pas la laisser seule, expliqua Hayden.

— Je comprends, soupira Hope.
Le roi d'Amnésia s'accroupit devant Hope, retenant Aëlys. Dès qu'il lâcha la petite fille, celle-ci se blottit dans les bras de sa mère. Hope embrassa sa progéniture, la cajola, caressa le visage d'Aëlys tout en laissant ses larmes inonder son visage. Hayden grimaçait. Il ne devait pas faiblir ! Maïlann avait le visage humidifié. Hedda et Lothaire se lamentèrent.

— Je t'aime, mon ange, tu es mon joyau, tu le sais, Aëlys, n'est-ce pas ?

— Oui, maman. Mila et Maëlo vont bien ? demanda la petite fille.
Hope prit le visage de sa fille en coupe entre ses mains.
— Ta sœur va bien, mais… ton frère est parti au Valhalla.
La princesse pleura à l'annonce de la mort de son grand frère. Hope la blottit contre elle. Ses yeux se posèrent dans ceux d'Hayden. Elle ne disait rien. Ils étaient proches. Le roi approcha son visage de celui de Hope et caressa la joue de la jeune femme pour en ôter les larmes. Hayden posa son front sur celui de la reine.
— Tu pourrais tout arrêter, Hope, susurra-t-il. Et revenir chez toi.
— Il est trop tard, Hayden, affirma Hope.
Le roi glissa ses lèvres sur celles de la jeune femme. Hope attendit le baiser qui ne vint pas. Hayden se redressa en emportant Aëlys dans ses bras. La reine resta agenouillée sur le sol, contemplant le souverain et son enfant.
— Je sais que tu tiens ce siège juste pour laisser le temps à ton frère de nous rejoindre, attesta Hayden. Je vais attendre le roi d'Oldegarde et combattrait ! Si mon palais doit tomber, Hope, je tomberais avec lui ainsi que tous ceux qui seront en ce lieu.
Hope posa ses mains sur le sol en fermant ses poings. Elle fixait le roi.
— Pas notre bébé, je t'en supplie ! Elle n'a rien à voir dans tout cela ! implora-t-elle.
Hayden embrassa sa fille.
— Aëlys est la princesse d'Amnésia, je ne souhaite pas qu'elle vive en Oldegarde ! affirma Hayden.

— Non ! ragea Hope. Tu ne peux pas ôter la vie de notre enfant ainsi !

— Lorsque la fin sera proche, je serai assis sur mon trône, Hope. À toi de voir si tu veux me rejoindre. Je t'attendrai !

Puis le roi laissa la jeune femme et tourna le dos à celle-ci pour rejoindre son palais. Maïlann et le jarl le suivirent. La reine ne se relevait pas. Hedda se précipita vers elle et la contempla.

— Vous êtes pâle, majesté.

Hope eut des hauts de cœur. Elle pencha sa tête sur le côté et vomit le peu de bile qui se trouvait dans sa gorge. La guerrière l'aida à se redresser. Hope chancela. Hedda la prit dans ses bras. Lothaire approcha des jeunes femmes.

— Vous allez bien, ma reine ? s'inquiéta-t-il.

Hope le dévisagea en souriant.

— Oui, Lothaire, ce n'est rien. Retournons à notre campement.

La reine s'écarta d'Hedda et marcha sans aide, même si celle-ci se sentait mal. Elle ne voulait pas avouer son état à qui que ce soit. Son frère lui interdirait de combattre ! Ils rejoignirent leur lieu de siège et Hope se reposa. Elle attendit l'arrivée de son frère.

!!!

Dès son arrivée dans le palais, Hayden donna sa fille à sa nourrice et il se dirigea vers la salle de commandement. Il rassembla ses généraux, ainsi que le jarl, Maïlann et le chef des pirates. Clarisse se trouvait à l'écart de la table, assise sur un banc sous la fenêtre. Il posa son derrière sur son siège et ses bras sur les accoudoirs. Il commença l'assemblée.

— La reine Hope tient un siège en attendant son frère. Que chacun d'entre vous le sache, je n'attaquerai pas ce campement !

— Dommage, suggéra le jarl Gardensen. Vous auriez anéanti la première garde du roi Elyo.

— Ce n'est pas le choix que je fais, jarl, expliqua Hayden. Le roi Elyo est plus important que la reine Hope.

Le jarl sourit.

— Votre père n'aurait pas hésité, roi Hayden. Il aurait sûrement repris sa reine de force et massacré les combattants qui l'accompagnaient !

Hayden fronça les sourcils en fixant Gardensen.

— Je ne suis pas mon père ! ragea-t-il.

— Avant que cette… femme entre dans votre vie, vous l'étiez, roi Hayden. Tout le monde vous craignait !

Hayden gardait son calme.

— Pensez-vous que cette crainte ait disparu, jarl ? demanda le roi.

— Cela se pourrait, majesté, pour certains de vos concitoyens. Il se dit dans les tavernes que vous vous affaiblissez au contact de Hope d'Oldegarde. Non pas que je ne vous comprends pas, mon roi, car la beauté de cette femme vaut tout l'or du monde, mais sa présence à vos côtés nuit à votre réputation.

Hayden devait reprendre le contrôle de la conversation. Les autres généraux ne disaient rien, mais pensaient comme le viking.

— L'union de nos deux royaumes était prévue au temps de mon grand-père, certifia le roi. Dès la naissance de la princesse d'Oldegarde, je fus lié à elle. À cause de mon père, cette unification n'aurait pas existé. Heureusement, ma détermination et ma patiente ont joué en ma faveur. La princesse d'Oldegarde s'est inclinée. Si j'étais vraiment comme mon père, jarl Gardensen, la guerre aurait été déclarée depuis bien longtemps et Amnésia ne serait peut-être plus debout.

— Pensez-vous vraiment que notre royaume peut survivre à l'attaque des dragons de fer ? répliqua un vieil homme de l'assemblée.

Hayden posa ses mains sur le bois de la table.

— Je sais que ce ne sera pas chose facile de combattre ces monstres de fer, mais nous avons une grande armée et les inventions qui se trouvent dans l'atelier de votre reine. Des armes en abondance et comme vous le concevez, nous devrons adopter notre stratégie suivant l'évolution de la bataille !

— Bien. Mes bateaux ne serviront à rien pour ce combat, déclara le chef des pirates. Je rapatrierai tous mes hommes sur la terre ferme ! J'ai toujours haï Oldegarde et tout ce que le royaume représente. Le roi Olden se prenait pour un saint ! Lorsque votre père l'a occis, j'ai fêté cet événement. Puis, j'ai tout de suite vu que Torick devenait fou et vous êtes apparu, mon roi. Votre intelligence et votre patiente ont fait de ce royaume, un fief plus important qu'Oldegarde. C'est pour cela que j'ai formé une alliance avec vous. Et aujourd'hui, je vous honore, roi Hayden.

Clarisse sourit amèrement, son père flattait l'égo d'Hayden. Son paternel prenait des risques inutiles ! Le roi d'Amnésia hocha la tête positivement.

— Je vous remercie, Mendossa, vos hommes sont les bienvenus et je vous récompenserai, soyez-en sûr.

— Je n'en doute pas, votre majesté.

Maïlann en avait assez. Depuis la venue de Hope, elle était perturbée. La jeune femme se demandait si l'amour qu'elle portait au roi n'était qu'une simple passade et que finalement, sa loyauté envers Oldegarde était toujours encrée dans son cœur.

— C'est l'intelligence de Hope qui a fait de ce royaume ce qu'il est ! lança-t-elle.

Tout le monde la regarda. Il se passa quelques minutes avant que le jarl lui réponde.

— Pensez-vous vraiment que la reine est plus importante que votre roi ? demanda-t-il.

Maïlann se pinça les lèvres. Hayden attendait sa réponse.

— Non, je ne dis pas cela, mais Hope a contribué au bon fonctionnement du royaume d'Amnésia et que c'est elle qui a créé toutes les choses qui se trouvent dans l'atelier !

— Alors, si je vous comprends bien, soldat, l'ancienne reine serait apte à diriger ce royaume sans le roi Hayden ?

— Elle l'a déjà fait ! déclara Maïlann amèrement.

— Certes, mais les sujets du roi obéissaient à cette femme uniquement parce qu'elle était l'épouse du roi et que celui-ci lui avait donné le pouvoir durant ses absences.

— Elle est devenue reine en Oldegarde durant quatre années et le royaume prospérait ! Hope est une…

— Si Oldegarde vous manque tant que ça, soldat, pourquoi n'y retournez-vous pas ? la coupa le chef pirate.

— Votre dévouement pour cette femme est impressionnant ! ajouta le jarl. Mais vous l'avez trahi ! Ne serait-ce pas là un acte répugnant ?

Maïlann retenait sa colère. Hayden écoutait la querelle.

— Oui, je l'avoue. Cet acte est inadmissible pour Hope, mais je sais qu'au fond de son cœur, elle me pardonnera un jour, car c'est une femme magnifique, altruiste et douée dans tous les domaines.

Le chef des pirates rit.

— Oh ça, je le conçois, cette femme doit être douée dans tous les domaines et surtout les soirs de baise, ses cris de jouissance résonnent encore dans le château.

Les membres du conseil rirent aux paroles du pirate, sauf le jarl, qui déplora le manque de tact de Mendossa. Clarisse écarquilla les yeux et Maïlann posa immédiatement son regard sur Hayden. Celui-ci se leva bruyamment, les personnes autour de la table firent silence, seul le rire de Mendossa résonnait aux oreilles du roi. Il se dirigea vers lui, le regard sévère. Il sortit une dague de sous son surcot. Gardensen savait qu'il ne fallait pas omettre des paroles diffamatoires envers la reine lorsque le roi était présent. Hayden se posta derrière le chef pirate, celui-ci ne riait plus. Il posa délicatement la lame sous le cou de Mendossa en agrippant ses cheveux. Il approcha sa bouche de l'oreille de l'homme.

— Si je vous entends encore prononcer des paroles malsaines sur la reine, je vous tranche la gorge ! gronda Hayden. Hope n'est pas une fille de joie !

— Je m'abstiendrai dorénavant, mon roi, je suis désolé, dit Mendossa peureusement.

Le roi ôta sa lame et se redressa.

— Maïlann a raison sur un point, Hope a fait de ce fief ce qu'il est aujourd'hui. Et si certains villageois ne me craignent plus, alors, je vais remédier à cela. Faites savoir, jarl Gardensen, dans toutes les tavernes que celui qui colporte des rumeurs infondées sur son roi sera passible de peine de mort ! Et vous ferez en sorte d'exécuter cette sanction !

— Avec plaisir, mon roi, s'extasia le jarl.

— Nous allons maintenant élaborer un stratagème pour dégrossir l'armée du roi Elyo sans que celui-ci soit tué et occuper Oldegarde.

Maïlann hoqueta.

— Mais si le roi et ses combattants sont ici, Oldegarde a juste une réserve de soldats pour la protéger ! lança-t-elle.

Hayden la regarda en souriant.

— Oui, c'est exact, Maïlann. Mon dragon de fer ira en Oldegarde et tiendra le siège de celui-ci en attendant que la bataille en Amnésia s'arrête. Je laisse le jarl Gardensen mener cette quête !

— Mais vous ne pouvez pas, roi Hayden, Hope ne vous le pardonnera jamais ! expliqua la jeune femme.

Le souverain soupira.

— Qu'il en soit ainsi, je sais que Hope ne me porte plus dans son cœur. Je l'ai brisée !

— Ce n'est pas ce que j'ai vu, mon roi, continua-t-elle. Hope vous aime profondément, ne lui faites pas ça, je vous en prie.

Hayden grimaça.

— Ma décision est prise, soldat ! trancha le roi. Ne la contredis pas !

Maïlann se leva de son siège et préférait s'éclipser. Maintenant, elle redoutait la suite des événements. Le roi et ses conseillers élaborèrent leur plan.

Stratégie.

Hope se réveilla doucement. Lorsqu'elle se redressa de sa couche, son cœur se souleva. Elle prit le baquet à ses côtés et vomis. Ensuite, elle attendit quelques instants et se leva. Elle aspergea son visage d'eau et but une gorgée d'hydromel. Un encas était posé sur le guéridon, elle engloutit celui-ci et s'habilla. Lorsqu'elle sortit de la toile, ses yeux furent éblouis. Le soleil brillait sur Amnésia, la chaleur était écrasante. Nos combattants s'entraînaient déjà. Hope prit son épée et approcha d'Hedda.

— J'ai besoin d'entraînement, Hedda ! lança-t-elle. La femme guerrière stoppa son combat contre Kiryan et se tourna vers sa reine.

— Je ne peux pas combattre contre vous, ma reine, avoua la femme viking.

— Tu combats contre ton propre fiancé, mais tu ne veux pas combattre contre moi ? s'étonna Hope.

— Oui, votre majesté, il n'a pas le même rang que vous !

— Et peux-tu me dire qui pourrait combattre contre moi dans cette équipe ?

— Demandez au chevalier ! C'est la main du roi, il a le grade au-dessus de nous et c'est le seul adversaire compétent pour votre majesté !

Hope leva les yeux au ciel. Hedda disait n'importe quoi, mais elle savait très bien que les autres membres de la troupe prononceraient les mêmes paroles. La souveraine se dirigea vers Amaury. Celui-ci était assis sur une souche, torse nu et nettoyant son épée. Hope se plaça à côté du chevalier.

— Pourrais-tu m'entraîner, Amaury, j'ai besoin d'exercice !

L'homme leva son regard vers la reine.

— As-tu demandé aux autres avant de venir vers moi ?

— Oui. Et ils disent que tu es le plus expérimenté pour combattre avec moi, avoua Hope.

Le chevalier soupira en se levant.

— Ils se dérobent, très bien.

Amaury se positionna face à Hope et recula.

— Commençons, majesté ! lança-t-il.

Les deux jeunes gens débutèrent le combat. Leurs compagnons avaient cessé leur activité pour les contempler. Loumie était aux premières loges. Amaury croisait bravement le fer, Hope esquivait les attaques du chevalier avec grâce. La reine dansait autour du chevalier. La peau d'Amaury fut entaillée par la lame de Hope au biceps gauche. Cela n'était qu'une égratignure. La reine s'extasiait de son combat jusqu'au moment où Amaury mit plus de force dans ses frappes. Hope se fatiguait, sa tête tournait. Ses jambes flageolèrent et elle se retrouva agenouillée au sol. Amaury posa rapidement son épée et s'accroupit devant la reine.

— Que se passe-t-il, Hope ? demanda-t-il. Tu es pâle ?

Loumie vint à la rescousse de la souveraine.

— Laisse-lui un peu d'espace, Amaury ! suggéra-t-elle. Elle doit reprendre son souffle, tu frappes trop fort !
La jeune femme se baissa à hauteur de Hope et l'aida à se relever. Hedda accourut.

— Je vais m'occuper d'elle, expliqua Loumie. Continuez vos activités !
Elle emmena Hope dans sa tente et la fit assoir sur le lit.

— Je vais vous faire une tisane, ma reine.

— Je vais bien, Loumie, je t'assure.
La femme saltimbanque préparait déjà sa mixture.

— Non, vous n'allez pas bien, majesté. Je vous observe, vous savez.

— C'est juste de la fatigue, Loumie, mentit Hope.
La femme métisse se tourna vers la reine et lui tendit le thé.

— De la fatigue, certes, assura Loumie. Buvez cette tisane et vos nausées matinales disparaîtront !
Hope se pinça les lèvres en prenant le gobelet entre ses mains.

— Je suis au courant de votre état, majesté. Si vous le désirez, j'ai un remède infaillible pour faire obstacle à votre souci.
Hope contemplait le remède chaud dans le godet.

— Ce n'est pas ce remède, la rassura Loumie. Celui-ci est juste pour que vous vous sentiez mieux. Je peux vous en concocter un tous les matins, si votre état le nécessite, votre majesté.
Hope but le liquide chaud doucement.

— Je te remercie, Loumie. Je veux bien ce remède contre les nausées chaque matin.

— Je vous le préparerai et vous viendrez le boire ici, à l'abri des regards. Car je suppose que les autres ne doivent pas être au courant de votre état, majesté ?

— Oui, Loumie. Je veux que cela reste discret.

— Pourtant, après cette bataille, vous ne pourrez plus le cacher, ma reine.

Hope finit son godet et le tendit à la femme métisse.

— Je sais, Loumie. À ce moment-là, j'aviserai !

La reine se sentit mieux et sortit de la toile en compagnie de Loumie. Un bruit attira son intention. Ses compagnons étaient déjà sur place. Une silhouette émergea du bois. Maïlann dressait ses bras au-dessus de sa tête.

— Je désire parler à Hope ! lança-t-elle.

Amaury sortit son épée et se dirigea vers la jeune femme soldat. Il était en colère. Il posa la pointe de sa lame sous le cou de Maïlann.

— Tu nous as trahis ! ragea-t-il. Tu n'as rien à faire ici ! Retourne voir ton amant.

— Je veux simplement parler à Hope, Amaury.

— Je ne suis pas sûre qu'Hope veuille te parler ! suggéra-t-il.

Kiryan contemplait sa sœur.

— Aimes-tu le roi Hayden plus que ton frère, Maïlann ? demanda celui-ci.

— Cela n'est pas la même chose, mon frère, soupira la jeune femme.

Hope arriva auprès du chevalier et lui fit baisser son arme.

— Si tu veux me parler, Maïlann, je t'écoute ! déclara la reine.

— Hayden envoie le jarl en Oldegarde, Hope ! Le dragon de fer est prêt. Des soldats ralentiront Elyo. Il ne veut pas le tuer, juste réduire son armée avant qu'il n'atteigne Amnésia. Mais je n'ai pas confiance en ce jarl viking, Hope !

— Pourquoi voudrais-tu que l'on croie à ton histoire ! intervint Amaury.

— C'est la vérité, Amaury ! J'ai pris des risques pour parvenir jusqu'à vous.

Hope soupira.

— Je crois ce que tu dis, Maïlann, convint Hope. Hayden est un homme intelligent, il ne se laissera pas combattre sans intervenir.

— Oui, Hope. Mais il ne désire pas te combattre, c'est ton frère qu'il attend. Il dit que tu as assez souffert.

— Le jarl est-il déjà parti ?

— Ni le jarl ni les soldats. Le roi et ses généraux sont encore en séance.

Hope s'éloigna de ses compagnons et se dirigeait vers la petite porte en fer. Amaury la stoppa en lui agrippant le bras.

— Que fais-tu, Hope ! Tu ne peux pas entrer là-dedans seule !

— Je suis ici pourparlers ! Hayden entendra ce que j'ai à lui dire ! Je dois le raisonner.

— Tu n'y arriveras pas, Hope ! Il est trop têtu !

Hope ôta la main du chevalier de son bras.

— Moi aussi, Amaury ! Et très futée.

La reine était déterminée. Le chevalier laissa celle-ci se diriger vers le palais et retourna auprès de ses compagnons.

— Hedda ! Demande aux guerrières de retourner en Oldegarde pour protéger la reine mère et Mila !
— Si le jarl prend le dragon de fer, il sera plus rapide que mes sœurs !
— Elles prendront un de nos monstres ! Il faut protéger le royaume au cas où notre bataille ne serait pas un vif succès.
— Très bien, Amaury.
Hedda se rendit près de ses sœurs et expliqua la situation à Freya. Celle-ci accepta et prit les commandes du dragon.
Hope stoppa devant l'entrée. Un garde la contemplait des remparts.
— Je veux parler à votre roi ! cria-t-elle.
L'homme susurra quelque chose à l'oreille d'un second soldat et celui-ci s'éclipsa. L'attente de la reine fut longue. Elle aperçut l'un de ses dragons prendre la direction d'Oldegarde. Amaury avait pris une décision et celle-ci était juste. Et la sienne, la regretterait-elle ? La petite porte s'ouvrit doucement.
Le garde fit entrer la reine. Ses compagnons observaient la scène sans intervenir.
— Si elle ne revient pas ! Tu nous feras entrer dans le palais, Maïlann ! expliqua Amaury.
La jeune femme soupira. La reine disparut.

!!!

Hayden attendait Hope dans le petit salon. Le jarl était présent, ainsi que Clarisse. La reine marchait dans les couloirs de son château. Les serviteurs lui firent de grands sourires. Ils étaient heureux de revoir leur souveraine. Arrivée devant la porte, Hope prit une profonde inspiration et délassa le haut de sa robe. Son entrée dans la pièce illumina le regard du roi. Il proposa un siège à Hope.

— Je voudrais te parler en tête à tête, Hayden, exprima Hope.

— Tu es venue seule dans mon palais, ma reine, je ne pense pas que tu puisses exprimer un désir.

Cela ne se passait pas comme elle le souhaitait. Hope devait attendrir le roi. Elle croisa ses jambes et remonta le bas de sa robe jusqu'à ses genoux. Elle fit semblant de frotter sa peau. Hayden se pinça les lèvres.

— Que venez-vous demander au roi, majesté ? intervint la jeune femme pirate.

— Cela ne concerne que le roi, Clarisse, je ne désire pas que vous soyez présents, le jarl et vous !

— Ce n'est pas à vous de nous donner des ordres, reine Hope ! s'enquit Gardensen.

La reine posa sa main sur son cou et fit descendre ses doigts sur sa peau jusqu'à son bustier entrouvert. Le tissu de sa robe glissa sur ses épaules. Celles-ci furent visibles. Le jarl sourit amèrement. Il devina le jeu de la reine. Le souverain ne pourra pas lui résister ! Étant gratifiée d'une beauté époustouflante, d'un tempérament de feu et d'une intelligence extrême, celle-ci avait tous les atouts pour séduire. Hayden s'impatientait. Hope défit les liens qui retenaient sa crinière rousse et secoua la tête pour remettre ses cheveux en place. Le roi s'avoua vaincu.

— Sortez ! ordonna-t-il à ses deux compères.

— En êtes-vous sûr, mon roi ? demanda Clarisse qui ne s'était rendu compte de rien.
La jeune femme se dirigea vers la porte. En passant près de la reine, le jarl pencha son visage vers celui de la souveraine et approcha sa bouche de l'oreille de celle-ci.
— Vous avez gagné, majesté, je m'incline, susurra-t-il… Il huma le parfum de la femme viking… Vous faites tourner les têtes, ma reine. Si je sors vivant de cette bataille, vous m'appartiendrez, même si je dois combattre tous les rois du royaume pour y arriver !
— Jarl Gardensen ! protesta le roi.
L'homme se redressa et suivit la femme pirate. Ils sortirent de la pièce. Hope fut enfin seule avec son mari. Elle posa son regard dans celui du souverain. Elle délaça son corset de taille et l'ôta.
— Cela me soulage, souffla-t-elle doucement.
Hayden restait immobile, sans parler. Il humectait ses lèvres. Hope devait faire le premier pas. Elle se redressa de son fauteuil et se dirigea vers le roi. La reine se pencha vers Hayden et positionna son visage face à celui du souverain. Celui-ci posa ses yeux sur la poitrine de Hope qu'il aperçut à travers son décolleté. Puis, Hope entreprit d'explorer le trois-pièces du roi en le massant légèrement. Hayden soupira de désir. Il voulait résister, mais sa femme savait si bien l'amadouer.
— Dis-moi ce que tu veux, Hope, souffla-t-il.
La reine leva sa robe jusqu'à la hauteur de ses cuisses et s'assit à califourchon sur son mari. Elle positionna ses bras autour du cou d'Hayden et ses lèvres caressèrent celles du roi.

— J'ai appris que tu voulais envoyer le jarl en Oldegarde, répondit Hope tout en bougeant son bassin. Et diminuer l'armée de mon frère.
Hayden embrassa sa femme. Celle-ci lui rendit son baiser. Il lécha le cou de Hope. Le roi s'extasiait, sa reine était déterminée. Il enveloppa le mamelon de Hope avec sa bouche et la jeune femme hoqueta. Celle-ci avait les seins sensibles et son désir plus développé. Hayden passa sa main sous la robe de la reine et explora les parties intimes de celle-ci. La tête de Hope bascula en arrière. Ce qui s'en suivit ne fut qu'une suite logique à la situation. Hope dominait Hayden. Elle donna du plaisir au roi en le chevauchant.

— Je souhaite que tu… ne réduises pas… l'armée de mon frère, articula Hope entre deux soupirs de désir.
Hayden bascula la reine et ils tombèrent sur le sol sans se lâcher. Ils se retrouvèrent allongés sur le grand tapis. Hayden donnait de grands coups de reins dans ceux de Hope. Il posa sa main sur le cou de la jeune femme et serra doucement. Ses yeux contemplaient le visage de la souveraine. Celle-ci reprenait son souffle.

— Pourquoi… Hope ?
La reine agrippa la main du roi et le repoussa violemment. Elle reprit les brides et positionna son mari sur le dos vigoureusement. Son chevauchement se fit moins rapide. Hayden grimaça de plaisir. Elle posa ses mains sur le torse de celui-ci. Laissant des griffures sur la peau de son mari.

— Tu as une… grande armée. Pas mon frère, soupira-t-elle. Ce serait… injuste pour lui.

Puis Hope dansa sur Hayden. Le roi ne tenait plus. Il agrippa sa femme et la redressa pour l'emmener contre le mur. Il la porta tout en venant en elle. Il embrassa ses oreilles.

— J'accepte… Hope, susurra-t-il. Mais en ce qui concerne le jarl… la décision est déjà prise.
Hope enveloppa ses bras autour du cou de son mari.

— Fais en sorte que le dragon ne puisse pas décoller, suggéra Hope.
Hayden porta Hope jusque sur le fauteuil et allongea la reine sur le divan. Ses coups de reins furent plus rapides et brutaux. Hope courba le dos et hurla de plaisir. Le souverain exprima sa jouissance par un cri rauque. Ils s'affalèrent tous les deux sur le siège, ahanant. Soudain, Hope se mit à pleurer silencieusement. Hayden entendit les pleurs de sa femme et la serra contre lui.

— Je suis désolé, Hope. Pour tout ce que je te fais subir, ma reine. Ce n'est pas notre faute, ce qui arrive, ce sont les autres qui dirigent notre vie.
Hope écoutait Hayden. Celui-ci la berçait.

— Tes parents, reprit-il, mes parents, leur malheur a contribué à notre bonheur.

— Tu m'as menti, Hayden, soupira Hope. Mon… fils est mort, pleura-t-elle.

— Je te l'ai dit, je suis si désolé. Tu n'aurais jamais dû perdre Maëlo.
La reine s'écarta du roi et se positionna face à lui, le fixant de son regard noir.

— Mon problème, Hayden, c'est que je n'arrive pas à te détester pour ce que tu as fait !

Le roi posa sa main derrière la nuque de Hope et approcha son front contre celui de la jeune femme.

— Moi non plus, je ne peux pas te détester pour m'avoir abandonné, soupira-t-il. Tu seras ma reine jusqu'à ma mort.

— Le drakkar est majestueux, Hayden. Je ne connaissais pas son existence, susurra Hope.

Le roi fixa sa bien-aimée. Il caressait ses lèvres.

— Ceci était un cadeau pour toi, ma reine. Nous devions naviguer tous les deux sur les flots, sans enfants, sans soldats. Juste nous… mon amour.

Hope se dégagea des bras du roi à contrecœur et s'assit sur le lit pour se revêtir. Elle ne parlait pas.

— Nous serons toujours attirés l'un vers l'autre, Hope. Tu t'en rends compte, n'est-ce pas ?

La jeune femme hésitait. Elle se tourna vers le roi.

— J'ai quelque chose à te dire, Hayden !

Puis, on frappa à la porte du petit salon. Le souverain était demandé. Il s'habilla.

— Est-ce important, ma reine ?

Hope réfléchit puis s'abstient.

— Non… mon roi.

Elle devait se radoucir si elle espérait que celui-ci acquiesce à ses demandes. Elle remit son corset et Hayden laça celui-ci dans son dos. Il embrassa la reine sur le cou et huma son odeur une dernière fois.

— La prochaine fois que nous nous verrons, ma reine, sera peut-être la dernière, susurra-t-il.

— J'en suis consciente, mon roi.

Le souverain ouvrit la porte et demanda au garde de raccompagner la reine d'Amnésia jusqu'à l'extérieur.

Puis celui-ci rejoignit le jarl et ses généraux sur les remparts. Le chef viking aperçut Hope sortir du palais. La jeune femme se tourna vers eux et regarda le roi en posant sa main sur son cœur. Hayden fit de même.

— Devons-nous partir, mon roi ? demanda le commandant de son armée.

Hayden soupira.

— Finalement, ce ne serait pas un combat loyal si le roi d'Oldegarde devait perdre des hommes avant sa venue, confia-t-il. Je préfère que vous défendiez le palais !

— À vos ordres, votre majesté !

Les membres du conseil émirent une opposition qui fut rapidement contredite par le souverain. Le jarl savait que la reine d'Amnésia avait contribué à ce renoncement.

— Et qu'en est-il pour Oldegarde, votre majesté ? Dois-je toujours me rendre là-bas ? demanda Gardensen. L'un de leurs dragons s'est déjà éclipsé avec quelques guerrières. Je pense qu'elles sont retournées protéger leur royaume.

— Oui, cher jarl. Mais je dois vérifier le bon fonctionnement du dragon avant votre départ, énonça Hayden.

Le jarl fut étonné. La reine n'était peut-être pas si maligne que cela. Il attendit les ordres du roi pour prendre son envol. Il voulait s'éclipser lorsque le roi l'interpella.

— Et si vous voulez que la reine vous appartienne, jarl Gardensen, il faudra d'abord me combattre !

Le chef viking sourit, le roi avait entendu ses paroles.

— Ou attendre votre trépas, mon roi, suggéra le jarl.
Et celui-ci disparut.
Hayden cherchait Maïlann. Elle ne se trouvait pas avec ses dirigeants. Il en conclut que c'était elle qui avait dévoilé son plan à sa reine. Qu'importe, grâce à cela, il avait pu faire une dernière fois l'amour avec sa femme. Hayden quitta les remparts et se dirigea vers l'arrière-cour où se trouvait le dragon de fer. Des serviteurs s'activaient autour du monstre. Il approcha de la bête en soupirant. Il ferma un instant les yeux et accéda à la demande de Hope.

Père et fille

Mise en garde.

Cela faisait deux jours qu'Hope était passée voir son mari. Aucun dragon de fer ne s'était envolé et aucune armée n'avait quitté le palais ! Parfois, Hayden la contemplait des remparts. Elle n'avait pas revu Maïlann. Amaury était distant depuis son excursion au château. Kiryan s'entraînait avec elle. Ils avaient tous hâte que le roi d'Oldegarde arrive, le temps était long. Loumie préparait chaque matin la tisane de la reine. Celle-ci se sentait mieux. Le chevalier fendait l'air avec son épée. La femme métisse rejoignit son amant et s'assit sur une souche.
— Cela fait un moment que tu n'as pas combattu, Amaury.
L'homme cessa son entraînement.
— Je sais. Mais d'après Kiryan, les gestes reviennent automatiquement. Et je suis le meilleur chevalier d'Oldegarde, l'aurais-tu oublié ? ironisa Amaury.
Loumie sourit.
— Non, je ne l'oublie pas, mon chevalier. Le roi arrive bientôt. Cela fait longtemps que tu n'as pas adressé la parole à la reine.
Amaury regarda en direction de Hope.
— Je suis en colère, Loumie.

— En colère parce qu'elle a rejoint son époux ? Amaury, Hope et Hayden sont liés, ils ne font rien de mal.
Le chevalier donna des coups d'épée dans un arbre.
— Il a menti et il a trahi Hope. Comment peut-elle encore lui faire confiance ? ragea-t-il.
— Ils s'aiment, Amaury, soupira Loumie.
Le chevalier se tourna vers la jeune femme tendant son épée devant lui.
— Et il a tué mon fils ! affirma-t-il. Elle aurait dû l'occire !
Loumie se leva et se dirigea vers le chevalier. Elle l'obligea à la regarder et elle posa ses mains sur les joues de celui-ci.
— Il ne l'a pas fait, tu le sais. Il a décapité l'homme qui était responsable de cet acte. Je n'ai jamais vu deux êtres s'aimer et se haïr en même temps.
— Hope ne hait pas Hayden, corrigea-t-il.
— Détrompe-toi, mon amour, j'ai toute confiance en notre reine et le moment venu, elle anéantira le roi d'Amnésia.
Ils cessèrent de parler et contemplèrent en même temps les remparts du palais d'Amnésia. Hope cessa de combattre Kiryan lorsque celui-ci fut distrait. Hedda et Lothaire stoppèrent leur activité. Ils regardèrent tous dans la même direction.
— Ne te retourne pas, Hope ! lança Kiryan sans le vouloir.
La reine opéra un demi-tour sur place et lorsqu'elle posa les yeux sur les remparts, celle-ci lâcha son épée et courut au pied du château, devant la petite porte en fer.

Aëlys se trouvait dans les bras de son père. La petite fille fixait sa mère en souriant. Ses cheveux épais enveloppaient son petit visage formant des boucles rousses sur ses joues. Hope suppliait Hayden du regard. Elle voulait serrer sa fille dans ses bras. Mais le roi demanda à Aëlys d'envoyer un baiser volant vers sa mère et il s'éclipsa avec l'enfant. La reine posa ses mains sur la porte en fer en soupirant. Elle revint auprès de ses compagnons, des larmes humidifiaient ses joues.

— Vois-tu à présent, Amaury ? demanda Loumie. Chacun d'eux à sa façon de haïr l'autre.

Une busine retentit au loin. Nos amis fixèrent l'horizon. Le roi Elyo apparut accompagné de ses soldats. Hope respira enfin, elle était soulagée. Le roi d'Oldegarde descendit de son cheval lorsqu'il arriva à la hauteur du campement. Hope le salua.

— Quelles sont les nouvelles, ma sœur ? demanda-t-il. Eline est-elle encore en vie ?

Hope prit le bras de son frère en dessous du sien.

— Allons parler calmement sous la tente, mon frère, souffla-t-elle.

Le souverain suivit la jeune femme sous la toile et l'armée du roi prit position de la plaine.

!!!

Hayden était entouré de ses généraux. Ils se tenaient sur les remparts. L'armée d'Oldegarde avait pris possession du large champ à l'arrière du palais. Le roi ne pensait pas qu'ils seraient si nombreux.

— Que fait-on à présent, roi Hayden ? demanda le jarl.

Celui-ci avait été déçu de ne pas pouvoir partir en Oldegarde. Il aurait aimé envahir le château de l'ennemi et semer la terreur. Mais le dragon de fer était tombé en panne peu après que le roi Hayden était venu le vérifier. Il doutait d'un sabotage émanant du souverain pour plaire à la reine. Maïlann était toujours présente, elle n'avait pas eu de sanction pour sa trahison. Pourtant, tout le monde savait que c'était la femme soldat qui avait dévoilé le plan à la reine Hope. Hayden contemplait le camp voisin.

— Nous attendons, souffla-t-il.

— Attendre quoi ? demanda un dirigeant.

— Que le roi Elyo se pose.

— Ils ont un dragon en état de fonctionnement, le nôtre est défectueux ! s'alarma l'homme.

— Il sera réparé pour la bataille, soupira le roi.

— Si vous aviez exécuté votre plan, mon roi, l'armée d'Oldegarde serait moins nombreuse et nous aurions pu les anéantir tout de suite, rétorqua Gardensen.

Hayden s'exaspérait. Le jarl fixa la femme soldat.

— Si le soldat Maïlann ne s'était pas rendu auprès de la reine pour lui dévoiler notre plan, nous n'en serions pas là, expliqua-t-il.

La jeune femme voulait répondre au jarl, mais le roi coupa cette conversation.

— Jarl Gardensen, vos hommes sont-ils prêts ? demanda le souverain à l'intéressé.

— Oui, roi Hayden, ils se trouvent dans les soubassements du château, ils attendent mes ordres.

— Et vous, Mendossa ?
— Ils sont éparpillés dans les bois, ma fille est à leur tête, elle s'impatiente.
Maïlann hoqueta.
— Mais je pensais que vous aviez promis à la reine de ne pas attaquer l'armée d'Elyo avant leur arrivée en Amnésia, mon roi ! lança-t-elle.
— Et j'ai tenu cette promesse. Je n'ai pas attaqué cette armée durant leur voyage, mais aujourd'hui, la garde du roi Elyo se trouve sur mes terres.
— Vous allez les affaiblir avant la bataille ? s'inquiéta-t-elle.
Hayden approcha de Maïlann et posa sa main derrière la nuque de la jeune femme. Il força la femme soldat à approcher son visage du sien.
— Choisi ton clan, Maïlann ! articula-t-il. Et réfléchis bien avant de prendre une décision !
Il serra l'arrière du cou de Maïlann. La jeune femme émit un cri de douleur et Hayden la lâcha.
— Vous ne méritez pas Hope ! cracha Maïlann.
Hayden sourit narquoisement à la femme soldat.
— Tu vois, Maïlann, personne ne comprendra à quel point notre amour est le fruit de notre haine… Hayden se tourna vers les deux chefs… Donnez vos ordres ! ordonna le roi. Et qu'ils fassent cela comme convenu, en silence !
Le jarl et le chef pirate s'extasièrent. Enfin, une bonne décision ! Maïlann posa sa main sur son cou et le massa légèrement pour le soulager.
— Hope vous a de nouveau ouvert ses bras et c'est ainsi que vous la remerciez ? pestiféra la femme soldat.

— Va-t'en avant que tu subisses ma colère ! ragea le souverain.

Maïlann quitta le roi et déambula dans le palais jusqu'à ses appartements. Elle réfléchissait tout en marchant. Maintenant, elle savait à quel royaume son cœur appartenait. Elle devait aider sa reine !

!!!

Elyo, Loumie, Lothaire, Kiryan, Hedda, Hope et Amaury se trouvaient sous la tente à converser. Le jeune roi devait définir un plan pour attaquer. Il se fâcha lorsqu'il apprit que sa sœur était entrée dans le palais d'Amnésia.

— Tu devais juste pourparlers en extérieur, ma sœur, gronda-t-il. Jamais je ne t'ai demandé d'entrer dans ce palais !

— Ce château est aussi le mien, mon frère ! expliqua Hope. Je devais intervenir avant que les hommes d'Hayden viennent à votre rencontre et vous attaque ! Et dissuader le roi d'envoyer le jarl Gardensen en Oldegarde !

— Oui, en te blottissant de nouveau dans ses bras, soupira Elyo.

— Hayden est toujours mon époux, mon frère, déclara Hope.

Le jeune roi n'insista pas et préférait reprendre une conversation normale.

— As-tu eu des nouvelles d'Eline, ma sœur ?

— Oui, elle va bien. Une accoucheuse reste auprès d'elle et elle est confortablement installée dans des appartements.

Elyo fut satisfait. Ils se rassemblèrent autour de la table pour préparer l'affrontement.

— Tant que le roi Hayden n'attaquera pas, je resterai en position de siège, lança Elyo.

— Cela peut durer des jours, votre majesté, prévint Lothaire.

— Oui, je le conçois. Hayden fera un faux pas, de cela, je suis sûr.

Amaury écoutait en regardant Hope. Celle-ci se pinçait les lèvres à chaque parole concernant le roi d'Amnésia.

— N'es-tu pas d'accord avec le roi, Hope ? demanda-t-il.

La jeune femme redressa son visage et le contempla.

— Pourquoi me poses-tu cette question ? interrogea amèrement Hope.

— Car tu es soucieuse du sort d'Hayden !

Loumie posa sa main sur le bras du chevalier. Hope soupira puis s'adressa à son frère.

— Je préfère sortir, mon frère, vous n'avez pas besoin de moi pour la suite.

— Mais il nous faut les emplacements des pièces du palais, Hope. Je n'y suis allé que deux fois et ma mémoire est confuse.

— Lothaire peut vous renseigner, il était la main du roi Hayden.

Hope sortit de la tente. Des larmes coulaient déjà sur ses joues. Elle s'éloigna et s'assit sur un tronc d'arbre. Loumie approcha de la reine doucement. Elle s'accroupit devant la jeune femme et posa ses mains sur celles de Hope. La tête de la souveraine était baissée.

— Cela n'est pas chose facile pour vous, ma reine, de choisir entre votre frère, à qui vous dévouez votre fidélité et votre époux, celui pour lequel votre cœur bat même si ce roi n'est pas, au dire de certains, un souverain exemplaire. Vous aimez cet homme et je vous comprends mieux que qui conque, votre majesté. J'ai eu beaucoup de mal à percer le cœur d'Amaury. Il vous apprécie encore et je craignais qu'en revenant ici, de le perdre.

Hope releva son visage et contempla Loumie.

— Mais, dès que j'ai vu la relation que vous entreteniez avec le roi d'Amnésia, mes doutes se sont estompés, continua la femme métisse. Même si je sais qu'Amaury et vous, vous avez essayé de vous rapprocher.

— Oui, Loumie, nous avons essayé, je te demande pardon, soupira Hope. Tu es la seule à voir cette relation entre le roi Hayden et moi. Personne ne sait à quel point nous nous aimons et à la fois, nous détestons. Je devrais lui en vouloir pour la mort de mon fils, mais je sais qu'au fond de lui, jamais il n'aurait permis qu'on fasse du mal à Maëlo. Pourtant, au début de notre relation, mes pensées allaient toujours vers mon chevalier et au fur et à mesure du temps, pensant Amaury mort, j'ai donné mon cœur à Hayden. Nous étions pareils ! Des descendants de guerriers vikings, aimant nos coutumes, nos Dieux. Il m'a laissé diriger Amnésia comme je l'entendais. Lorsqu'il partait, j'avais le pouvoir !

— Ma reine, posez-vous la question suivante : est-ce qu'un autre roi aurait laissé sa reine diriger le royaume ? Votre père le faisait-il ? Votre frère le fait-il ?

Hope réfléchit un instant. Elle n'avait jamais vu sa mère aux commandes du palais. Celle-ci participait aux réunions et contribuait au bon déroulement des projets. Quant à son frère, celui-ci pensait qu'Eline était trop douce pour régner en son absence. Mais elle fut reine d'Oldegarde durant quelques années et aujourd'hui, elle régnait en tant que souveraine d'Amnésia. Elle était au courant que son peuple la mettait sur le même piédestal que le roi. Oui, elle en était sûre aujourd'hui, Hayden était son âme sœur !

Un bruit dans les fourrés attira le regard de Hope. Elle demanda à Loumie de se taire. La reine se redressa de son siège d'infortune et sortit son épée de son fourreau doucement. Elle contempla les alentours. Quelque chose n'allait pas, elle le pressentait ! Elle regarda les soldats de la garde de son frère. Certains visages avaient disparu. Elle se faufila entre les arbres, disparaissant dans l'immense forêt. La femme métisse ne savait pas quoi faire. Elle attendit Hope patiemment. La reine se mouvait entre les buissons, évitant le moindre bruit. Lorsqu'elle aperçut des silhouettes, celle-ci se baissa et espionna les individus. Des pirates attiraient les soldats du roi Elyo dans les fourrés pour leur tendre un piège ! Ceux-ci étaient tués et les corps dissimulés. Hope comprit qu'Hayden n'avait pas tenu sa promesse. Elle ragea. La reine sortit de sa cachette et fit face aux flibustiers. Ceux-ci furent surpris. Clarisse vint à la rencontre de Hope. La reine tendait son épée devant elle.

— Bien le bonjour, votre majesté ! lança la femme pirate. Voulez-vous vraiment nous combattre tous ?

— Que faites-vous ? demanda Hope.

— Nous exécutons les ordres du roi d'Amnésia, chère reine. Ces soldats sont arrivés en Amnésia ! Ils sont sur le royaume. Maintenant, nous pouvons diminuer le nombre de combattants.

— Ce n'est pas ce qui était prévu ! déclara Hope.

— Voyez cela avec votre époux, majesté !

Hope avançait vers la femme pirate tout en gardant sa lame levée. Clarisse reculait lentement en levant les bras. Elle fit un signe à ses hommes de ne rien tenter contre la reine.

— Je suis désolée, majesté, mais le roi nous a formellement interdit de vous blesser ou de vous tuer, même de combattre avec vous. Pourtant, j'aurais aimé croiser le fer avec la fameuse reine guerrière. Mais nous devons nous éclipser maintenant !

Hope baissa son épée et contempla les pirates qui s'éloignaient déjà. Elle courut en direction du camp. Loumie la suivit. Elle entra dans la toile où s'organisait le plan de bataille.

— Les pirates ! lança-t-elle. Ils ont attaqué vos hommes, mon frère !

— Comment ça ? Il n'y a pas eu de bruit de corne ! s'exclama Kiryan.

— Ils ont tué les soldats en douce et ont dissimulé leur corps. Vous devez vous tenir prêt, mon frère, le moment est venu !

Puis, des bruits de chahut attirèrent leur attention. Tout le monde sortit de la tente. Des flèches d'arbalétrières perçaient certains corps de soldats.

— Cela vient des soubassements du château ! énonça Hedda.

— Les hommes du jarl ! affirma Hope. Attendez ici ! ordonna-t-elle. Je vais parler au roi !

Amaury agrippa le bras de la reine.

— Non, Hope ! Tu vas te faire tuer !

La jeune femme regarda le chevalier dans les yeux.

— Non, Amaury. Ils ne doivent pas me tuer, ni me blesser et en aucun cas me combattre, soupira-t-elle.

— Comment cela ? s'étonna le chevalier.

— Ordre du roi Hayden, déclara Hope.

Elyo écarta le chevalier de Hope et laissa sa sœur se diriger vers la porte du palais. Tout en marchant, elle aperçut deux grosses masses sombres qui sortirent du bois et se positionnèrent sur ses côtés. Le cœur de Hope fit un bond dans sa poitrine, Gaya et Bran étaient revenus. Cela faisait un long moment qu'ils avaient déserté Amnésia ! Elle posa ses mains sur chaque tête des loups et caressa leur pelage.

!!!

Hayden se trouvait sur les remparts. Il leva sa main lorsqu'il aperçut sa reine avancer vers le château. Les carreaux des arbalétrières cessèrent de fendre l'air et le calme régna. Les loups, qu'il n'avait pas revus depuis un moment, avaient rejoint leur maîtresse. Hope se posta devant l'entrée arrière du palais et frappa sur le bois.

— J'exige de voir le roi ! ordonna-t-elle.

Elle attendit un long moment avant que la porte s'ouvre. Hayden apparut devant elle. Des gardes du roi d'Amnésia étaient postés sur les remparts et menaçaient la compagnie d'Elyo en tendant leur arc et arbalète si celui-ci attentait à la vie de leur souverain.

— Tu m'as encore menti, Hayden, soupira Hope. Tu avais promis de ne rien tenter contre l'armée de mon frère avant la bataille.

Bran vint se frotter contre son maître. Hayden caressa sa fourrure noire.

— Je t'avais promis que je laisserais la garde du roi Elyo atteindre Amnésia. Ce qu'ils ont fait ! Maintenant, ils sont sur mon royaume, Hope. Et le dragon est resté en Amnésia.

Hope serra les poings en fixant le regard d'Hayden.

— Le combat est déclaré, Hayden. Je ne souhaite pas que tu me protèges. Nous allons riposter, tu le sais, n'est-ce pas ?

— Évidemment, ma reine, convint le roi.

— Bien… mets notre fille et Eline en sécurité, je t'en prie, je ne souhaite pas qu'elles meurent.

Hayden ne disait rien. Hope prit une profonde inspiration et ferma les yeux avant de continuer sa conversation.

— Laisse notre fille aller en Oldegarde, elle sera loin de cette bataille. Et Eline retourner dans son palais.

Hayden secoua la tête en souriant.

— Non, Hope, je te l'ai déjà dit, Aëlys est la princesse de ce royaume. Quant à la reine Eline, si le roi Elyo ne la sauve pas, alors, elle périra dans ce palais !

Hope se ressaisit.

— Alors… que la bataille commence, roi Hayden ! prononça la jeune femme dans un sanglot.

Sans en ajouter, la reine tourna le dos au roi et se dirigea vers son frère. Gaya la suivit. Bran hésitait. Finalement, le canidé suivit sa sœur. Hayden essaya de le rappeler, mais l'animal ne se retourna pas. Des larmes coulaient sur les joues de Hope. Elle se promit que ce seraient les derniers sanglots qui sortiraient de sa gorge. À partir de maintenant, elle deviendrait la guerrière Hope.

Hayden demanda aux hommes du jarl de quitter les soubassements et de se préparer. Les pirates s'activèrent à leur tâche et Clarisse fit un tour dans l'atelier de l'ancienne reine. Elle trouva le gun qui était chargé de poudre noire. La femme pirate le positionna devant ses yeux et visa l'armoire. Elle se concentra et regarda le bout de l'objet puis appuya sur une gâchette en dessous du tube métallique. L'arme fuma et un bruit sourd sortit de son ventre. Cela ressemblait à un tout petit canon ! Un trou s'était formé dans le bois du meuble. La femme pirate sourit en cherchant comment introduire la poudre dans l'objet et découvrit le mécanisme. Un sachet d'explosif se trouvait sur la table. Clarisse le positionna dans sa poche de veste et glissa l'arme dans sa ceinture. Cette découverte devrait profiter aux flibustiers ! Hayden s'affubla de vêtements guerriers et se peignit le visage de noir. Aujourd'hui, il sera le roi des païens !

. Le combat.

Hope fit préparer le dragon. Hedda en serait la principale passagère et l'unique capitaine. La guerrière manierait l'énorme animal durant la bataille. La reine savait que l'ennemi réagirait en envoyant leur bête de fer. Les soldats se préparaient, le roi revêtit son armure et les combattants affutèrent leur épée. Des arbalétrières furent accrochées aux avant-bras de certains chevaliers. Loumie s'arma de sa panoplie de feu et donna les ustensiles les plus maniables à Amaury. Hope se trouvait sous sa tente. Elle enfila sa tenue de guerrière, tressa ses longs cheveux roux et peint son visage. Elle positionna un bandeau de cuir sur son front qu'elle attacha derrière sa tête. Son large corset en métal finissait son accoutrement. Elle positionna ses brassards dotés d'arbalétrières sur ses avant-bras en soupirant. Des coccinelles mécaniques se trouvaient dans sa sacoche de ceinture. Elle se contempla une dernière fois dans le miroir et sortit de sous la toile. Elyo attendait sa sœur, se tenant droit sur sa monture. Il tenait le licol d'une jument blanche. Les autres combattants ainsi que les soldats étaient à pied. Hope arriva dans sa tenue de para, suivie des deux loups. Tout le monde la contempla, subjugué par la beauté de la femme guerrière. Celle-ci monta sur le dos de la jument. Le roi d'Oldegarde leva son épée en l'air.

— Aujourd'hui débute un combat dans lequel un seul royaume sera vainqueur ! s'exclama le souverain. Vous perdrez certainement la vie lors de cette bataille, mais vous serez toujours les soldats d'Oldegarde. Vous vivrez parmi nous ! Je laisse le soin à ma sœur de commencer les hostilités.

Hope tenait fermement les rênes de sa jument et contempla les remparts. Il n'était pas encore visible.

!!!

Hayden prit une profonde inspiration avant de sortir de ses appartements. Les serviteurs qui se trouvaient dans le couloir prirent peur. Leur souverain représentait l'image d'un guerrier viking avec une épée à la main droite et une arbalète dans sa main gauche. Son visage était peint et sa cuirasse en cuir protégeait son torse. Il avançait vers les remparts. Arrivé sur la plateforme en pierre, il se tourna vers ses nombreux soldats en levant son épée. Le jarl Gardensen écarquillait les yeux, enfin, le roi reprenait sa place ! Les païens en contrebas acclamèrent Hayden, l'armée attendait les ordres.

— Soldats ! Je suis votre roi ! Aujourd'hui, vous allez combattre l'ennemi et défendre votre royaume au péril de votre vie. Païens, vous êtes venus dans mon fief pour extérioriser votre religion. Vos Dieux sont représentés dans ce palais et les catholiques veulent détruire ce qui vous est dû ! Pirates, avides de conquêtes, celle-ci en est une pour vous. L'or que vous amasserez durant la

bataille se retrouvera sur vos bateaux et vous pourrez rejoindre votre île. Depuis le temps que vous désiriez anéantir Oldegarde, je vous en donne l'occasion !
Clarisse sourit, le roi d'Amnésia savait embobiner son assemblée. Même son père fantasmait sur ce qu'il représentait ! Mais la jeune femme n'était pas dupe. Elle se positionna au bord des remparts à côté du jarl et admirait la reine.

— À votre avis, jarl Gardensen, lequel de nos deux souverains vikings gagnera cette bataille ? demanda Clarisse.

Le jarl contempla à son tour la reine Hope et admirait sa prestance.

— Le meilleur guerrier viking, je suppose, soupira le jarl.

Hayden avait fini son discours et avançait vers Gardensen et Clarisse. Le chef pirate le suivait. Le roi stoppa devant le jarl.

— Je vous laisse manier le dragon, Gardensen, vous savez quoi faire ! Donnez vos ordres à vos hommes !

Gardensen sourit.

— Je crois que je ne suis plus leur chef, votre majesté. Ils vous vénèrent à présent !

L'homme obéit au roi et se précipita vers la salle où reposait le dragon de fer. Ensuite, Hayden décida de se montrer à la vue de l'ennemi. Il monta sur le sommet des remparts et fixa Hope. Celle-ci était née pour être guerrière et reine d'Amnésia ! La combattre serait un honneur.

!!!

Hope considéra son roi viking. Il avait fière allure et sa beauté égalait tous les païens de ce royaume. Elle fit avancer sa jument, toujours en brandissant son épée. Elle était seule. Les archers d'Oldegarde pointaient déjà leurs flèches sur les gardes d'Amnésia. Les hommes du roi Hayden, qui se trouvaient sur les remparts, visaient les troupes d'Oldegarde de leurs arbalètes. La reine positionna sa jument au pied du palais, à l'extrémité nord, et se redressa du dos de la pouliche. Elle fit galoper l'animal dans un sens, puis dans l'autre en poussant un cri que seuls les guerriers vikings reconnaîtraient. Hayden aperçut le roi d'Oldegarde contourner le palais avec une horde de soldats.

— Que les hommes se tiennent prêts au sud ! cria-t-il.

Les ordres furent donnés et les combattants d'Amnésia se postèrent devant la grande porte en fer du palais. Les païens ouvrirent la porte arrière du château et se précipitèrent à l'extérieur en poursuivant la jument de Hope qui galopait à vive allure vers les compagnons de la femme viking. Elyo et ses hommes, ainsi que Kiryan, le chef des armées, prenaient position devant l'entrée principale du palais. Des carreaux d'arbalètes fusaient déjà. Les archers du roi Elyo trempèrent les flèches enduites de poudre noire dans le flambeau et ceux-ci tirèrent en direction des remparts. Les soldats d'Amnésia furent surpris lorsque l'une de ces munitions atterrit sur le sol et explosa, broyant quelques os. Hayden comprit qu'Hope avait créé une nouvelle arme ! Celui-ci revint à la vieille méthode et des canons furent dirigés vers l'ennemi. Le roi était à la fois au sud et au nord de son palais. Hope, Amaury, Hedda, Loumie et les soldats restants se battaient contre les païens. Les canidés croquaient quelques membres. La reine perçait les corps avec rage et ses cris de victoire résonnaient aux oreilles d'Hayden. Elle maniait l'épée et l'arbalétrière avec aisance et ses mouvements rapides impressionnaient les hommes du jarl. La femme métisse jonglait et dansait avec ses outils en flamme et donnait des coups au camp adverse. Amaury trancha des gorges et des membres. Il était toujours habile et malin. L'agressivité d'Hedda taillait en pièce ses assaillants. Hayden assista à quelque chose d'inattendu dans cette bataille. Hope remonta sur sa jument. Son corps souillé du sang de ses ennemis. Loumie embrasa de la poudre qui fut répandue en cercle autour des païens durant le combat. Ceux-ci étaient encerclés par le feu. Hayden cessa la bataille durant un moment. Il observait sa femme. Elyo interrompit toutes menaces, le plan de sa sœur était en place. Le chef pirate voulut dire quelque chose, mais sa fille l'en empêcha. Tous les regards se posèrent sur Hope. Celle-ci traversa le feu avec sa jument, accompagnée de ses loups qui grognaient après les intrus. Les païens écarquillèrent les yeux. Leurs armes étaient baissées. Hope profita de ce moment pour caler son destrier au milieu des hommes. Elle leva son épée en l'air sans agressivité et demanda aux canidés de se calmer.

— Maintenant que vous me voyez, païens ! Pensez-vous que je sois vraiment une chrétienne ? demanda-t-elle fortement.

Les hommes hésitèrent à parler. Hope devait soumettre ces vikings.

— Je vous laisse le choix ! Soit, vous me considérez comme votre reine et vous battez à mes côtés, soit vous faites allégeance au roi d'Amnésia et vous perdrez la vie !
Les hommes s'étonnèrent. L'un d'eux prit la parole.

— Si on comprend bien, se battre à vos côtés nous permet de rester en vie et si on se bat pour le roi Hayden, vous nous tuez ?

— Je le ferai, oui, ainsi que mes amis. Mais pendant la bataille ! Je ne veux pas vous assassiner maintenant. Vous retournerez dans ce palais et combattrez comme des vikings !

— Pensez-vous vraiment gagner, majesté ? demanda l'homme.

Hope descendit de son cheval. Les vikings la contemplèrent. Gaya et Bran restèrent assis à leur place. Hayden, du haut de sa tour, craignit soudain pour son épouse. La reine approcha de l'homme et son visage se retrouva à quelques centimètres de celui du viking.

— Oldegarde gagnera cette bataille et Amnésia périra ! proclama la jeune femme.

Le païen vit de la détermination dans les yeux de la guerrière. Elle n'avait pas peur. L'homme posa un genou à terre, ses compagnons suivirent. Hayden était vaincu. Sa femme était une déesse, telle Freya menant les siens. La jeune femme poussa un cri de guerrière et les païens se redressèrent en imitant la femme viking. Celle-ci remonta sur son cheval.

— J'ai le pouvoir, hurla-t-elle. Votre reine absoudra vos péchés et vous octroiera des terres et protections contre les ecclésiastiques !

Les païens vénérèrent leur nouvelle reine et Hope posa son regard en haut des remparts, plus précisément sur son roi. Elle leva son épée en l'air et le feu s'éteignit. Les païens rejoignirent la troupe d'Oldegarde. Hayden donna un ordre et le dragon de fer prit son envol. Hope aperçut l'engin dans le ciel et incita Hedda à prendre les commandes de leur animal. La guerrière savait ce qu'elle avait à faire ! Les deux dragons se livrèrent bataille.

!!!

Maïlann profita de la confusion pour se dissimuler dans les couloirs et atteindre les appartements de la reine Eline. Elle avait réussi à dérober la clé de la porte et ouvrit celle-ci. La jeune reine se redressa de son siège lorsqu'elle aperçut la jeune femme.

— Maïlann, je suis ravie de vous voir, s'extasia Eline. Elle enlaça la femme soldat dans ses bras. L'accoucheuse contemplait les deux jeunes femmes.

— Mon époux est-il venu me sauver ? demanda Eline.

— Oui, votre majesté, la bataille a commencé.

— Quel dommage, se désola la jeune reine. Un si beau palais !

— Ceci était inévitable depuis la mort du petit Maëlo, votre majesté, Hope est en colère.

— En colère ? Après le roi d'Amnésia ? s'étonna la jeune reine.

— Je ne sais pas, votre majesté. Mais ce qui est sûr, c'est que la reine Hope désire retrouver sa fille.

— Oui, je comprends, soupira Eline. Mais vous savez Maïlann, les deux souverains d'Amnésia s'aiment énormément, qu'importe ce qui peut arriver. Ils ne peuvent pas vivre l'un sans l'autre.

— Pourtant, l'un des deux devra mourir aujourd'hui, majesté ! affirma Maïlann.

La femme soldat demanda à l'accoucheuse de les accompagner si elle voulait vivre. Celle-ci obtempéra.

— Où allons-nous, Maïlann ? demanda Eline.

Maïlann positionna le châle sur les épaules de la jeune reine.

— Je vais vous sortir de ce palais, majesté !

— Est-ce les ordres du roi Hayden ?

— Non, votre majesté. Je vous emmène auprès de votre époux !

— Oh ! Je suis si contente de le savoir. Vous me sauvez la vie, et peut-être qu'ainsi, la guerre cessera, soupira Eline.

Maïlann grimaça.

— Je crains que non, votre majesté. Cela est perdu d'avance. Mais je vais vous mettre à l'abri, le temps que la tempête cesse.

Les femmes sortirent de la pièce et Maïlann prit la direction des soubassements.

!!!

Le roi Hayden tenait ses rangs. Une centaine de soldats avaient quitté le palais et se battaient contre la garde du souverain Elyo. Les archers de celui-ci abattaient ses hommes qui se trouvaient sur les remparts. Ses arbalétriers touchaient l'ennemi en plein cœur. Il devait défendre son palais ! L'ennemi ne devait pas entrer. Hayden passa du côté sud au côté nord. Les pirates défendaient cette zone et défiaient les païens et la reine d'Amnésia. Les combattants de celle-ci étaient des durs à cuire et les loups des chiens enragés. Il regarda le ciel, les dragons de fer projetaient des projectiles sur chaque camp et combattaient l'un contre l'autre. Mais il savait que le jarl ne ferait pas le poids contre Hedda ! Il connaissait si bien les membres de la famille d'Hope. Heureusement que les autres guerrières étaient retournées dans leur royaume !

Lorsque les hommes d'Oldegarde escaladaient les murs du château et atteignaient les remparts, Hayden visait de son arbalète les individus et enfonçait la lame de son épée dans le corps de l'ennemi. Pour l'instant, son royaume tenait bon.

!!!

Hope suffoquait. Elle s'éloigna de la bataille en laissant ses loups prendre sa place et s'adossa contre un arbre pour reprendre son souffle. De la bile monta de sa gorge et elle pencha son visage pour vomir. Sa tête tournait. Amaury la rejoignit et la soutint.

— Es-tu blessée, Hope ? demanda-t-il.

— Non… Amaury, ce n'est rien, répondit doucement Hope. Va me chercher Loumie, je te prie !
Le chevalier obéit et la jeune femme se positionna près de Hope. Elles ne virent pas le chevalier qui était resté à proximité.

— Loumie, les nausées me reprennent ! lança la reine. N'as-tu rien d'autre que tes tisanes pour faire passer le mal ?

— Non, votre majesté, je suis désolée. Vous devriez vous reposer un peu avant de reprendre la bataille.

— Je ne peux pas, Loumie ! Je suis la reine d'Amnésia et je dois reprendre le combat !
La femme métisse posa sa main sur le bras de Hope.

— Alors, si cela vous arrive, respirez profondément et prenez juste une pause. Le bébé sent votre anxiété, ma reine, et c'est cela qui vous rend malade.
Amaury sortit de sa cachette et posa sa main sur l'épaule de sa compagne en lui demandant de s'éloigner. Ce qu'elle fit tout de suite. Le chevalier approcha de Hope. Son visage se crispa, sa colère était logique. Il se posta devant la reine.

— Tu attends un enfant ? demanda-t-il.

— Oui, affirma Hope. Cela fait quelque temps que je le sais !

— Et tu combats ! Es-tu folle ? ragea le chevalier.

— Ce bébé n'était pas prévu, Amaury ! pesta Hope. Et je suis une guerrière ! Je combattrai et anéantirai ce royaume.

— Hayden est-il au courant ? Et ton frère ?
Hope grimaça.

— Non, aucun des deux ! affirma-t-elle. Ceux-ci m'interdiront de me battre !

— Et ils auraient raison, Hope ! expliqua Amaury.

Hope approcha son visage de celui du chevalier. Les paroles qu'elle prononça ensuite eurent un goût amer dans sa bouche.

— Je ne souhaite pas remplacer mon fils, Amaury ! Cet enfant est venu trop tôt !

— Tu vas peut-être perdre ce bébé si tu t'entêtes à combattre, Hope ! prévint Amaury.

— Je le sais et cela m'est égal, Amaury ! ragea Hope.

Elle posa la lame de son épée sous le cou du chevalier. Celui-ci fut surpris. Le regard de Hope fut menaçant.

— Et ne t'avise pas de le dire à qui que ce soit, Amaury, déclara la reine. Sinon, ami ou pas, je te ferai subir une sévère sentence !

Le chevalier posa sa main sur la lame de l'épée de la jeune femme et lui fit baisser son arme.

— J'enfouirai ce secret, Hope. Ce n'est pas à moi de le révéler !

Hope approuva. Amaury émit un rire étouffé.

— Maintenant, je comprends, Hope. Tu es comme lui, indépendante, dominatrice, combattante. La seule chose que vous n'avez pas en commun est son arrogance. Toi, tu es humble. Vous êtes faits l'un pour l'autre, c'est vrai. La jeune fille que j'ai connue et aimée a bien grandi et s'est épanouie. Aujourd'hui, vous vous égalez et franchement, je ne sais pas lequel d'entre vous cédera.

— Certainement pas moi ! affirma Hope.

— On verra, soupira Amaury. Et si tu avais révélé la vérité sur ton état au roi d'Amnésia, peut-être que la bataille n'aurait pas eu lieu, admit le chevalier.
Hope soupira.
— J'étais prête à le lui révéler lors de nos retrouvailles, mais… je me suis abstenue. Et personne ne saura si cela aurait changé quoi que ce soit, Amaury !
— Tu es vraiment… tenace, Hope, confirma le combattant.
Les deux jeunes gens repartirent au combat et leur détermination fut un succès. Les hommes du roi Hayden tombaient sous leurs armes.

!!!

L'ennemi ne faiblissait pas. Elyo tenait bon. Hayden rageait intérieurement. Les soldats périssaient des deux côtés. Ce garçon était devenu un roi puissant ! Les flèches enflammées atteignaient des cibles vivantes ou des toits de pailles qui prenaient feu immédiatement. Les canons du palais étaient trop lents et les gardes d'Elyo trop étendus. Les pirates n'étaient pas de taille face aux païens et combattants de la reine. Celle-ci les avait tous vaincus. Les seuls flibustiers encore vivants étaient Mendossa et sa fille !
Hope avançait vers le palais, la porte arrière ne tiendrait pas. Hayden ordonna à ses archers de tirer sur les païens, mais en aucun cas sur la reine ! Soudain, un bruit métallique se fit entendre dans le ciel, un dragon de fer s'écrasa dans la plaine. Le jarl avait perdu. Hedda profita de ce moment pour diriger son monstre au-dessus des

remparts et lancer ses boules de poudres noires. Ce qui entraîna des brèches dans les murs du palais. La reine d'Amnésia sortit les coccinelles volantes de son sac et les jeta au pied de la porte. Celle-ci explosa en éclat. Le roi Elyo aiguilla ses troupes vers les cassures et ceux-ci escaladèrent les rochers tombés. Hope poussa un cri et ses hommes entrèrent dans l'enceinte du château. Hayden soupira. L'ennemi était entré, son royaume était perdu.

!!!

Maïlann réussit à faire sortir la jeune reine par les souterrains et les deux femmes se retrouvèrent à l'extérieur. La femme soldat s'éloigna du champ de bataille en compagnie d'Eline. L'accoucheuse ne les avait pas suivis ! La femme soldat ne pouvait prévenir personne de la fuite de la jeune souveraine. Elle décida de trouver un abri sûr à Eline. Elle l'emmena dans les bois et lorsque tout danger fut écarté, elle installa la jeune reine dans une ancienne maisonnée abandonnée en lui expliquant qu'elle viendrait la chercher lorsque tout serait fini.

— Et vous, Maïlann, qu'allez-vous faire ?

— Je dois me faire pardonner, majesté, pour ma trahison envers Hope. C'était mon amie et je l'ai blessée.

— Hope est toujours votre amie, Maïlann, n'en doutez pas !

— C'est pour cela que je dois l'aider à retrouver sa petite fille ! assura Maïlann.

La femme soldat quitta Eline et courut vers le palais en train de sombrer.

!!!

Hayden se battait sur les remparts au corps à corps avec des soldats d'Oldegarde. Hope se trouvait dans la cour, combattant les factionnaires. Lothaire ne fit pas de quartier à ses anciens hommes. Gaya mordait les assaillants qui faisaient face à sa maîtresse. Bran courait en direction des remparts. Il arriva en sautant sur le dos d'un soldat d'Oldegarde et enfonça ses crocs dans la gorge de celui-ci. Le roi d'Amnésia s'extasia, son loup lui revint ! Il combattit l'ennemi au côté de son ami à la fourrure noire. Amaury se battait courageusement tout en protégeant Loumie qui se fatiguait. Elyo était descendu de son cheval et participait à la bataille. Des corps jonchaient le sol, la poudre noire explosait sur chaque parcelle du palais. Hope atteignit les marches qui menaient aux remparts. Hayden regarda sa femme un instant. La reine posa son regard dans celui de son roi. Elle continuait à gravir l'escalier, accompagnée de sa louve. Les hommes qui voulaient l'arrêter se faisaient massacrer. Puis, lorsqu'ils se retrouvèrent l'un en face de l'autre, le bleu océan des yeux de Hope se mélangea au brun noisette du regard d'Hayden, ceux-ci baissèrent leurs armes. Les loups s'assirent à côté de leur maître respectif.

— Tu es belle, ma reine, soupira le souverain.
— Et toi, charismatique, mon roi, certifia Hope.

Ils se rapprochèrent et leurs fronts se touchèrent. Hayden caressa la joue de Hope tendrement.

— Tu me manques horriblement, mon amour.

Amaury, voyant la scène, soupira et se précipita vers les deux époux. Lothaire le suivit. Lorsqu'ils étaient ensemble, Hope et Hayden s'attiraient comme des aimants. Le chevalier arriva sur les remparts.

— Hope ! Ton peuple a besoin de toi ! hurla-t-il à travers le brouhaha.

Mais les deux amants ne bougeaient pas.

— Majesté ! Votre frère se bat pour son royaume ! intervint Lothaire. Le roi d'Amnésia a tué votre fils !

Hope reprit ses esprits. Elle recula. Gaya s'éloigna de son frère. Amaury se positionna devant Hayden et brandit sa lame.

— J'ai rêvé de cet instant, Hayden ! exposa le chevalier.

— Comptes-tu te battre avec moi, Amaury ? demanda Hayden.

— Tu m'as pris tout ce que j'avais, souffla le garde d'Elyo. Mon amour, ma vie, mon enfant. Alors, oui ! Je dois me venger !

Hayden écarta les bras en souriant.

— Alors, vas-y, chevalier ! Montre-moi ton talent !

Hope combattait les hommes d'Amnésia, aidée de sa louve. Lothaire repoussait les assaillants qui se précipitaient sur les remparts pour venir en aide à leur souverain et Bran protégeait son maître des assauts de l'ennemi, sans toucher au chevalier. Hayden et Amaury croisèrent le fer. Un long combat s'ensuivit. Le chevalier était habile et rusé. Hayden, fort et inébranlable. Ce combat n'en finissait pas. Hope vérifiait le dénouement de l'affrontement entre les deux hommes. Lothaire fut rejoint par Maïlann qui avait choisi son camp à présent. Lorsque l'épée d'Amaury vola et que celui-ci se retrouva au sol, Hope abandonna son poste et en un mouvement rapide, elle glissa sur les remparts et se positionna sur le corps du chevalier en faisant bouclier du sien.

— Non ! Hayden ! hurla-t-elle.

Le roi stoppa le bout de sa lame devant le visage de sa femme en grimaçant. Il releva son arme et contempla le carnage. Son château tombait en ruine. Il fixa le regard de Hope.

— Tu sais où me rejoindre, mon amour, articula-t-il pour que la reine comprenne le sens de sa phrase.

Le souverain d'Amnésia s'éclipsa en se fondant dans la foule de soldats avec son canidé. Il disparut. Hope se releva rapidement et aida Amaury à se redresser.

— Je dois sauver ma fille et la reine Eline ! lança Hope.

Maïlann accourut vers la jeune femme.

— Ne t'inquiète pas, Hope, Eline est en sécurité. Loin de ce château. Je l'ai secouru !

— C'est le moins que tu puisses faire après ce que tu as fait ! ronchonna le chevalier.

Hope posa sa main sur le bras d'Amaury.

— C'est une bonne chose, Amaury.

— Je vais venir avec toi pour sauver Aëlys ! exprima le chevalier.

— Non ! Je veux que tu protèges mon frère ! Maïlann viendra avec moi.

— Mais, elle…

Hope posa son front contre celui du chevalier.

—Je lui fais confiance, Amaury, c'est mon amie, soupira Hope.

La femme soldat se sentit soulagée. Hope lui pardonnait ses fautes ! Elle suivit la reine d'Oldegarde vers la porte qui menait dans le palais en se frayant un chemin parmi les soldats. Hope se rendit dans la chambre de sa petite fille, mais celle-ci n'était pas présente. Le temps pressait et elle ne pouvait pas chercher sa nourrice ! La reine soupira et avança vers la salle du trône.

Un amour incommensurable

Destruction d'un royaume.

Les soldats du roi d'Oldegarde et les païens eurent enfin le dessus sur ceux d'Amnésia. Elyo se battait courageusement et royalement. Il était protégé par son bras droit et Hedda détruisait le palais à l'aide du dragon de fer. Loumie s'avéra prometteuse en tant que guerrière et Kiryan menait ses troupes comme un grand chef de guerre. Personne ne faiblissait même si la fatigue se faisait ressentir. Oldegarde devait gagner !
Hope et Maïlann luttèrent contre quatre gardes postés devant l'entrée de la salle du trône. Ceux-ci étaient plus expérimentés que les précédents. Les jeunes femmes devaient ruser pour esquiver les coups d'estoc de leur ennemi. Hope enfonça sa lame dans la poitrine du premier soldat et opéra rapidement un demi-tour en positionnant son arbalétrière devant ses yeux et décocha un carreau qui finit sa course sur le front du deuxième garde. Celui-ci s'écroula au sol. Maïlann réussit à blesser son assaillant et profita de son moment d'hésitation pour venir enfoncer sa dague dans le cou de l'individu. Le sang gicla, l'homme posa sa main sur sa carotide et vacilla. Le dernier soldat abandonna le combat et s'enfuit. Hope contempla la grande porte en soupirant. Elle espérait voir son enfant avec son père !

!!!

Clarisse et Mendossa, comprenant que le royaume était perdu, visitèrent toutes les pièces du palais, en neutralisant quelques gardes au passage, pour s'approprier plusieurs objets en or qu'ils pourraient revendre par la suite. Ils ne désiraient pas s'éterniser dans ce palais et encore moins être faits prisonniers par le roi d'Oldegarde ! Ils amassèrent le butin et se dirigèrent vers les soubassements. Les deux pirates fuirent le royaume d'Amnésia et prirent la mer sur l'une des prestigieuses frégates. L'énorme drakkar fait de rouages disparut dans la brume. Le roi d'Amnésia avait entrepris les réparations de l'engin et expliqué à Clarisse le fonctionnement. La jeune femme le guidait à la perfection.

!!!

Le palais ne ressemblait plus au magnifique château qu'il fut autrefois. Celui-ci tombait sous l'invasion du roi Elyo. Certains soldats d'Amnésia avaient déserté le palais, les autres restants se faisaient massacrer par les combattants adverses. Elyo savourait sa victoire. Les tours s'écroulaient, les remparts cédaient.

— Il faut nous mettre à l'abri, mon roi, lança Aymeric, le château s'écroule !

— Emmène les personnes restantes hors du palais, Amaury ! Je dois retrouver ma sœur et Maïlann ! La jeune femme soldat est la seule à savoir où se trouve ma reine.

— Mais si vous rentrez dans le palais, sir, vous serez certainement enseveli. Je vais demander à Lothaire de faire sortir tous ces gens. Je vais rester en votre compagnie et nous chercherons ensemble, mon roi.
Le roi approuva et les deux hommes marchèrent jusqu'à l'entrée du château en enjambant les corps qui jonchaient le sol. Les derniers hommes du roi Hayden moururent et Hedda, n'ayant plus de poudre noire, décida de poser le dragon de fer dans la plaine. La femme guerrière se retrancha ensuite dans les bois pour reprendre son souffle et écarter le moindre danger provenant de la forêt. Elle sortit son épée lorsqu'elle rencontra les gardes adverses. Mais ceux-ci l'esquivèrent et s'enfuirent à toute allure. Hedda s'en amusa. Elle atteignit une cabane abandonnée et décida de s'arrêter sur les marches de celle-ci. Un petit bruit la fit sursauter. Elle bondit rapidement et tendit son épée devant elle. Le bout de sa lame se retrouva à quelques centimètres du visage d'Eline.

— Votre majesté ! J'aurais pu vous occire !

La femme guerrière rangea son arme et posa ses mains sur les épaules de la jeune reine.

— Comment avez-vous atterri ici, majesté ?

— Maïlann m'a sauvé, Hedda. Elle m'a dit de me cacher ici en attendant la fin de la bataille. Puis, je vous ai vu et décidé de me montrer. Le combat est-il fini ?

— Presque, votre majesté, soupira Hedda. Je vais rester avec vous et attendre, ma reine. Les bois ne sont pas sûrs !

Les deux jeunes femmes entrèrent dans la maisonnette et Hedda prit un peu de repos.

!!!

Hope entra dans la salle du trône accompagnée de Maïlann et de sa louve qui l'avait rejointe. Aucun garde ne vint à leur rencontre. Elle leva sa tête et aperçut des morceaux de pierre se décrocher du plafond pour finir leur course sur les pavés. Le palais tremblait. Maïlann écarquilla les yeux en contemplant le trône du roi. Hope grimaça. Hayden siégeait sur son trône et Aëlys se trouvait sur ses genoux. Bran était assis à côté de son maître. La reine avança doucement devant le roi. La petite fille tendit ses bras vers sa mère.

— Maman ! s'extasia l'enfant.

Hayden retenait sa fille. Hope stoppa en bas des marches qui menaient au trône. Maïlann regardait la scène. La reine s'agenouilla sur le sol. Gaya s'allongea.

— Aëlys, mon bébé ! Maman est venue pour toi.

La petite fille fixa le visage de son père en caressant la joue de celui-ci et se blottit contre lui en regardant sa mère.

— Je veux rester avec père, maman.

Hope prit une profonde inspiration, des larmes humidifiaient ses yeux.

— Laisse-la partir, Hayden, je t'en supplie ! implora Hope. Le château s'écroule. Elle ne peut pas rester ici.

— Elle est la princesse d'Amnésia, Hope, soupira le roi. Et si ce château s'écroule, nous périrons ensemble.

— Non, Hayden ! pleura Hope. Ce n'est encore qu'une enfant, j'ai déjà perdu Maëlo, je ne veux pas la perdre aussi.

— Tout ce que j'ai est dans ce palais, Hope, souffla le roi. Nous avons construit tant de choses ensemble, ma reine. Je ne pensais pas aimer quelqu'un à ce point, Hope.
— Alors, si tu l'aimes, laisse-la vivre, Hayden ! supplia Hope.
Hayden fixa le regard de la reine.
— Ce n'est pas de notre fille que je parle, ma reine, même si j'adore notre enfant. C'est toi qui as su conquérir mon cœur, Hope.
Hope se redressa et monta les marches. Gaya suivit sa maîtresse. La reine se positionna face à son mari et pencha son visage vers celui-ci. Elle posa son front sur celui d'Hayden. Aëlys posa sa petite main sur le visage de sa mère et caressa la peau de la reine.
— Alors, sors avec nous de ce palais, mon roi, susurra Hope.
Hayden posa ses mains sur les joues de sa femme.
— Non, mon amour, tu le sais. Si je me rends, je serai exécuté et tout ce que tu diras en ma faveur ne sera pas pris en compte.
Les statuettes représentant les Dieux vikings tombèrent du plafond. Les murs se fendaient.
— Hope ! Nous devons sortir, hurla Maïlann.
Mais la reine continuait à parler avec son époux.
— J'essaierai pourtant, mon frère ne pourra pas refuser mes demandes, mon roi.
— Ton frère, peut-être, mais ton peuple me désignera comme coupable ainsi que les ecclésiastiques. Je ne peux pas vivre, Hope !

Maïlann s'était approchée de nos deux souverains. Elle entendait leurs mots et fut émue par le spectacle. Hope prit le visage d'Hayden en coupe et posa ses lèvres sur celles du roi. Elle lui donna un long baiser. Puis elle repositionna son front contre celui de son mari.

— Alors, je reste avec toi, Hayden, soupira Hope. Mais je veux que notre fille vive, mon amour.

Le roi laissa Aëlys rejoindre les bras de sa mère. Hope se redressa et serra sa petite fille contre elle en lui donnant des baisers. L'enfant enveloppait le cou de sa mère de ses bras. La reine sentit une dernière fois l'odeur de sa fille puis elle se dirigea vers Maïlann.

— Emmène-la, Maïlann ! somma Hope à la femme soldat.

Maïlann prit la petite fille dans ses bras.

— Non, Hope. Viens avec nous, je t'en prie, supplia la jeune femme.

Hope caressa les cheveux de sa fille et embrassa celle-ci.

— Dis à mon frère de prendre soin d'Aëlys et de Mila. Je vous aime tous, Maïlann, soupira la reine. Et dis à Amaury qu'il comptait beaucoup pour moi. Je ne cesserai de l'aimer !

— Tu ne peux pas nous abandonner, Hope !

La reine embrassa Maïlann sur la joue.

— Je n'ai pas le droit de le laisser rejoindre le Valhalla seul. Je suis la reine, Maïlann, je suis sa femme, je ne peux pas vivre sans lui.

— Mais, Hope, je…

— Sauve Aëlys, comme tu as sauvé la jeune reine d'Oldegarde, Maïlann. Ainsi, tu seras pardonnée.

La femme soldat hésitait à partir. Elle se retira lorsque le plafond s'effrita. Maïlann se dirigeait vers la sortie du palais en courant, Aëlys dans ses bras. Hope rejoignit Hayden qui s'était levé de son siège. Lorsque la reine arriva à sa hauteur, elle ôta la tresse qui retenait ses cheveux et ceux-ci flamboyèrent sur ses épaules et son dos. Elle enveloppa le cou de son roi de ses bras et posa son front sur celui d'Hayden.

— Nous allons rejoindre le Valhalla ensemble, mon roi, soupira-t-elle.

Hayden caressa les cheveux de son épouse.

— Tu es magnifique, mon amour.

Hope prit la main de son roi dans la sienne et la positionna sur son ventre. Elle approcha sa bouche de l'oreille de son époux.

— Nous serons trois à entrer dans le Valhalla, susurra-t-elle.

Hayden plissa le front.

— Tu aurais dû m'en parler avant, ma reine. Maintenant, tu es ici, dans ce palais qui s'effondre. Cet enfant ne verra jamais le jour à cause de mon entêtement.

Hope approcha ses lèvres de celles d'Hayden.

— J'aurais pu ne pas venir, mon roi, soupira la reine. Te laisser mourir seul. Ce petit être n'était pas prévu, il n'aurait jamais dû vivre en moi. C'est aussi ma faute, mon amour. Nous le verrons au Valhalla !

Hope embrassa langoureusement Hayden.

— Je ne peux pas vivre sans toi et toi sans moi, avoua Hope. Je t'aime profondément, mon roi. Tu es et tu seras mon âme sœur pour l'éternité. Aujourd'hui s'éteint notre règne, mais pas notre amour qui continuera d'exister dans le cœur de notre petite fille.

— Tu m'as tant repoussé au début de notre rencontre, ma reine. Qui aurait cru que nous nous aimerions autant ?

— Personne, mon roi. Tu as fait de moi une reine accomplie.

— Et toi, tu m'as rendu meilleur, Hope. Je suis un roi comblé.

Les murs du château tombaient en ruine. Les deux souverains se turent en se donnant un dernier baiser et s'assirent dans leur trône respectif. Leurs mains s'enlacèrent. Les loups se couchèrent à leurs pieds et ils attendirent la fin.

!!!

Maïlann arriva avec l'enfant dans la cour jonchée de cadavres. Le château s'ébranlait. Elyo vint à sa rencontre, accompagné d'Amaury. Le jeune souverain prit Aëlys dans ses bras.

— Où est Hope, Maïlann ? demanda le souverain.

La jeune femme pleurait.

— Elle est restée avec Hayden, mon roi, dans la salle du trône. Ils… veulent mourir ensemble !

Amaury courut vers l'entrée du palais.

— Amaury, non ! C'est trop tard ! hurla Maïlann.

Mais le chevalier ne l'entendit pas et celui-ci entra dans la forteresse. Il courut rapidement vers la salle du trône en esquivant les morceaux de pierre qui tombaient du toit. Lorsqu'il arriva devant la grande porte fissurée, il essaya d'entrer dans la pièce, mais quelque chose bloquait l'accès. Il contempla l'intérieur de la salle à travers une large fissure. Il avait l'impression que son cœur allait exploser.

— Hope ! hurla-t-il. J'ai besoin de toi.

La reine regarda en direction de la porte et sourit à l'homme qui se trouvait derrière, même si elle ne le voyait pas vraiment, elle connaissait cette voix. Hayden serra la main de sa femme fermement tout en la regardant.

— Hope ! Je… je t'aime, ma reine, brailla Amaury.

Des larmes coulèrent sur les joues de la jeune femme. Le roi d'Amnésia essuya l'une d'elles de sa main. Hope tourna son visage vers son époux et ceux-ci se contemplèrent amoureusement. Le sol trembla, le plafond s'écroula, Amaury s'éloigna de la porte et courut vers la sortie en évitant les morceaux de pierre. Lorsqu'il arriva dans la cour, celui-ci eut le temps de s'allonger au sol avant que le palais ne s'effondre complètement, laissant une énorme fumée grise envahir les lieux. Le combattant attendit que les débris de pierre cessent de tomber et il se redressa pour s'assoir sur les pavés. Il fixa les ruines de la forteresse tout en pleurant. Puis, des mains se posèrent sur les épaules d'Amaury et une jeune femme s'assit à côté de lui. Elle prit les mains du chevalier entre les siennes.

— Son amour pour Hayden l'a conduit à sa perte, soupira celui-ci.

— Ils étaient liés, Amaury. Je pense qu'Hope savait qu'elle finirait ainsi, le réconforta Maïlann. Elle devait se sacrifier si elle voulait sauver Oldegarde.

— Elle aurait pu le tuer et revenir vers nous ! ragea Amaury.

— Non, Amaury. En restant avec lui, Hope était certaine que le roi d'Amnésia ne quitterait pas son trône. Et… être sûre qu'il disparaisse à jamais.
Amaury essuya son visage.

— Elle m'a dit de te dire que tu comptais beaucoup pour elle, continua la femme soldat. Et qu'elle ne cesserait de t'aimer, même au Valhalla.
L'homme prit une profonde inspiration et se releva. Il décida de quitter le palais détruit. Maïlann contempla une dernière fois son ancien lieu d'accueil et suivit le chevalier. À présent, tout le monde devait vivre sans la princesse Hope.

. Dénouement.

Le souverain d'Oldegarde et sa troupe avaient passé une bonne nuit de repos dans le bois. Il avait retrouvé Eline et celle-ci était partie pour Oldegarde en compagnie d'Aëlys, des blessés graves et Hedda qui maniait le dragon de fer. La guerrière devait mettre au courant la reine mère du décès de sa fille. Elyo attendit le matin pour rejoindre les ruines du palais et retrouver d'éventuels survivants. Maïlann, Kiryan, Amaury et Lothaire se trouvaient avec le roi. Ils marchaient parmi les cadavres et scrutaient les moindres recoins. Lothaire entra dans le château en ruines et avançait jusqu'à la salle du trône. Il voulait être sûr que son ancien roi n'était plus. Lorsqu'il se présenta devant la porte qui n'avait pas cédé, il prit son épée et tenta des coups de lame dans le bois à travers la fissure. Puis, il essaya de l'enfoncer à l'aide de ses épaules et de ses pieds. Il réussit à ouvrir une brèche assez large pour qu'un homme puisse passer. Il entra à l'intérieur de la pièce en enjambant les pierres. Ses yeux se posèrent sur l'estrade de la salle. Il en fut estomaqué, aucun son ne sortait de sa bouche. Il avança parmi les débris, le toit avait disparu, laissant place à un ciel ensoleillé. Les statues qui gardaient cette demeure étaient tombées. Il s'agenouilla devant les marches. Il contemplait le spectacle. Maïlann arriva à sa rencontre, elle posa ses mains sur sa bouche, des larmes coulaient sur ses joues. Amaury, le roi Elyo et Kiryan entrèrent en même temps dans la grande salle. Ceux-ci écarquillèrent les yeux.

— Mon Dieu, c'est un miracle ! s'exclama Kiryan.
Amaury fut le seul à se diriger vers les silhouettes en pierre. Arrivé en haut des marches, il posa sa main sur le loup près de la femme et contempla la déesse. Elyo ravala ses larmes et scruta le Dieu viking. Car, en ce jour, naissaient les nouveaux Dieux païens !
Hope et Hayden, se tenant la main. Accompagnés de Bran et de Gaya. Ils furent ensevelis par les gravats et au lieu de s'effondrer au sol, ceux-ci trônaient sur l'estrade, transformés en statues de pierre. Les visages des deux époux étaient toujours aussi beaux et les rayons du soleil laissaient une trainée de poudre d'or sur le marbre. Le jeune souverain prit une décision cruciale concernant ce domaine. Les ecclésiastiques d'Androphésia ne seront sûrement pas d'accord, mais il était le souverain des quatre royaumes, il lui devait allégeance.

— Je dois parler aux païens restants ! décida-t-il.
Le roi sortit le premier de la pièce et ses combattants suivirent. Quelque chose de miraculeux s'était produit et cette terre était désormais consacrée.

!!!

Le roi Elyo avait fait rassembler les vikings autour de lui. Ceux-ci n'étaient pas très à l'aise avec le souverain d'Oldegarde. Hedda n'étant pas présente pour aider

Elyo, celui-ci fit ce qu'il put pour avoir l'attention des hommes guerriers.

— Je sais que ma sœur vous avait promis un lieu où vous pourrez vivre en tant que viking ! lança-t-il.

— Elle nous a promis aussi une protection, roi Elyo. Avec le souverain d'Amnésia, nous étions obligés de vouer notre allégeance pour avoir ce privilège. Qu'en sera-t-il de vous ?

— Vous ne me ferez pas allégeance ! Je vous protégerai et vous aurez votre propre endroit pour vous reconstruire. Je souhaite simplement que vous me promettiez que tant que nous serons unis, vous ne nuirez pas aux autres peuples qui cohabitent dans ces royaumes.

— Et où allons-nous vivre, roi Elyo ? Personne ne nous acceptera !

Le roi approcha de l'homme qui parlait.

— Êtes-vous le nouveau jarl ? lui demanda le roi.

— Non, votre majesté. Et le fils de Gardensen est trop jeune pour gouverner. Pour l'instant, je suis le plus âgé, donc le plus apte à prendre des décisions.

— Vous êtes certainement aussi le plus vaillant pour devenir leur nouveau chef.

— Nous ne serons jamais aussi braves que le sont vos guerrières aux blasons, mon roi. Les anciennes femmes au bouclier seraient plus habiles pour nous diriger durant un certain temps, assura l'homme. Je n'ai pas l'étoffe d'un chef comme l'était votre sœur ou même le roi Hayden !

— Je vous prierai de me suivre, cher ami, exprima le roi. J'ai besoin d'hommes comme vous pour garder un trésor.

— Un trésor ? s'étonna l'homme viking.

Le roi se dirigeait vers l'ancien palais d'Amnésia. Les païens hésitèrent un moment puis suivirent le souverain. Les combattants d'Elyo se trouvaient aux côtés du souverain. Ils entrèrent en file indienne dans l'ancienne salle du trône. Lorsque les païens virent les statues du roi et de la reine d'Amnésia, ceux-ci prièrent leurs Dieux.

— Voilà le trésor que vous devez protéger, vikings ! lança le roi Elyo. Vos souverains sont toujours présents dans ces lieux. Il ne tient qu'à vous de les choyer.

L'homme païen en avait les larmes aux yeux. Il se tourna vers le roi.

— Cela sera un honneur pour nous d'honorer le roi et la reine des païens. Mais nous devons tout reconstruire et cela prendra du temps, votre majesté.

— Je ne souhaite pas que le château soit reconstruit, assura le roi. Vous aurez de l'aide pour déblayer les débris et les cadavres qui jonchent le sol de votre nouveau territoire. Vous construirez vos logis et ferez de ce lieu, un endroit agréable à vivre comme le voulait ma sœur. Mes guerrières aux boucliers vous rejoindront et vous accompagneront dans votre nouvelle vie ici. Tout ce que je désire, c'est que ma sœur ne se soit pas sacrifiée pour rien. Elle aimait votre peuple, ainsi que le roi Hayden, je dois bien l'admettre. Je ne veux plus de guerre entre nous et les chrétiens ne vous ennuieront pas, je vous en fais la promesse.

— Et la princesse d'Amnésia ? demanda l'homme. Que va-t-elle devenir ?

Elyo soupira.

— Pour l'instant, cet enfant grandira parmi sa famille.

— Vous savez comme moi, mon roi, que si les ecclésiastiques savent que la petite fille est toujours en vie, ils vont vouloir la convertir et la garder dans l'un de leurs couvents. Une princesse reste une princesse à leurs yeux, je ne vous apprends rien, majesté !

— Je le sais, j'aviserai à ce moment-là ! Il faut que vous gardiez le silence pour l'enfant, insista Elyo.

— Nous ne dirons rien, mon roi. Pour les curieux, nous dirons que la princesse est décédée.

— Je vous laisse des soldats pour le nettoiement de ces lieux. Si vous avez des familles, elles peuvent vous rejoindre. Je retourne en Oldegarde et reviendrai vous rendre visite lorsque tout sera en ordre. Profitez de votre nouvelle vie, mes amis, conclu le roi.

Elyo quitta les lieux au petit matin et prit la direction à dos de cheval d'Oldegarde. Ses hommes suivaient et ses combattants se trouvaient en première position, leur monture emboîtant le pas de celle du souverain.

!!!

Oldegarde organisa une grande cérémonie en mémoire de leur princesse. Eldrid était anéanti par la mort de sa fille. Mila pleurait sa mère, Amaury la réconfortait tous les jours en la distrayant. Elyo avait reçu les dirigeants d'Androphésia. Ceux-ci avaient demandé une audience avec le roi pour parler des païens qui exploitaient l'ancienne terre d'Amnésia. Le roi leur avait expliqué que cela était sa décision et que les royaumes ne risquaient plus rien. Les ecclésiastiques étaient sceptiques, mais indulgents envers leur souverain. Ils avaient demandé si la petite princesse avait été retrouvée dans les décombres. Le roi leur avait menti sur le sort d'Aëlys en précisant que la tombe de l'enfant se trouvait dans les jardins du palais d'Oldegarde. Les hommes d'Église s'étaient rendus sur la tombe fictive de la fillette et ceux-ci étaient retournés en Androphésia soulagés du résultat. Le jeune roi avait pris une décision concernant sa nièce et devait en parler à la reine mère. Il se dirigea vers les appartements de celle-ci et entra lorsque la femme le lui permit. Eldrid était assise sur son fauteuil en train de coudre. Elle posa son ouvrage sur le guéridon lorsqu'elle aperçut son fils. Le jeune roi approcha de sa mère et s'assit face à elle sur l'autre siège.

— Je dois vous parler, mère, de l'avenir d'Aëlys, expliqua le roi.

— Je t'écoute, mon fils.

— Vous savez que ma nièce ne peut pas résider ici.

— Nous la cacherons, Elyo. Nous la protégerons.

Le jeune souverain soupira.

— Mais elle va grandir et sera certainement curieuse. Un jour, elle nous échappera et son existence sera révélée.

— Que comptes-tu faire, mon fils ? demanda tristement Eldrid.

— Vous l'aimez profondément, je le sais, mère. Elle vous fait penser à Hope. Nous l'aimons tous. Mais nous devons songer à cette enfant et ne pas être égoïstes.

— Je sais que tu as raison, mon fils. Mais que va-t-elle devenir ?

— Autrefois, vous avez mis ma vie entre les mains du chevalier, mère. Celui-ci m'a tout appris. Il était bon avec moi et il m'aime comme un frère. Aujourd'hui, je compte lui confier Aëlys.

— Es-tu certain qu'il acceptera, mon fils, car tu sais ce qu'il pense de cette enfant ?

— Je vais lui en parler. Certes, Aëlys n'est pas de son sang, mais Amaury est altruisme.

— Même si cela me pèse de ne plus voir ma petite fille, je sais qu'il faut la protéger et j'accepte ton choix, mon fils.

Elyo se leva de son siège et approcha de sa mère. Il embrassa Eldrid sur la joue.

— Et je vous laisse le soin d'éduquer Mila, sans parents à ses côtés, cette fillette aura besoin de beaucoup d'attention.

La reine mère en fut flattée. Le roi disposa et retourna dans son bureau où il attendit Amaury et Loumie. La présence de la jeune femme était essentielle concernant l'adoption d'Aëlys.

!!!

Amaury se dirigeait vers les appartements du roi. Loumie lui tenait le bras. La jeune femme ne comprenait pas pourquoi le souverain demandait sa présence. Elle n'était ni guerrière ni combattante même si elle avait participé à la bataille d'Amnésia. Le garde posté devant la porte du roi ouvrit celle-ci aux combattants et les deux jeunes gens entrèrent dans la pièce. Le souverain les fit assoir devant le bureau. Elyo leur présenta un parchemin.

— Je vous ai fait venir, car j'ai une requête importante à vous soumettre, mes amis, commença le roi.

Le chevalier lut le document en fronçant les sourcils.

— Je sais que ceci est inattendu, Amaury, mais c'est la seule solution pour la princesse.

— Vous avez falsifié le document de naissance d'Aëlys, mon roi ? demanda le chevalier.

— Non, soupira le souverain. J'ai juste créé un nouvel acte. Je le devais.

— Que se passe-t-il, Amaury ? interrogea Loumie.

Amaury tourna son visage vers la jeune femme.

— Le roi nous nomme tuteurs d'Aëlys. Il a inscrit nos deux noms en tant que parents sur le nouveau parchemin.

Loumie posa son regard sur le roi.

— Je serai ravie de m'occuper de cette enfant, majesté ! s'extasia-t-elle.

Son compagnon était moins enthousiasme. Elyo le remarqua.

— Vous devez l'emmener loin d'ici, mes amis. Je ne veux pas que les ecclésiastiques s'approprient ma nièce

s'ils apprennent qu'elle est encore en vie. Je veux qu'elle fasse partie de votre famille et de votre destin.
Amaury soupira en fermant les yeux et se leva de son siège.

— J'ai déjà une fille, majesté ! Je regrette de ne pouvoir accepter.

Puis le chevalier quitta la pièce. Elyo comprenait la réaction de l'homme et ne lui en tient pas rigueur. Mais sa frustration se lisait sur son visage.

— Je vais lui parler, mon roi, intervint Loumie. Vous aurez la signature d'Amaury sur ce parchemin ! déclara la femme métisse.

Elyo la remercia et attendit la décision des jeunes gens. Loumie sortit du bureau du souverain et rejoignit Amaury qui ruminait assis sur un banc dans l'allée du château. Elle s'assit à côté de son compagnon.

— Nous devons protéger cette petite fille, Amaury, soupira-t-elle.

— Le roi demandera à d'autres personnes, Loumie. Je ne veux rien à voir avec cette enfant !

La jeune femme prit la main d'Amaury dans les siennes.

— Pourquoi ?

Le chevalier ne répondit pas. Loumie le fit lever du banc et ils se dirigèrent vers la salle de jeux où les fillettes jouaient. Mila courut dans les bras de son père. Amaury la souleva et l'embrassa. Aëlys malmenait sa nourrice avec une fausse épée. L'enfant portait un casque plus grand que sa tête, celui-ci tombait et elle devait le tenir.

— Je vais t'étriper ! lança-t-elle à Kena.

La gouvernante suppliait l'enfant de l'épargner. Loumie approcha de la jeune femme, le temps que la visière du casque obstruait la vue d'Aëlys et demanda à Kena de lui laisser sa place. La petite fille remonta le cabasset et regarda étrangement l'intruse.

— Tu n'es pas Kena ! affirma l'enfant.
— Non, Aëlys. Mais tu sais très bien qui je suis.
— Oui, tu es Loumie.

La jeune femme s'agenouilla devant la fillette.

— Tu es un vrai chevalier, dis-moi ! s'amusa Loumie.

La petite fille brandit son arme factice en l'air.

— Oui ! s'extasia-t-elle. Et une guerrière… comme maman, se lamenta Aëlys.

Loumie ôta le casque de la petite princesse et prit les mains de celle-ci dans les siennes, Aëlys lâcha l'épée.

— Moi aussi, tu sais, ma maman me manque, avoua Loumie.
— Elle aussi, elle est partie au ciel ?
— Oui, il y a fort longtemps, soupira la jeune femme… Loumie posa sa main sur le cœur d'Aëlys… Et une maman reste toujours dans ton cœur, ajouta-t-elle.

Puis la femme métisse se redressa et retourna auprès d'Amaury. Elle prit Mila dans ses bras.

— Va voir cette enfant, Amaury, lui chuchota-t-elle à l'oreille.
— Elle a ses yeux ! gronda le chevalier.
— Regarde au plus profond d'elle, émit Loumie.

Les deux femmes et Mila sortirent de la pièce laissant le chevalier et la petite princesse seuls. Aëlys reprit son épée dans la main et frappa sur un ours en peluche. Amaury approcha de la fillette et s'agenouilla à sa hauteur.

— Pourquoi frappes-tu ce pauvre ours ? demanda-t-il.
Aëlys posa ses yeux dans ceux du chevalier en faisant la moue.
— Il est méchant, affirma-t-elle.
— Pourquoi ?
— Parce qu'il devait protéger ma maman !
Amaury prit l'ours en peluche dans ses mains.
— Qui devait protéger ta maman, Aëlys ? Cet ours ?
— Non, hurla l'enfant en pleurant. Père devait le faire !
Amaury soupira. Les pleurs de la fillette l'émurent. Il caressa les cheveux d'Aëlys, puis son visage.
— Il l'a fait, Aëlys, à sa façon, supposa Amaury. Les guerrières vikings ne pleurent pas, tu sais. Tu veux devenir comme ta maman, n'est-ce pas ?
La petite fille hoquetait.
— Oui… je veux.
Amaury approcha son visage d'Aëlys et contempla le regard brun de la fillette. Quelque chose se passa à ce moment-là. Il vit en cette enfant la femme qu'il avait aimée. Il tendit les bras vers la petite princesse et celle-ci se blottit contre lui. Il sentit les cheveux d'Aëlys. Son odeur était celle de Hope. Il se redressa avec l'enfant et ôta les larmes du visage d'Aëlys à l'aide de son pouce.
— Alors, tu dois être forte pour prouver à ta maman que tu es une vraie guerrière ! Elle te contemple du ciel, tu sais.
La petite fille posa ses mains sur le visage d'Amaury.
— Je sais. Mais je n'ai plus de maman et de papa, se lamenta-t-elle. Mila, elle t'a encore, toi !

Amaury posa son front sur celui de la petite princesse.

— Cela te dirait de partir avec Loumie et moi ? demanda-t-il.

— Oui, je veux bien, s'extasia l'enfant.

Les pleurs avaient cessé. Aëlys cala sa tête dans le cou du chevalier et suça son pouce. Amaury se dirigeait vers la porte. Aëlys ôta son doigt de sa bouche.

— Tu veux être mon papa ? requérait la fillette.

— Oui, je veux bien, susurra Amaury avant d'ouvrir la porte.

Lorsqu'il approcha de Loumie avec la petite princesse dans ses bras, celle-ci comprit que son amant avait accepté la demande du roi. Ils devinrent les parents de la petite princesse d'Amnésia.

!!!

Les chevaux étaient prêts. La carriole des saltimbanques remplis de vivres pour le voyage. La famille de Loumie avait accepté Aëlys parmi les leurs et en fut enchantée. C'était l'heure des au revoir pour Amaury. Il serrait son vieil ami Kiryan dans ses bras.

— Je reviendrai sûrement un jour, Kiryan, ne t'inquiète pas !

— Je sais, Amaury, mais mon compagnon de toujours me manquera.

La famille royale était présente ainsi que les combattants de la garde du roi. Le chevalier salua ensuite Lothaire et Hedda. Puis il stoppa devant Maïlann.

— Je voudrais te dire, Maïlann, que je ne t'en veux pas pour ce qui est arrivé à mon fils. Tu peux être tranquille. Je suis toujours ton ami.
La jeune femme soldat se mit à pleurer et enlaça son compagnon.
— Merci, Amaury. Je suis si soulagée. Mes erreurs sont mes douleurs, avoua Maïlann.
Amaury caressa les cheveux de son amie.
— Alors, laisse-les partir et protège Mila pour moi.
— Je le ferai, mon ami.
Le chevalier se positionna devant le roi et Eldrid. Il commença à plier le genou. Elyo le stoppa en lui agrippant le bras.
— Non, Amaury, tu n'as pas besoin de faire cela.
— Mais vous êtes le roi, confirma Amaury. Je ne peux que vous rendre grâce.
— Non, mon ami. C'est justement grâce à toi que je suis roi aujourd'hui. Tu es un grand chevalier et un mentor exceptionnel. Je veux que tu fasses de même avec Aëlys. Il faut que tu lui apprennes ce que tu m'as transmis.
— Je le ferai, majesté !
Elyo prit le chevalier dans ses bras et ils se serrèrent amicalement. L'homme salua Eldrid et la reine Eline qui avait le ventre encore bien rond. Puis, il s'agenouilla devant sa fille Mila. Amaury prit la main de la fillette dans les siennes.
— Je ne t'oublierai pas, Mila, tu le sais, n'est-ce pas ?
— Oui, père, soupira l'enfant.
Des larmes commencèrent à couler sur les joues de Mila. Amaury essuya celle-ci de sa main.

— Non, ma chérie, je ne veux pas que tu sois triste. Je t'écrirai souvent.

— Vous savez, chevalier, qu'elle ne pourra pas vous répondre ? intervint Eldrid.

— Je le sais, majesté. Mais tant qu'elle reçoit mes messages, cela m'est égal.

— Et vous ne devez en aucun cas parler de la petite Aëlys dans votre correspondance, Amaury, ajouta la reine mère.

— Mère, je pense que le chevalier est assez intelligent pour savoir cela, expliqua le roi.

Eldrid se tut. Mila se blottit contre son père en sanglotant. Amaury embrassa le haut de son crâne.

— Je t'aime, Mila. Je prendrai soin de ta sœur, je le promets.

Puis ce fut les adieux déchirants avec la petite princesse d'Amnésia qui ne comprenait pas très bien ce qui se passait. La famille de jongleurs de feu se positionna sur leurs chevaux et dans la charrette. Amaury était en tête sur son étalon noir. Aëlys, assise à côté de Loumie sur le devant de la carriole. La jeune femme tenait les rênes des deux chevaux. Ils firent un dernier salut aux habitants d'Oldegarde et se dirigèrent vers la grande herse. Celle-ci se leva et nos saltimbanques quittèrent le palais sans savoir où l'avenir les mènerait. Eline donna naissance à un beau petit garçon au dixième jour du départ d'Amaury et le roi le nomma de ce prénom. Eldrid s'occupait de Mila et la petite fille devint une ravissante princesse. Elle recevait des lettres de son père, comme celui-ci lui avait promis. Il parlait de leurs exploits, de leur représentation, mais jamais de sa petite sœur. Mila pleurait silencieusement en tenant le bout de papier près de son cœur. Parfois, elle se rendait sur la tombe de son frère et lisait les messages qu'Amaury lui envoyait pour que Maëlo protège son père où qu'il soit. Oldegarde était en paix. Les royaumes prospéraient. Le christianisme s'étendait au-delà des terres, mais les païens, qui avaient reconstruit un village au sein d'Amnésia, ne furent pas impactés par le catholicisme. Ils se tenaient tranquilles, vivant de chasse et de commerce. Parfois, les guerriers, formés par les femmes vikings d'Oldegarde, participaient aux quêtes que menait le roi Elyo. Hope et Hayden étaient toujours vénérés comme des Dieux et des offrandes leur parvenaient dans le Valhalla. Les derniers vikings attendaient le retour de leur princesse avec patience. Ceux-ci savaient que leur reine reviendrait un jour.

Épilogue.

Les charrettes de nomades se dirigeaient vers les terres d'Oldegarde. La famille de saltimbanques prospérait dans les royaumes et leur réputation était connue de tous les souverains. L'argent ne manquait plus. Une femme se trouvait dans un des chariots et racontait des histoires à des enfants. Loumie contemplait sa progéniture. Le petit garçon et la fillette l'écoutaient attentivement. Maëlo avait cinq ans et Hope, trois ans. Ils avaient le teint foncé et les cheveux clairs. Leur naissance fut une joie pour le couple de jongleurs. Les caravanes étaient au nombre de cinq, positionnées en file indienne. Deux chevaux, montés par des chevaliers expérimentés, les guidaient. La jeune fille et l'homme se dressaient royalement sur leur monture, affublés de leurs vêtements de combat juste au cas où des individus malsains viendraient les déranger.

— Où allons-nous, père ? Nous ne prenons pas la direction du palais, demanda la jeune fille rousse.

— La famille royale peut attendre, Aëlys. Je t'ai déjà parlé de cet endroit où les derniers vikings vivent en paix.

— M'emmenez-vous là-bas ? s'étonna la jeune fille. Je pensais que ce lieu m'était interdit ?

— Je voudrais que tu renoues avec tes origines, ma fille, et que tu rencontres quelqu'un.

— Que dira le roi d'Oldegarde ?

— J'ai prévenu ton oncle de la situation. Il sait que tu connais la vérité. Et je lui ai dit que tu posais beaucoup de questions sur ta mère depuis ton enfance.

— Vais-je enfin la rencontrer, père ? s'extasia la jeune fille.

Depuis quelque temps, Amaury s'était enfin libéré de son secret en avouant à la fillette qu'il avait élevé que ses origines étaient ailleurs. Il avait compté à celle-ci l'histoire du royaume d'Oldegarde et de ses combattants. Aëlys n'avait jamais oublié sa mère. Pourtant, Loumie pensait que les souvenirs d'une enfant de cet âge disparaissaient avec le temps, mais pas ceux de la princesse. Le chevalier avait omis d'apprendre à la jeune fille que sa mère biologique n'était plus de ce monde. Rien que d'y penser, cela l'attristait. Aëlys avait oublié ce passage, pourquoi ? Personne ne le savait. Ils entrèrent dans un village étendu aux pieds d'un château en ruines. Les villageois les contemplaient curieusement. Amaury fit stopper les carrioles et approcha de celle où Loumie l'attendait.

— Nous sommes arrivés, Loumie. Prépare les enfants !

— Oui, Amaury, soupira la femme métisse.

Elle était attachée à Aëlys et lorsque son époux lui avait appris qu'il se rendrait dans le village viking d'Amnésia, son cœur avait bondi dans sa poitrine. Loumie savait qu'à cet instant, la vie de sa petite protégée changerait. Hedda, qui se trouvait près d'une cabane en train de nettoyer ses armes, leva ses yeux de son ouvrage et reconnut l'ancien chevalier. Elle abandonna sa besogne et se précipita à la rencontre des arrivants, suivis d'un garçonnet et d'un jeune homme. Un viking scrutait les intrus et dès qu'il aperçut la jeune fille sur son destrier, celui-ci sortit sa corne de brume et la posa sur ses lèvres. Le son de l'instrument retentit dans la plaine. Freya, qui était devenue dirigeante des lieux, sortie de sa maisonnée et observa Aëlys. La ressemblance avec Hope était frappante ! Tous les habitants du village se réunirent autour des voyageurs. Amaury descendit de son cheval. Dès que la jeune fille posa ses pieds sur le sol battu, les païens plièrent le genou en baissant la tête.

— Que font-ils, père ? s'étonna Aëlys.

— Ils se prosternent devant leur princesse, soupira Amaury.

— Comment ça ? interrogea l'adolescente.

— Tu vas comprendre, ma fille, dès que tes yeux se poseront sur le miracle du royaume.

La jeune fille se tut, une guerrière viking enlaçait déjà son père.

— Amaury ! Cela fait bien longtemps, mon ami.

— Plus de onze ans, Hedda.

— Vous êtes Hedda ? s'enthousiasma Aëlys. Mon père m'a tant parlé de vous ainsi que les guerrières aux boucliers ou blasons, tout dépend dans le contexte de l'histoire. Et aussi de votre fiancé, Kiryan.

Hedda approcha de l'adolescente et posa ses mains sur les épaules de la jeune fille.

— Mon époux, à présent, Aëlys. Laisse-moi te regarder, tu as tant grandi et devenue une ravissante jeune femme. Tu ressembles à ta mère !

— À ce propos, où se trouve ma mère ? demanda Aëlys.

Les païens en furent étonnés. Amaury fit un geste de la main pour leur faire comprendre que celle-ci ne se rappelait plus la mort de Hope. Hedda sourit.

— Tu vas bientôt la rencontrer, mon enfant, la rassura-t-elle.

Freya arriva à son tour devant la princesse d'Amnésia. Elle la prit dans ses bras.

— Je suis Freya, Aëlys, je suis heureuse de te revoir.

La jeune fille était aux anges. Les plus hauts guerriers se présentèrent à elle, dont un jeune homme aux yeux bleus. Il baisa la main de sa princesse.

— Je me nomme Ivar Gardensen, princesse.

Amaury se raidit. Hedda posa sa main sur l'épaule de son ami.

— Ne t'inquiète pas, j'ai élevé ce garçon lorsqu'il est venu vivre ici avec le clan de l'ancien jarl. Il était seulement âgé de six ans à ce moment-là. Il me considère comme sa mère.

— Toi ? Mère ? s'amusa Amaury.

Hedda sourit et fit avancer un jeune garçon devant l'ancien chevalier.

— Oui, je le suis. Voici Arvid, le fils de ton ami Kiryan.

Amaury se pencha vers l'enfant.

— Enchanté de te connaître, Arvid, lança-t-il.

Le garçon frappa de son poing celui que l'homme lui tendait.

— Moi aussi, chevalier ! Père m'a tant parlé de vous.

Puis, le silence régna. Tout le monde fixa Aëlys qui se dirigeait seule vers le palais en ruine. Une forte énergie émanant des ruines attirait la jeune fille. Amaury et Hedda se positionnèrent à côté d'elle, Freya, Loumie et Ivar les suivirent ainsi que certains guerriers.

— Je ressens une forte énergie, père, expliqua Aëlys.

— Arrives-tu à la décrire ? demanda Amaury.

— C'est un… une chaleur… douce et un… appel.

— Un appel ? s'étonna Hedda.

— Une voix d'homme… je dois m'approcher.

Lorsqu'ils entrèrent dans la salle du trône, Amaury demanda aux personnes de s'arrêter et de laisser Aëlys continuer seule. L'adolescente cessa sa marche devant les statues d'un couple se tenant la main, assis sur leur siège et deux loups couchés à leurs pieds. Elle les fixa du regard. Puis, des souvenirs de son enfance émergèrent de sa mémoire. Aëlys sanglota soudainement en s'agenouillant au sol. Loumie voulut la réconforter, mais Amaury l'en empêcha. L'adolescente releva son visage humidifié vers les deux statues.

— Père, mère, je suis revenu chez moi.

Les personnes présentes dans la pièce furent estomaquées. Deux silhouettes transparentes apparurent devant leurs yeux au niveau des statues de pierre. Celles-ci se levèrent de leur siège et approchèrent de la princesse. Les païens prièrent dans leur langue. Amaury tenait fermement la croix qu'il avait autour du cou. Il n'y avait qu'Aëlys qui pouvait communiquer avec

Hope et Hayden. Le couple royal tendit une main vers leur fille. L'adolescente posa les siennes dans chacune des leurs.

— Tu es devenu une grande fille courageuse, ma fille, souffla Hayden.

— Une magnifique guerrière, susurra la voix douce de Hope.

Aëlys enlaça la silhouette transparente de sa mère en pleurant.

— Maman ! pleura-t-elle, je t'aime tellement.

Hope enveloppa sa fille de son aura.

— Moi aussi, Aëlys. Nous devons te laisser à présent.

— Non, maman !

Hayden enlaça sa fille.

— C'est à toi à présent de guider notre peuple, princesse d'Amnésia, souffla-t-il à l'oreille de l'adolescente. Tu es leur reine, Aëlys de Mornevant.

Tout en observant le spectacle, Amaury sentit une main d'enfant dans la sienne. Il baissa son regard vers sa progéniture. Mais l'être qui lui tenait la main avait disparu depuis bien longtemps. Son premier fils le contemplait avec un sourire d'ange. Personne d'autre que lui ne le voyait. Son cœur se mit à battre rapidement et il resserra l'étreinte de sa main autour de celle de Maëlo avant que l'enfant ne disparaisse. Une larme coula sur la joue de l'ancien chevalier. Le couple royal embrassa en même temps sur la joue leur fille et la fit monter sur l'estrade au niveau des trônes. Ils se repositionnèrent dans leur corps de pierre et disparurent. Aëlys posa ses mains sur chaque statue au niveau de leur cœur.

— Je vous promets de guider mon peuple, chers parents ! lança l'adolescente d'une voix expressive.

Lorsqu'elle se retourna vers sa famille, Aëlys aperçut les païens de nouveau à genoux, courbant l'échine devant elle. Maintenant, elle comprenait. Freya ôta la couronne qu'elle portait sur sa tête et l'épée de Hope qui se trouvait dans son étui. Elle se dirigea vers la jeune fille et tout en montant les marches de l'estrade, elle prononça les paroles que tous les habitants du village attendaient.

— Aujourd'hui, est revenue dans ce lieu, la princesse d'Amnésia, qui fut séparée de ses semblables à cause d'une religion qui n'était pas la nôtre. Et que ses parents, les anciens souverains de ce royaume, avaient rétablis au cours de leur règne. Moi, Freya la guerrière, je déclare abdiquer en tant que souveraine et laisser la place à la vraie reine des vikings, Aëlys de Mornevant !

Freya plaça la couronne sur la tête d'Aëlys et lui transmit l'épée de sa mère. Les païens hurlèrent leur joie. Amaury comprit en cet instant qu'Aëlys ne faisait plus partie de leur famille. La jeune fille se rendit finalement en Oldegarde pour rencontrer le roi Elyo et retrouver sa sœur qui avait bien grandi. Malgré toute l'attention que lui vouait la famille royale de ce royaume, l'adolescente comprenait que sa place n'était pas ici et retourna vivre en Amnésia. Ses parents adoptifs étaient repartis pour s'adonner à leur plaisir dans d'autres lieux en promettant à la reine viking de lui donner des nouvelles. Le roi Elyo rendait souvent visite à sa nièce pour parler affaires.

Celle-ci voulait reconstruire le château de ses parents, mais le souverain d'Oldegarde n'était pas favorable à ce projet. Il devait demander l'accord aux ecclésiastiques et Elyo savait déjà qu'elle serait leur réponse. Ceux-ci avaient appris le retour de la princesse d'Amnésia et leur colère se retourna vers Elyo en menaçant celui-ci de le destituer de son trône. Aëlys s'était rendu en Androphésia et avait convaincu l'évêque de ne rien tenter contre son oncle. Elyo ne sut jamais comment sa nièce était parvenue à influencer la plus grande autorité religieuse. Lorsqu'il s'agissait de négociations, celle-ci parvenait rapidement à calmer les esprits. *Elle tenait cela de sa mère*, pensait le roi. À l'aube de ses dix-sept ans, Aëlys épousa le jarl Ivar Gardensen et ensemble, ils régnèrent sur le royaume d'Amnésia, comme au temps des anciens souverains. Ils donnèrent des descendants à leur royaume qui furent dispersés au cours de leur existence. Le palais fut reconstruit, pas en totalité, mais assez imposant pour faire fuir les ennemis et une nouvelle salle du trône fut installée. L'ancienne étant dédiée à Hope et Hayden. Leur statue trônait toujours en ce lieu. Au fil du temps, les continents changèrent, des villes naissaient, le progrès prenait place, la religion païenne s'évaporait. Des richesses furent enfuies au fin fond de la terre et avec elles, demeuraient l'éternel couple viking aux dents-de-loup…

Finalement, entre vous et moi, la bataille décrite dans ce roman n'était autre qu'un combat d'amour et de contrevérité, aucun argument tangible n'a été décrit dans ce texte pour approuver cette querelle de royaumes, à part, peut-être, la mort d'un enfant innocent…

𝕱𝕴𝕹

Personnages secondaires de l'histoire

Le jarl Gardensen, Clarisse et Mendossa

L'amour m'enivre de joie
L'être aimé en est le noyau
Sa présence me met en émoi
À jamais, je suis son joyau

Mais lorsque la vérité éclate
La haine prend possession de mon âme
Le passé me rattrape
Le chevalier ravive ma flamme

Un petit être s'éteint
Je suis meurtrie dans ma chair
De noir, mon visage se peint
Mes décisions semblent velléitaires

Pourtant, je ne peux pardonner
La guerre est déclarée
Mon sort est scellé
Avec l'homme qui m'a adulé

Nous sommes les souverains d'Amnésia
Nous sommes les guerriers d'Odin
Ensemble, nous entrons dans le Valhalla
Pour l'éternité, nous serons divins.

Je remercie mon âme sœur, ma fille pour toutes ces heures passées sur sa tablette graphique, réalisant le graphisme de mes couvertures de romans. Les fidèles lecteurs de mes écrits, mes amis, et mon imagination d'être toujours présente. Même si parfois, celle-ci déraille et me laisse en peine devant mon ordinateur. Mais je vous rassure, cela ne dure jamais longtemps…

Personnages principaux de l'histoire

La reine Eldrid, le jeune roi Elyo, Mila et Maëlo

Hedda, Maïlann, Lothaire et Kiryan

Hayden, Hope, Amaury et Loumie

Et enfin… la princesse Aëlys d'Amnésia…